LIEBES-
TÖLPEL

Peter Wawerzinek

LIEBES-TÖLPEL

Roman

Galiani Berlin

Für Augusta

Das Leben ist nicht das, was man gelebt hat,
sondern das, woran man sich erinnert und wie
man sich daran erinnert – um davon zu erzählen.

Gabriel García Márquez

ZÖPFE

Zuerst sind da nur diese zwei kurzen schwarzen Zöpfe. Sie wippen an Lucretias Kopf lustig her und hin. Ich bin auf meinem Dreirad unterwegs, setze den Zöpfen nach. Feste Zöpfe. Glänzende Strippen an ihrem runden Kopf, wie bei hoppelnden Häschen. Sie läuft mir voraus mit ihrem Lachen. Die Zöpfe rufen mir zu: Fange uns ein! Wie hundert Münder nicht rufen. Wie die stärksten Hände mich nicht packen und lenken können, halten sie mich gefangen. Du kriegst mich nie!, ruft Lucretia. Läuft auf den großen, dicken Baum im Gespensterwald zu. Die Zunge ausgestreckt, auf nichts anderes fixiert, fahre ich den Zöpfen hinterher, fest entschlossen, atemlos. Bin dann beim dicken, hohen Baum, hinter dem Lucretia mit ihren beiden Zöpfen verschwunden ist. Eins, zwei, drei, vier Eckstein, alles muss versteckt sein. Hinter mir und vor mir gilt es nicht, an den Seiten auch nicht. Dreimal, viermal herum um den Baum ist da nichts mehr von den zwei Zöpfen zu sehen. Nicht vor, nicht hinter mir, zu den beiden Seiten auch nicht. Wie verhext nirgendwo. Vom Dickbaum geschluckt. Einfach nicht zu finden, nicht einmal nur für kurz zu sehen. Ich wechsle mit dem Dreirad die Fahrtrichtung. Pure Vergeblichkeit all meine Anstrengungen. Und dann wird energisch und laut mein Name gerufen. Die Erzieherin inmitten der Kindergruppe. Sie winkt mich heran mit heftigen Armbewegungen, die mir bedeuten, schleunigst zur Gruppe zurückzukehren. Und wer steht neben ihr? Lucretia. Ihr Händchen liegt fein in der großen Hand der Erzieherin. Ihren Kopf hat sie unschuldig zur Seite gelegt. Steht da, schwingt unmerklich ihren Körper. Das Kinn triumphierend erhoben, schaut sie mich an, sieht über mich hinweg, blickt mitten durch mich hindurch. Als wäre ich Luft für sie.

Es ist hier noch nicht Liebe, eher eine kleine Verschossenheit oder Ehrgeiz. Ich bin da nur überrascht, verblüfft, gelackmeiert und besiegt. Ich bin da eben nur nicht gut genug und auch nicht clever gewesen. Mehr ist dazu im Grunde nicht zu sagen. Und doch ist dies der Anfang vom Anfang. Lucretia hebt an, sich Richtung Planet zu bewegen, der ich bin, sie rückt auf mich zu. Sie wird auf mir landen und dann in meinem Leben sein, wie die Sommersprossen im Gesicht zu mir gehören.

Es bleibt mein Leben lang so. Zöpfe wippen mir voraus. Zum Greifen nahe enteilen sie mir immer und immer wieder. Vom Erdboden verschluckt ist Lucretia weg, taucht urplötzlich und unerwartet an anderen Orten und Plätzen wieder auf. Wie die Katze die Maus, die Schlange ihr armes Opfer fixiert, geht das mit Lucretia und mir los. Ich sehe nur ihre schwarzen strammen Zöpfe, und schon bin ich ihr hörig. Sie legt ihren Kopf nur leicht zur Seite und sieht mich unschuldig an, schon ist alles gesagt. Von Kindesbeinen an lockt, verführt und linkt sie mich. Taucht auf und wieder ab. Winkt mit ihren Zöpfen. Folge ich ihr, löst sie sich vor meinen Augen in Nichts auf. Ruft und lacht von weit her. Singt inmitten der Nacht: Petkowitsch, Feinstliebster du. Schon erwache ich, richte mich in meinem Bettchen auf und schlafwandle ihr hinterher, die Arme ausgestreckt über den Scheitel des Daches, wenn es so sein soll. Ohne Angst davor, abzustürzen und zu fallen. Ich erliege ihr, was auch geschieht. Sie trägt bald keine Zöpfe mehr, ihr Aussehen verändert sich, sie ist dann nicht mehr so pummelig und bunt gekleidet. Und sie versetzt und verletzt mich immer und immer wieder. Kleine Kratzer am Anfang, die zu tiefen Wunden werden. Ich soll ihr nur weiter folgen, ruft sie mir von irgendwoher entgegen. Wir sollen Blutsgeschwister bleiben. Ich soll nur immer schön auf sie warten. Alles wird gut. Und schickt mich in einen unheilvollen Tunnel, lässt mich dann in dieser Düsternis auf verlorenem Posten zurück. Ihr Lachen verstummt. Ihre Rufe, die mir eben noch galten, Mut zugesprochen haben, ersterben. Ich bibbere. Ich irre. Ich finde in mein Bett zurück, weine ins Kissen. Und dann ist Lucretia plötzlich hinter mir, hält mir von hinten die nassen Augen zu und fragt so süß: Rate, wer ich bin?

Und ich will ihren Namen freudig ausposaunen. Sie drückt mir den Mund zu, beschwört mich, ihn nicht auszusprechen. Im Kopf nur sollst du ihn dir denken, Petkowitsch. Sie nennt mich Petkowitsch. Niemand darf meinen Namen wissen, hörst du. Wir wollen ihn beide fleißig verschweigen. Ich will ohne meinen Namen sein. Es gibt tausend Arten von Lärm, aber nur eine wirkliche Stille. Diese. Wenn du den Namen weißt und ihn nicht aussprichst.

Ich bleibe der ewige kleine Junge auf dem Kinderdreirad.

So richtig zusammen bringt uns mein Kreisel. Wenn er sich dreht und dreht, rennen wir beide hinter ihm her, suchen ihn in Bewegung zu halten – tollkühn über Gehsteine, Ritzen, Asphalt, Erdspalten, Grasnarben, Sandhügel, Glassplitter, Dreck hinweg. Ein geschundenes Holzstück ist mein Kreisel, mein großer Zeitvertreib in jenen Tagen. Die Farben meines Kreisels sind nicht mehr zu erkennen, so abgedroschen, wie er ist.

Ihn zu beherrschen hat mir Lucretia beigebracht. So geht das, sieh her!, Petkowitsch. Wickle die Peitschenschnur um den Kreisel, stelle das Bündel auf den Boden, reiße an der Peitsche, schon spult der Faden ab, setzt den Kreisel in Bewegung. Sieh nur, sieh, wie er auf seiner Kreiselspitze schwirrt und sich dreht. Versuch es, nur zu. Du schaffst es. Und so halte ich eines Tages den Kreisel mit meiner Peitsche aufrecht in Bewegung. Straßendreck wirbelt auf. Steinchen fliegen durch die Luft. Laut die Peitschenschnur knallt und wischt. Frisch, tummle dich, tummle dich, Kreisel, immerzu. Du hast vor meiner Peitsche nicht Rast noch Ruh. Dreh dich im Kreise vom Schlagen meiner Peitsche. Ei, tummle dich hurtiglich, sollst schnurren und surren, hau ich dich immer und immer wieder. Schau, wie die Peitsche um dich schwirrt. Ich bin es von uns beiden, der nimmer müde wird, bis du es hältst nicht länger aus. Dann wollen wir beide gehen nach Haus.

Ich trage meinen Kreisel überallhin. Er wohnt in meiner Hosentasche. Der Peitschenfaden ist um den Kreisel gewickelt. Er endet an einem kleinen Stöckchen, nicht größer als meine Hand.

Der Kreisel macht, dass Lucretia mein Mittelpunkt wird, die Sonne, die ich umkreise. Bin ihr ach so zugetan und hörig, ihr untertan. Bin ihr ergeben, mein, nein, ihr Leben lang. Sehe bei allem, was sie mir ist im Leben, immer und immer das süße, kleine Mädchen von einst, mit diesen zwei geflochtenen schwarzen Zöpfen, wie sie vor meinen Augen wippen. Werde ich von ihr erfreut, angeschoben, zu Boden gerissen, bin ich stinksauer und ihr viel zu schnell stets wieder gut, stets meine ich, mit dem kleinen Mädchen von damals zu tun zu haben, dieser pummeligen Kleinen in hellbrauner, über den Knien gestopfter dicker Strumpfhose und darüber dieser ach so rote Rock an Lederträgern. Das wilde Mädchen mit der klobigen Brille, ein Brillenglas von innen her mit Heftpflaster zugeklebt.

Jene Lucretia sehe ich, meine erste richtig gute Freundin. Das Mädchen, das mit mir um die Wette läuft, robbt, springt, singt. Sie bringt mich zum Lachen. Sie bringt mich in Rage, sagt sie zu mir Petkowitsch. Und dann gewöhne ich mich daran, mag sogar von ihr so genannt werden. Ich verbringe die ganze Zeit nur mit ihr. Laufe mit ihr durch die ersten Monate, Jahre unserer Kindertage. Fühle mich geborgen an ihrer Seite, hoffnungslos verloren allein, so richtig zu zweit eins mit ihr, nie allein. Bin stark mit ihr in einer Gruppe und zweisam. Und einsamer nie, bin ich von ihr verlassen. Die da mein Leben ist, mein Herzblut, lebenslang, mit der mich ein gemeinsames Aufwachsen verbindet. Die mit mir das Schicksal teilt, das uns beide lenkt.

Das Kinderheim ist nicht groß, nicht klein. Es kommt nur uns so riesig vor. Wir leben da in einem Bienenstock. Ein Maschinenhaus ist so ein Heim, gibt dir jeden Tag den Takt vor. Takt, Tag, Tagestakt. Reih und Glied sind Waschraum, Wasserhähne, Kloschüsseln. Die Duschen noch nicht nach Geschlecht getrennt, trinken wir aus einem Becher, essen von einem Tellerchen. Und gehen zusammen den schmalen Weg hinunter zum Gespensterwald. An Sommerblumen, Herbstlaub, Schnee- oder Maiglöckchen vorbei, Waldmeister, Sumpfdotter.

Manchmal plätschert der kleine Waldbach frohgemut. Manchmal begleitet uns nur ein Rinnsal. Und ist der Winter vorbei, stürmt uns zur Schneeschmelze ein wilder Bach voran, eilt uns voraus zur Steilküste, sich über den Strand zu ergießen, sein breites Bett in den Sand zu fräsen – dem Meer zu, um in ihm aufzugehen. Stocktrocken ist jenes Bett im Heißsommer. Der Schlickgrund in einzelne Erdlappen aufgeteilt, deren Ecken sich nach oben krümmen. Dann gleicht es dem langen Hals einer Giraffe.

Wir sind in diesem Kinderheim gefangen, in einem Schließfach verwahrt. Wir Elternlosen behalten uns im Blick. Im Guten, im Bösen halten wir Kontakt zueinander, sehen die elterlich gebundenen Kinder um uns herum nicht. Das Heimleben trennt uns, eint uns, reißt uns auseinander, fügt uns auf sonderliche Weise wieder zusammen. Brüderchen, komm, tanz mit mir, beide Hände reich ich dir. Für kurz und länger sind wir getrennt. Einmal hin, einmal her, rundherum, das ist nicht schwer. In Zeiten noch, da wir bereits älter sind, nichts mehr miteinander zu schaffen haben, benehmen wir uns wie Heimkinder, die sich aus den Augen, nicht aus dem Sinn verlieren. Verlorene sind wir von Beginn an. Mit den Füßen tapp, tapp, tapp. Mit den Händen klapp, klapp, klapp. Mit dem Köpfchen nick, nick, nick. Mit den Fingern tick, tick, tick. Dieser und jener, weg ist er, plötzlich. Das Bett verlassen, kalt. Dann wird das Bett neu bezogen. Ein anderes Kind ist plötzlich da und schläft in ihm. Das Kind, dem das Bett davor gehörte, ist aus den Federn fortgeblasen worden und rutscht nun in die Ritzen unserer Gehirne, verschwindet dort, als wäre es umgekommen.

Noch einmal das schöne Spiel, weil es uns so gut gefiel. Einmal hin, einmal her, rundherum, das ist nicht schwer. Furcht ist der erste Ausdruck von Zuneigung für Lucretia. Ich befürchte Schlimmes, fürchte mich vor dem Unbekannten und erhasche von ihm nur vage Umrisse. Da ist noch nicht der Gedanke, der mich quält. Da denke ich noch nicht, Lucretia könnte plötzlich weg sein. Huschende Schatten, die ich nicht fassen kann, Schattenboxen ist es, noch nicht die große Sorge, noch nicht Verzweiflung. Noch boxen die Schatten an der Wand als Schattenbild in die Luft und nicht auf mich ein.

Brüderchen spricht zum Schwesterlein: Seit Vatermutter tot sind, haben wir keine gute Stunde mehr; die Stiefmutter stößt uns mit ihren Füßen. Harte Brotkrusten sind unsere Speise. Dem Hund des Hausmeisters geht es besser, ihm wirft man manch guten Bissen zu.

Besser, wir gehen miteinander in die weite Welt. Es regnet, Brüderlein, sagt das Schwesterchen. Unsere Herzen müssen aufhören zu weinen. Noch ist der Wald zu dunkel und groß. Wir werden vor Jammer und Hunger sterben auf dem langen Weg.

Lass uns beisammenbleiben, Petkowitsch.

Das machen wir, Lucretia.

Und augenblicklich bin ich von Herzen froh. Es singt ein Chor in mir: Seht ein Nestchen, seht ein Ei, Vögelchen ist nicht dabei, flog von seinem Nestchen fort, sucht's im tiefen Walde dort. Seht ein Nestchen, seht ein Ei, Vögelchen ist nicht dabei.

Wir springen und stampfen mit unseren Füßen. Wir klatschen dabei in die hingestreckten Hände der anderen Kinder, hopsen im Kreis umher. Auf unsrer Wiese gehet was, watet durch die Sümpfe, trägt keine Strümpfe, hat sein schwarz-weiß Röckchen an, fängt Frösche, schnapp, klappert klappe di klapp. Wer kann es erraten? Sind wir an der Treppe, die zum Strand hinunterführt, trällern wir: Das ist der Klapperstorch. Ich nehme die Stufen zum Strand hinunter lange Zeit rückwärts. Lucretia balanciert freihändig auf dem Geländer. Unten angekommen werden wir wieder zur Gruppe, ziehen von der Seebrücke aus zum Badesammelplatz. Es gibt Tee aus dem mitgeführten Riesenkessel. Mit der großen Kelle wird er in bunte Henkeltassen geschüttet. Das sind die schöneren Tage im Kinderparadies. Ich bin so voller Lieder und Naturanstaunen. Ich bin so voller Lust und Mut. Ich liebe die Blätter im Winde, wenn sie an Zweigen im gleichen Rhythmus winken. Ich schaue den Ameisen zu auf ihren schmalen gewundenen Wegen, nicht breiter, als sie selber sind, wie Gänse marschieren sie hintereinander aneinander vorbei, wie wir von der Essensklappe mit heißen Teebechern in unseren Händen aneinander vorbeikommen. Tanz, Kindlein, tanz, deine Schühlein sind noch ganz, lass dir sie nit gereue, der Schuster schustert dir neue. Es ist Kinderfesttag. Der zweite Sohn aber geht beim Müller in die Lehre und bekommt zum Lohn einen Esel. Sagt er zu ihm: Bricklebrit, fallen hinten und vorn Goldtaler zu Boden. Und sie leben glücklich bis ans Ende ihrer Tage. Wir halten uns bei den Händen, staunen die hohen Bäume an. Schöne Bäume stehen im Gespensterwald, der bis zur Steilküste reicht. Bis zum Himmel hoch stehen sie in glatte graue Elefantenhaut gehüllt. Wir stehen vor ihnen, schauen an ihnen hoch, bis es uns schwindelt. Und sehen wir aufs Meer, sind wir gleichermaßen von seiner Weite ergriffen. Hand in Hand blicken wir übers Wasser hinweg zum Horizont, halten nach Schiffen Ausschau. Ferne weiße Punkte, von denen es heißt, sie seien große Fähren mit, ach, so vielen Menschen an Bord. Das Wort Fähre kennen wir von diesen Augenblicken an. Was eine Fähre ist, wissen wir nicht. Und Trelleborg klingt wie Trillerpfeife.

Und als sie aufwachen, steht die Sonne hoch am Himmel, brennt heiß in den Baum hinein. Da spricht das Brüderchen: Schwesterherz, mich dürstet, wenn ich ein Brünnlein wüsste, ich ginge und tränke. Mir ist, ich höre eines rauschen. Und Brüderchen steht auf, das Brünnlein zu suchen. Ich werde dir nie richtig böse sein, sage ich zu Lucretia. Ich bin dir treu immer und immer neu. Viel zu jung und naiv, nicht fähig, anders zu denken, handle ich nach dem Gebote der Blutsgeschwister. Ohne Furcht. Ohne zu wissen, dass die Hingabe mir zum Verhängnis wird. Ist da eine Hexe. Ist den Kindern nachgeschlichen, heimlich, wie Hexen halt schleichen. Hat alle Brunnen im Walde verwünscht. Als sie nun ein Brünnlein finden, das so glitzern über die Steine springt, will das Brüderchen daraus trinken. Das Schwesterchen hört im Rauschen: Wer aus mir trinkt, wird ein Tiger. Ich bitte dich, Brüderchen, trink nicht, sonst wirst du mich wie ein wildes Tier zerreißen. Brüderchen trinkt nicht, obgleich der Durst groß ist. Am zweiten Brünnlein hört die Schwester ihn sagen: Wer aus mir trinkt, wird ein Wolf. Und fleht das Brüderchen an, nicht zu trinken, kein Wolf zu werden, der sie frisst. Brüderchen trinkt nicht, will bis zur nächsten Quelle warten. Dann aber, ob du magst oder nicht, trinke ich, der Durst ist gar zu groß. Der dritte Brunnen warnt: Wer aus mir trinkt, wird ein Reh. Trink nicht, sonst läufst du mir davon. Brüderchen aber trinkt beim Brünnlein. Und wie die ersten Tropfen auf seine Lippen gekommen, liegt es als Rehkälbchen da.

Lucretia tröstet mich, sagt: Wir werden überleben, wir beide, du und ich, Petkowitsch, hörst du.

Die Zeit ist eine andere, an die ich mich erinnere. Die Zeit ist aus rohen Brettern getischlert ein Gestell dem Kinderparadies gegenüber. Vom Wetter arg verwittert ist die Zeit eine Ablage für Milchkannen, vom Zeitenmilchkutscher leer abgeholt und voll herangeschafft. Am Fenster stehen wir, sehen dem Milchmann bei seiner Maloche zu. Wie er die Kannen packt, sie auf seinen

Wagen hievt, für die abgeholten Kannen neue Kannen hinstellt. Die Kannen klappern. Silbrig sind sie, groß, glänzend, manchmal arg verbeult. Stumm und still sehen wir ihn ankommen, aufladen, abstellen, einladen, wegfahren. In einer Blase aus Gestank fährt da auch der Specktonnenmann vor, sammelt unsere Küchenabfälle ein. Was wir nicht essen, wird in die Tonne geworfen und macht die Schweine dick, heißt es. Solche Zeiten sind es. Der Gestank bleibt einen halben Tag lang vor dem Kinderparadies stehen. Wir lassen ihn nicht herein. Bis der Wind ihn dann wegscheucht, wie ein Polizist Leute weiterbittet, wenn sie dumm herumstehen und gaffen.

Mariechen saß weinend im Garten, im Grase lag schlummernd ihr Kind, in ihren blonden Locken spielt leise der Abendwind. Sie saß so still und träumend, so einsam und so bleich. Dunkle Wolken zogen vorüber, und Wellen schlug der Teich. Der Geier steigt über die Berge, die Möwe zieht erhaben einher. Es weht ein Wind von Ferne.

Die schönsten Momente mit Lucretia sind die im Wald, am Boden gekauert, um uns dunkelbraunes trockenes Herbstlaub und wir zur Tarnung über und über mit Laub bedeckt. Lucretia hält eine Maus in ihrem Beutel gefangen. Der Maus geht es gut, sie frisst und scheißt und rennt ihr über Hand und Bein, Bauch und Kopf, hangelt an ihren Haaren entlang und ist dann eines Tages entdeckt. Alle sind sie hinter der Maus her. Am selben Tag noch ist die Maus gefangen, mausetot. Lucretia sagt: Ist doch nur eine Maus, ist weiter nichts als eine Maus. Leert den Beutel, wäscht ihn von der

Maus rein, hängt ihn sich um, als wäre nie eine Maus darin zu Gast gewesen.

Schon fallen die Tropfen schwer von Mariechens Lidern. Eine heiße Träne rinnt. Und schluchzend in den Armen hält sie ihr schlummerndes Kind. Hier liegst du so ruhig von Sinnen, du armer verlassener Wurm, du träumst noch nicht von Sorgen, dich schreckt noch nicht der Sturm, dein Vater hat dich verlassen, dich und die Mutter dein, drum sind wir armen Waisen in dieser Welt allein. Der Vater lebt herrlich in Freuden, ja, lass es ihm wohl ergehn. Er denkt an mich nicht, will mich und dich nicht sehn. Drum wollen wir uns beide stürzen in den See. Dort sind wir geborgen vor Kummer, Ach und Weh. Da öffnet das Kindlein die Äuglein, blickt freundlich sie an und lacht. Da weint das Mädchen vor Freuden und drückt's an ihre Brust mit Macht.

Kann ich hier schon von Liebe reden? Vielleicht ist es eher eine Liebe, wie ich sie dem Teddybären namens Kalle entgegenbringe. Er ist so groß wie ich. Seine Knopfaugen sind dunkel und glänzend wie die von Lucretia. Sein Mund ein roter Faden, halbrund und plüschig platt sind seine Lauscher, eins eingerissen. Ein Teddybär ist er, der Teddy für alle im Paradies. Sein Körper ist so hart, dass ich mir oft genug die Nase stoße, stürze ich mich auf ihn. Sein Fell ist kurz geschoren und mit Lücken versehen. Gelb sieht er nur in bestimmtem Sonnenlicht aus, fast wie eine Sonnenblume. Ich werfe mich auf ihn, drücke, beiße ihn, ziehe ihn an Arm und Bein mit mir herum. Und werde ihn los, muss ihn mit

anderen Kindern teilen. Vielleicht ist das schon der Anfang von In-tiefer-Sorge-um-ein-anderes-Wesen-sein?
Dem Teddy fehlt das linke Bein, er kommt ins Puppen-
krankenhaus, wird geheilt, geht reihum, brummt nun
nicht mehr. Der Hausmeister schlitzt Teddys Rücken
auf, nimmt den Brummmechanismus heraus, legt ihn
in meine Hände. Ehrfurchtsvoll erstarrt halte ich sein
totes Herz. Der Hausmeister nimmt ein anderes Herz,
und siehe da: Teddy, Teddy, hört nur, nun brummt er
wieder, trägt eine frische Naht auf seinem Buckel. Das
Kindlein schläft nämlich nicht ein ohne sein Brumm-
brumm. Wird es am Morgen hell, streichelt es schnell
Teddys Fell. Ach, lieber guter Teddy, du. Und die Eule
sieht ihm zu, uhu uhu.

Man kann, ohne geliebt zu werden, auf Erden leben.
Es braucht eine Zeit lang Liebe und Verständnis nicht,
wo die Welt für alle ungefähr die gleiche Temperatur
hat. Man kann mit seinen Gefühlen haushalten, sie frei
lassen – wie die Katze oft lange wegbleibt, ehe sie zu-
rückkommt, zu uns findet.

Nach dem Kindergartenheim ziehen wir ins Schul-
kinderheim um. Zärtlich muss geschieden sein Brüderlein fein. Denk manchmal an mich zurück, schimpf
nicht, Brüderlein fein, schlag zum Abschied ein. Alles fremd, unheimlich, alles anders und neu. Lucretia
wechselt in die Mädchengruppe über. Lucretia sagt:
Ich komme mit allem bestens zurecht!, als wären wir
nicht umgezogen. Es ist hier alles um so vieles größer,
schwärmt sie. Rennt überallhin und immer um mich
herum. Führt mich bald in geheime Winkel, lässt mich

in Schubladen greifen, die voller Süßigkeiten sind. Ich soll nicht zögern oder überlegen, ob es Diebstahl ist. Und wie es Diebstahl ist, Petkowitsch, sagt sie. Solange man uns nicht erwischt, wir nicht auffliegen, kann uns niemand. Schau, Mandarinen. So isst man die. Mit mir wirst du überleben, Petkowitsch. Stößt mich in die Seite. Lacht so wundervoll hell, mit diesem so gründlich weit aufgerissenen Mund.

Brüderchen und Schwesterchen sind wir, in unterschiedliche Räume getrennt, nach Jungen und Mädchen, kommen wir nur am Tag noch zusammen. Das ist neu und befremdlich. Es ist, als würde man uns auseinanderschneiden. Plötzlich sollen wir bestimmte Zeiten getrennt voneinander existieren. Plötzlich duschen Jungen und Mädchen für sich. Plötzlich sitzen wir beim Essen an getrennten Tischen. Komm zu mir und setze dich nieder, singen meine Blicke, schaue ich zu Lucretia herüber, die mich nicht zu sehen scheint, redet und zuhört, plappert und absichtlich wegschaut. Wir kosen Hand in Hand. Leg an mein Herz dein Köpfchen, und fürchte dich nicht zu sehr; vertraust du dich doch sorglos täglich dem wilden Meer.

Heiß ist es, über dreißig Grad, wir haben schulfrei. Es herrscht Windstille. Man muss ins Wasser gehen, sonst hält man die Hitze nicht aus. Lucretia buddelt zwei Flaschen Wasser in den nassen Sand ein, schön gekühlt ist das Trinkwasser ohne Kohlensäure. Wir laufen ins Wasser der Ostsee hinein, spielen Fangmich & Fangmichnicht, bis wir außer Atem sind und zu unseren Flaschen stürmen. Flaschen mit Bügelverschluss, dunkelgrünes Glas. Ich setze die Flasche gierig an, leere sie, ohne abzusetzen, trinke reines Salzwasser, von wem immer in die Flasche gefüllt. Schlecht wird mir, ich speie, muss mich übergeben. Lucretia lacht und sagt: Nun bist du mit Neptuns Pipi getauft. Kriecht nahe an mich heran, der ich mich am feuchten Sandboden krümme, die Bauchbeule halte und sterben will. Das schöne Haupt flach auf die Sanddecke gelegt, schaut sie mir beim Krampfen zu, sagt, sie würde gern an meiner Stelle sein, für mich sterben.

Unter Wasser suchen wir nach Seesternen. Fünf Arme zieren ihn, einst besaß er sechs, sagt sie. Da war das Wasser noch in der ruhigen See, die Berge verrückten sich, die Hitze nahm zu, der See bekam ein Loch und wurde zu einem Fluss, mit ihm trieben die Seesterne heimatlos, unbeholfen fort, suchten sich, wo es ging, mit dem sechsten Arm festzuhalten, zu verankern, und rissen ihn sich aus. Sie bringt mir bei, aus einer Gabel drei feine Spießspitzen zu biegen. Die Zinken werden Widerhaken. Die Gabel bindet sie an einen Besenstiel. Ist so geschickt beim Fischefinden, hinter den Steinen versteckt, dicht an den Boden gedrängt, vom Untergrund nicht zu unterscheiden. Zeigt mir, wie man den Fisch ausnimmt, zerlegt und über einem Feuer brät. Mein Herz gleicht dem Meer, kennt Sturm, Ebbe und Flut, manch schöne Perle in großer Tiefe ruht, summt sie. Die Steine sind so glitschig, dass es mich aushebelt, ich mir meerblaue Flecken, Kratzer, Schürfungen zuziehe, die Knochen breche. Ich schaue mir das Meer lieber von außerhalb an.

Lucretia ist ein regelrechtes Wasserkind, würde am liebsten unter Wasser leben als Meerjungfrau mit grüner Meerperücke, im tiefen Meer wie eine Robbe schlängeln, wie die Flunder über dem Meerfußboden schweben. Setzt sich den Gefahren aus. Fürchtet sich nicht vorm groben Wellentreiben. Taucht mutig unter Wogen hindurch. Ist meine Tauchlehrerin. Die Zähne zusammengebissen, bibbernd mit blau gefrorenen Lippen, sehe ich mich neben ihr, schlottere am Leib. Wer nicht kämpft, kann auch nicht verlieren. Wer nicht kämpft, hat schon verloren. Wann, wenn nicht jetzt.

Lucretia und ich beim Neptunfest. Die Hatz kann beginnen, es gibt kein Entrinnen. Fänger, bringt mir das schlimmste Luder her, so will ich sie mitnehmen zu mir ins tiefe, tiefe Meer. Dann werden die Namen der Täuflinge ausgerufen. Die Häscher beginnen sie einzufangen, jagen ihre Opfer über den Strand, fangen sie ein, führen sie zum Barbier, der ihnen Rasierschaum ins Gesicht klatscht, mit dem Holzmesser rasiert, dem Täufling einen Ekeltrunk verabreicht, von seinen kräftigen Gehilfen unterstützt. Ein Extrakt aus Fischlake, Salzwasser, Senf, Seife. Der Täufling wird ins Wasser geworfen. Alle zählen sie bis drei, vier. Schon fliegt er durch die Luft. Bekommt eine Urkunde und einen maritimen Namen ins Goldene Buch Neptuns gekritzelt. Ich heiße Bibberbutt, Lucretia wird Zitteraal getauft.

Ich hasse die Neptuntaufe, sie liebt sie. So unterschiedlich sind wir. Die Kinder kreischen und laufen wild davon. Lucretia verstolpert sich absichtlich, bleibt am Boden liegen, gerät den Häschern in die Fänge, wehrt sich zum Scheine, macht es den Häschern leicht, lässt alles über sich ergehen, bietet nicht Stirn, reißt sich nicht los, ergibt sich der Überzahl. Man bindet sie an

den Stuhl. Sie bekommt den Tauftrunk mit Gewalt ein-
geträufelt, erstickt an ihm und lacht kurz vorm Ersticken. Petkowitsch, ich habe den Tod gesehen, jubelt sie.

Das also ist sie, die verschwundene Insel, auf der Lucretia und ich lebten. Hier beginnt die Geschichte, die
mich ein Leben lang begeistert, einengt, befördert und
immer häufiger verwirrt. Neben unsere kindlichen
Gefühle treten bald neue, bisher nicht gekannte wie
Herzklopfen, Fieber, Bangnis, Bammel, Schiss davor,
wir könnten uns verlieren. Das Schulparadies beschert
uns Unrast, Getöse, Kuddelmuddel, Turbulenzen, Ta-
tendrang, Wettstreit. Wir finden noch oft genug zusammen, aber da ist ein Flattergeist in sie gefahren, der
zappelt und drängt dauernd von mir fort, wo ich nur
liegen will und an nichts denken. So selten bereits die
schönen Augenblicke, in denen wir beide uns zusammen an unseren Lieblingsplätzen aufhalten, sie mit mir
eine Wolke anstaunt, sich an der Idylle erfreut.
    Wie von einer Drohne aus gesehen, blicke ich auf die
Insel hinunter. Unsere kleine Insel. Auf keiner Karte
eingetragen. Mit diesem kleinen Flug erkundet. Nun
gilt es, sie mit dem Schiff zu erreichen, sie zu beset-
zen, neu zu entdecken. Unsere schlummernde Insel.
Jahrzehnte in Ruhe gelassen. Nun betrete ich ihr Ufer,
setze meine Stiefel an Land, erobere Gestade, werde
zum Inselentdecker, bewohne die Vergangenheit, richte
mir eine Hütte auf dem Eiland her, in der ich lebe. Von
der aus ich meine Erkundungen ins Innere der Insel
starte. Zu der ich mich zurück durchschlage, komme
ich an einem Inselpunkt nicht weiter voran. Denn es

gilt nunmehr diese Insel zu umrunden, dorthin zu gelangen, von wo aus ich einst losgezogen bin.

Wir sehen der Erinnerung beim Erblassen zu, wie eine Pfütze verdampft, ein Toast verbrennt, ein schönes Glas unterm Stiefeltritt knirscht. Unser Hirn entfernt sich mit den Jahren von der objektiven Wahrheit. Alles wird Erfindung. Die Dinge, an die wir uns erinnern, wollen wir so erinnern, wie wir sie vor Augen haben. Man kann nicht sagen, dass sie so nie stattgefunden haben. Das nicht. Aber man kann darauf nicht bestehen, sie richtig wiederzugeben. Der Kopf ist eine Maschine und stößt lauter Unwahrheiten aus, die uns wie Wahrheiten erscheinen. Lauter rätselhafte Erscheinungen und Geheimnisse, die sich nicht lüften lassen. Und dann sind da ja noch die tiefen Abgründe in uns. Niemand ist schwarz oder weiß, gut oder böse. Wir sind Mischwesen, von allem haben wir reichliche Anteile in uns.

Krank und matratzenlägrig kümmert sich Lucretia um mich. Eine emsige Krankenschwester ist sie, dass ich nicht gesund werden möchte. Liegen bleiben, Petkowitsch, sagt sie. Den Kopf anheben, Petkowitsch, schlucken. Und ich schlucke, dass sie mich Petkowitsch nennt. Es geschieht in einem anderen Ton, kommt aus einem anderen Mund: Thermometer schön drinnen behalten. Sie singt mich gesund, säuselt so leise, wie der laue Sommerwind nach der langen Flaute hingebungsvoll zu wehen beginnt: Schwarz weiß rot, das liebe Kind ist gestorben, nun wollen wir es begraben in einem Puppenwagen. Wir zaubern uns weg von hier, woandershin, sieh an, sieh das Kind, was Schrecklicheres auf dieser Erdkugel sich nicht find.

Ich stehe in dieser Zeit auf lustige Mundzerbrecher. Ist ein Scheit nicht gescheit, ist's ein geschliffenes Schleißenscheit aus Spleißen bei Meißen. Esel essen Nesseln nicht Nesseln essen Esel. Zwischen zwei Zwetschgenzweigen saßen zwei zwitschernde Schwalben, und dies ist der hölzerne Mann, dies ist das Wohnhaus des hölzernen Mannes, dies ist die Tür des Wohnhauses des hölzernen Mannes, dies ist das Schloss zur Tür des Wohnhauses des hölzernen Mannes, dies ist der Schlüsselbart zum Schloss der Tür des Wohnhauses des hölzernen Mannes, dies ist der Faden des Bartes des Schlüssels zum Schloss der Tür des Paradieshauses des hölzernen Mannes und so weiter. Auf den sieben Robbenklippen sitzen sieben Robbensippen, die sich in die Rippen stippen, bis sie von den Klippen kippen. Es ist eine Dänin mit drei Töchtern, die heißen Sipp, Sippsiwelipp, Sippsiwelipp-Siwelimini. Und der Schack schnappt die Sipp, Schackschawerack Siwelipp und Schackschawerack-Schackonimini kriegt Sippsiwelipp-Siwelimini.

Ich mag die Nacht nicht sonderlich, sie ist mir zu finster und bringt seltsame Geräusche hervor. Das Tapsen eines Igels wird in der Nacht furchterregend, hört sich wie Menschenschritte an. Da kommt der schwarze Mann, geht um in düsterer Nacht. Paradieskinder weinen nicht, sagt Lucretia zu mir. Paradieskinder halten ihre Augen offen, bis sie von allein feucht werden, sich Tränentropfen bilden, die Tätschele herunterlaufen. Die Augen brennen, Gesichtstautropfen fließen. Wenn ich einmal weg bin, sagt sie, und ich halte mir die Lauscher zu, ich will nicht, dass sie so etwas zu mir sagt, will es nicht einmal denken. Wenn ich einmal richtig weg bin, redet sie unbeirrt weiter, komme ich immer, immer wieder zu dir zurück, Petkowitsch. Nur zu dir. Wo du auch bist. Ich finde dich. Sei dir da sicher. Wenn ich etwas nicht ausstehen kann, sind es solche Reden. Ich kann mich nicht gegen sie aussprechen. Ich will sie mir nicht gefallen lassen und muss sie ohne große Gegenwehr hinnehmen.

Das gemeinsame Spielen macht uns alle so froh. Wenn allein wir uns fühlen, sind wir's lange nicht so, weil nun einer verschwunden, einer fehlet im Kreis, sollst du ihn uns erkunden, ihn erraten, wie er heißt. Sie kann einiges, meine Lucretia, eins aber nicht, verlieren. Die Stuhl-reihe ist aufgebaut. Rücken an Rücken stehen so viele Stühle, wie Mitspieler angetreten sind. Ein Stuhl wird dann weggestellt. Das Spiel kann beginnen. Lucretia läuft um die Stühle herum, bevor die Musik beginnt. Ist von allen Mitspielern oft genug die Erste auf einem Sitz, bricht die Musik ab. Lucretia drängelt, rennt, schubst, schiebt sich in die aussichtsreichste Position, setzt sich bis zu den letzten zwei Stühlen durch, als wäre dies Spiel kein Spiel, sondern blutiger Ernst, als ginge es um Leben und Tod. Und dann ertönt die Musik. Die zwei letzten Spieler belauern sich. Die Musik stoppt. Lucretia sitzt zuerst auf dem Stuhl, die andere hat das Nachsehen, muss als Verlierer ausscheiden. Lucretia ist keine gute Verliererin. Sie wird schnell fuchsig, hält sich dann nicht gern an die Regeln. Ist bei allen Spie-len hundert Prozent dabei. Kein Spiel, das sie nicht zu gewinnen sucht. Lucretia jubelt und schreit. Lucretia triumphiert wie die Olympiasiegerin im Fernsehen. Und lässt im Vorbeigehen kleine giftige Bemerkungen wie Nadelspitzen fallen. Und also wollen sie bald nicht mehr mit Lucretia spielen. Lucretia sagt Püh. Oder bei der Schnitzeljagd im Wald. Da findet sie nun einmal die Hinweise und Spuren schneller als alle und bewegt sich rascher auf der richtigen Fährte. Holt die Spurenleger ein, bevor die mit dem Spurenlegen fertig sind. Es sind einfach mit der Zeit zu viele Spiele, bei denen sie glänzt. Mit verbundenen Augen läuft sie so sicher, als trüge sie keine Binde, jongliert beim Eierlauf das rohe Ei wie an den Löffel festgeklebt über die holprige Strecke durchs Ziel. Spielen wir: Ich packe für die Reise meinen Koffer, packe die Zahnbürste ein, packe Becher, Schere, Seife, Teddy, Tuch, Buch, Schuh hinzu, wiederholt sie die ellenlangen Sätze, ohne einen Gegenstand zu vertauschen oder zu vergessen.

Es ist ein unbegreiflicher Ehrgeiz, immer die Beste zu sein, alle niederzuringen, alles plattzumachen. Die nötige Ausdauer und Kraft einzusetzen, ihre Ziele zu erreichen, sich durchzusetzen. Die anderen winken ab, verdrehen ihre Augen, haben keinen Gefallen daran, sich mit Lucretia weiter zu messen, die so ohne Spaß ist mit ihrem nervenden Willen, stets die Siegerin zu sein. Und dann auch bald mit sich allein um die Wette läuft, gegen sich kämpft, mit sich ringt, fightet, Armdrücken veranstaltet und nicht mehr vergeblich versucht, die anderen zum Wettstreit zu überreden.

Die zerfallene Ruine der Mühle hat sie für uns erobert. Dort bin ich Burgherr, und sie ist das Burgfräulein. Das

Lied, das sie dort singt, den Text weiß ich nicht mehr so genau, nur in etwa, worum es in der ellenlangen Ballade geht. Da steht sie auf hohem Berge, überm tiefen Tal ein Luftschifflein schwebt mit drei Rittern als Passagiere, die geben ihr nacheinander aus einem bunten Glas zu trinken. Schön sei sie ja, singen die Ritter, nur eben nicht gerade reich genug fürwahr, sonst wollt sie jedermann nehmen. Und einer zieht von seinem Finger den goldenen Ring: Nimm ihn hin, du Hübschfeine, er soll dein Gedenkmein sein. Sie aber fragt, was sie mit dem Goldring soll, weil sie ihn eh nie öffentlich tragen kann als armes Mädchen: Solch ein Angeberstück steht mir gar nicht an. Die Zeit über wird sie warten, bis einer Meinesgleichen kommt. Bleibt er aus, geht sie ins Kloster. Gesagt, getan. Klostermädchen geworden ist sie. Der tapfere Ritter findet sie in einem schneeweißen Kleid, ihr schönes Haar hat sie abgeschnitten. Mit einem Becher Trank naht sie dem Ritter, der trinkt begierig und ist daraufhin nach ein, zwei Stunden tot, der Arme. Drum, Mädchen, lasst Euch raten: Schaut nicht nach Schotter und Gut, nur Mut. Nehmt einen braven Burschen, der Euch gefallen tut.

Ich weiß nicht, ob damals schon die ganz große Herzensangelegenheit zu Lucretia existierte oder es mir nur jetzt so vorkommt. Ich weiß nicht, ob es je Liebe war, was uns aneinanderband. Ich weiß nicht einmal zu sagen, ob da Formen von übergroßer Innigkeit zu attestieren sind, wenn die eine Hälfte in einem Bund nicht voll dabei ist. Ich kenne da jedenfalls noch nicht die Befürchtung, er könnte für sie nicht allzu sehr von Wichtigkeit sein, dieser, unser Bund. Die Ruine ist lange unser düsterer Lieblingsort. Mir zu düster. Lucretia geht auf in ihm, kommt mit der düsteren Seite des Ortes besser zurecht als ich. Sitzt gern im Dunkel, wo ich Beklemmung verspüre und nach draußen treten muss. Man kann dich sehen, sagt sie, Petkowitsch, bleib hier. Zum Abend erst tritt sie mit mir hinaus, und wir sitzen dann bei der Mühle. Manchmal flattern Fledermäuse am Himmel. In den blauen Stunden flattern sie waghalsig um uns herum, suchen nach dem Müller, der einst die Ruine bewohnt hat. Wir suchen sie mit Lügenliedern zu besänftigen. Dunkel war's, der Mond schien helle, schneebedeckt die grüne Flur, als ein Wagen blitzeschnelle langsam um die Ecke fuhr. Drinnen saßen stehend Leute, schweigend ins Gespräch vertieft, als ein totgeschossener Hase auf der Sandbank Schlittschuh lief. Und ein blond gelockter Jüngling mit kohlrabenschwarzem Haar saß am grünen Lenkrad, das rot angestrichen war. Neben ihm die Schrulle zählte kaum dreizehn Jahr, im Greifer ne Butterstulle, die mit Schmalz bestrichen war. Man kann Wagen statt Auto sagen, belehrt sie mich, finster statt dunkel, Knabe statt Junge. Ein Hase pest, prescht, rennt, braust, saust, hetzt, wetzt, rast, flitzt, fegt, stürmt, jagt, joggt, sprintet, huscht, pfeift, stiebt, flutscht, galoppiert über Kies, Eis und Sand.

Des Morgens, wenn ich zu Bette geh, des Abends, wenn ich früh aufsteh, krähen die Hühner, gackert der Hahn, fängt das Korn zu dreschen an, die Magd, die steckt den Ofen ins Feuer, die Köchin schlägt drei Suppen in die Eier, der Knecht, der kehrt mit der Stube den Besen, sitzen die Erbsen, die Kinder zu lesen, mir sind die Stiefel angeschwollen, die nicht in die Beine hineingesteckt sein wollen, drei Pfund Fett schmier ich mir ums untere der Staken, lege die trocknen Stiefel in das Bett, zwäng mich still und fein ins Schuhfach hinein. Barbarossa im alten Schlosse neben seinem toten Rosse, der Stuhl ist elfenbeinern, darauf er sitzt, der Tisch ist marmelsteinern, worauf sein Haupt er stützt. Sein Bart ist nicht von Flachs, nicht von des Feuers Glut, alte Raben fliegen immerdar, wo er schläft, verzaubert für hundert Jahr. Herrliche Zeiten. Wir sammeln Brennmaterialien ein, entfachen im großen Kamin ein kleines Feuer, sitzen an ihm, bibbern trotzdem und suchen die Gegend nach Gegenständen ab, die den Piraten gehört haben könnten. Mich gruselt in der Ruine. Lucretia packt mich, fragt:

Hast du Angst?

Ich habe vor nichts Angst, antworte ich.

Natürlich hast du Angst.

Unsere glücklichste Zeit, als wir zungenverbrecherisch waren, perfekt die Lippen schwangen zu: Am Zehnten Zehnten zehn Uhr zehn zogen zehn zahme Ziegen zehn Zentner Zucker zum Zoo. Herr und Frau Lücke gingen über eine Brücke. Kam eine Mücke, stach Frau Lücke ins Genicke. Da nimmt Herr Lücke seine Krücke und schlägt Frau Lücke ins Genicke. Frau Lücke mit der Mücke und der Krücke im Genicke fällt tot um wi de bum. In Ulm und um Ulm herum gibt's viel mehr runde Hunde als in jeder anderen Hunderunde. Kleine Kinder können keine Kirschkerne knacken. Vier fünfmal vervierfacht macht mehr als fünf viermal verfünffacht. Ich liebe dieses: Wenn Fliegen hinter Fliegen fliegen, fliegen Fliegen Fliegen nach, sie sagt Blaukraut bleibt Blaukraut, Brautkleid bleibt Brautkleid ohne Tadel auf, ich verheddere mich heute noch. Von Beginn an liegen mir der Whiskymixer mixt den Whisky mit dem Whiskymixer, mit dem Whiskymixer mixt der Whiskymixer den Whisky und der dünne Diener trägt die dicke Dame durch den dicken Dreck, da dankt die dicke Dame dem dünnen Diener, dass der dünne Diener die dicke Dame durch den dicken Dreck getragen hat. Sie verhaspelt sich bei Katzen kratzen im Katzenkasten und Fischers Fritze fischt frische Fische. Das kommt, weil sie lispelt. Gibst du Opi Opium, bringt Opium Opi um finden wir beide gut, wissen aber nicht, was Opium ist.

Quer über die Straße ist unsere Lerne, wie mein Opa die Schule nennt. Schule ist eh ein Reizwort für ihn. Eine Verdummungsanstalt nennt er sie. Besteht aus Räumen, die Schule, in ihnen Schüler, die zuhören, kritzeln, ausharren, vor sich hin träumen und dabei erwischt werden, Zettelchen der Stillen Post auf den Weg zu schicken. Auf dem Weg zur Schule die achteckige kleine Eisbude, passt gerade einmal so die Verkäuferin hinein. Der Andenkenladen, an dessen Scheiben wir uns die Nasen platt drücken, fantastische Dinge sind dort zu sehen. Eine hölzerne Eisenbahn, die Achten fährt. Der kleine Koch, der monoton mit seinem Kopf nickt. Im Einkaufsladen gegenüber holen wir Brausepulver und Bruchschokolade in Tüten ab. Die aufgetakelte Verkäuferin in der Drogerie heißt Ingrid Bergmann und verkauft Pullerüberzüge, heißt es, in Zeitungspapier eingewickelt unterm Ladentisch.

Die beste Zeit in der Schule ist, wenn wir die Baumallee entlang drei Kilometer zum Stall der Schweinezucht wandern, über die Felder stiefeln, Rüben hacken, Kartoffeln in Gitterkiepen sammeln und mit den Mädchen schäkern. Am liebsten bin ich mit den Jungen am Haff, Tonröhren auslegen, Aale fangen, die rückwärts in den Reusen wohnen. Deckel zu, schon sind sie gefangen. Mächtige Brombeerhecken wachsen dort, Schwäne und Blesshühner auf dem Wasser, davor die Windflüchter. So muss man sich das vorstellen. Manchmal sind da Sternschnuppen und Leuchtkäfer zu sehen.

Unsere Haut erneuert sich vollständig. Sie wird wie neu, aber die alten Wunden, die schmerzen ab und zu immer noch, heißt es in *M, eine Stadt sucht einen Mörder*. Wir sind im neuen Paradies nach Geschlecht getrennt. Sich nachts zu besuchen ist illegal. Und also lockt es sehr, es doch zu tun. Die Wege zueinander sind gefährlich. Über Barrieren, entlang der Wände, dunkle Flure hinauf, vorbei an imaginären Nachtwachen, finden wir zu den Mädchen, hören mit ihnen Radiomusik.

Ich halte mir die Lauscher nicht einmal mehr zu, höre ich, wie viel unbeholfener andere Kinderheimkinder im Leben nicht Fuß fassen können, die Liebe nicht zustande bringen, nicht in die Vorhallen gelangen, an den Schaltern der Liebe schon scheitern, nicht durchgelassen werden und sich wieder trollen sollen. Lucretia und ich sind angeschossene Kinder mit Bleikugeln, die sich in unsere Herzhäute eingewachsen und eingerichtet haben. Wer auf uns angelegt hat, die genauen Hintergründe dieser Verbrechen, das wird niemals aufgeklärt, geblieben allein mein schriftstellerisches Bemühen all die Jahrzehnte lang, in diese Urzustände hineinzugeraten, von denen her all unsere bitteren Belange stammen.

Wir bleiben, was die Fähigkeit zur Liebe angeht, abgemagert. Wenn uns jemand liebt und berührt, führt das eher zu seelischen Anfällen, körperlichen Lähmungen. Wir sind nun einmal unser Leben lang chronisch unterernährte, alt gewordene Kinder. Unsere Betten standen viel zu eng beieinander. Gleiche Infekte breiteten sich aus bei uns. Wir kommen aus dem Heim und erzählen anderen, wir kämen aus der schönen Geborgenheit, die wir uns auch nur durch die Erzählung anderer zusammensetzen, aneinanderstückeln und vorstellen können. Unterdrücktes Mitgefühl. Viel zu wenige Spuren dieses einen Elements, das da das Wohl der Kinder in den Mittelpunkt rückt. Es geschah uns beiden Schreckliches. Es taucht nichts von allem in Akten und Berichten auf. Wir sind beide für immer durch unsichtbare Bande an andere Heimkinder gebunden. Wir versuchen immer noch nach den Flaschen zu greifen, die man durch die eckigen Luken in den großen Saal geworfen hat. Wir können uns immer noch nicht wirklich sattessen, die Liebe als ein normales Nahrungsmittel ansehen, und haben immer noch Angst davor zu verhungern. Wir wären alle lieber als Sklaven innerhalb einer Pflegefamilie untergebracht. Wir hätten eher zu einem Haushund Mutter gesagt als uns vor dem Heimleiter verbeugt.

Inzman haben sie mich damals gerufen, wenn sie mich ärgern wollten. Wegen der etwas zu fleischigen Brust.

Ich gehe nicht nackt unter die Gemeinschaftsdusche. Ich gehe deswegen bis heute auch nicht an den Badestrand, auch wenn sie mich nicht mehr Inzman hänseln oder mich Häuptling Spitze Titte rufen. Ich komme schnell ins Schwitzen, mein Kopf wird rot. Kinder sind gemein, wie alle zum Glöckner von Notre-Dame gemein sind, an ihm zerren, ihn piesacken, kneifen, schlagen, außer die eine Schönheit, die nicht Inzman und Mädchentitties ruft, meine Lucretia.

Ich könnte von einer Indianerin abstammen, hat Lucretia mehrmals zu mir gesagt und mich dabei im Profil angesehen. Der Adler hat noch stets seine Zeit verschwendet, wenn er versuchte, vom Raben zu lernen, heißt es im Film *Dead Man*. Einst fuhr ich nach Amerika, weit nach dem Süden hin, wo ich einer Indianergruppe in die Hände gefallen bin. Die führte mich, o grausige Qual, zum Marterpfahl, wo der Häuptlingssohn befahl, was man mit mir beginne. Mit schrecklichem Geheul flog das erste Beil. Dann ging es Schlag auf Schlag. Es flog der Tomahawk. Sie stritten um meinen Skalp, um Überlebensmünzen, mein Leinenzelt. Lucretia alias der Häuptlingssohn gelang es, mich zu befreien, sie küsste mich heiß voller Lüsternheit, ich schenkte ihr Küsse zum Beweis meiner Dankbarkeit.

Lucretia überredet mich im warmen Tonfall mit leichter Hand: Ein Indianer muss Friedenspfeife rauchen können. Ich gebe dir jetzt eine richtige Zigarette. Du machst mir alles nach, verstanden, Petkowitsch. Will sehen, wie es bei dir aussieht. Und dann halte ich die erste Zigarette zwischen meinen Lippen. Lucretia zündet sie mir an. So wird es gemacht. Ziehen, einatmen, Rauch innen behalten. Rauch erst ausstoßen, hörst du, wenn du ihn nicht mehr innen halten kannst. Und raucht mir Lunge vor. Schau her. Das geht, ohne zu husten, Petkowitsch. Wirst daran nicht sterben. Eine eiserne, gute Trainerin ist sie, bis ich den Rauch in meiner Lunge behalte und beim Ausatmen nicht mehr husten muss. Ich rauche Lunge. Auflungerauchen wird zum Wort aller Worte. Siehst nicht wie ein Raucher aus, sagt sie. Aber immerhin. Du hast es geschafft. Nun können wir Zigarrenraucher werden. Spitzt ihre Lippen zu einem Kraterschlund.

Goya hat nur einen weiblichen Körper in seinem Leben gemalt. Die nackte Maja. Er malte sie auf großen Kissen halb liegend, halb lümmelnd, beinahe in Sitzhaltung. Ich muss immer in ihren Schoß blicken, wo sich ihr Fellchen kräuselt. Mich erregt der Flaum. Ich möchte ihn streicheln, greifen, meine Finger darin verfangen. Ich möchte mich an sie kuscheln, meine Wange an die ihre legen oder gleich den ganzen Kopf zwischen beide Brüste lagern.

Ich flirte nicht. Ich versuche kein Mädchen herumzukriegen. Ich hoffe, dass das Mädchen den Anfang macht oder es bei uns beiden gleichzeitig funkt. Ich komme mit den Kumpels deswegen nicht klar. Sie sind mir voraus, denke ich, ich hinke allem hinterdrein. Sie plappern über unterschiedliche Arten, sich zu küssen, behaupten, dass es Hunderte Stellungen beim Sex gibt und die Wüstenmänner in Gebetsrichtung vögeln. Sie wissen von Männern, die mit über tausend Frauen geschlafen haben, und dass es in Japan Automaten gibt, aus denen man getragene Mädchenschlüpfer holt. Lange Zeit denke ich zur Prüderie, dass es Liebe unter Brüdern wäre. Meine Unkenntnis und Verklemmtheit sind so groß, dass man mich hätte zur sofortigen Aufklärung zwangsverpflichten müssen. Meine Kumpels reden von Moulin Rouge, Kamasutra, Tantra. Ich finde die Worte schön. Sie sagen, man soll sich vor der Ehe ordentlich austoben und ausschweifen. Am besten im Puff wohnen, alle Nutten durchvögeln. Ich weiß nicht einmal genau, wie der Geschlechtsakt zu vollziehen ist. Mein Opa sagt, man soll zurückhaltend sein, nicht zu früh die wichtigen Energien verlieren. Ich nehme den Sex einfach nicht so wichtig. Lucretia ist es, die sich meiner Zurückgebliebenheit annimmt und mir Nachhilfe gibt. Sie hat mich das Mannsein gelehrt, mich mit Reimen versehen wie: Das Baby hat ins Kissen geschissen, aufs Paradekissen, Mutter hat's gesehen, und du musst gehen. Was ich an schlimmen Worten kenne, weiß ich von ihr. Sie bringt mir alle schweinischen Worte bei und deren Schreibweisen. Wichsen nicht mit x, Votze nicht mit F, wie an der Bushaltestelle zu lesen. Von ihr weiß ich die vielen Worte für ein und dasselbe Ding zwischen ihren und meinen Beinen. Spalte, Dose, Röslein, Ritze, Penis, Glied, Schwengel, Baumelmax, Gerät, Riemen, Stock, Scheide, Fut, Lustschlucht, Latte, Dödel, Gehänge oder Gurke, Lanze, Pfläumchen, Dattel, Schlitz, Möse, Bohrloch, Bärchen, Vötzlein, Grotte, Hosenwurm, Prügel, Pimmel, Prügelstock, Vulva, Höhle.

TROTTELLUMMEN

Ich bin ein guter Schüler. Kennedy wird an der Seite seiner schönen Frau in Dallas erschossen. Wir müssen in Gruppen ins Kino gehen, uns *Nackt unter Wölfen* ansehen und hinterher sagen, wie wir den Film finden, in dem ein Kind von KZ-Häftlingen vor den Nazis in einem Koffer versteckt wird. Ich sage das gern in diesem Zusammenhang, denn ich bin da bereits beinahe elf Jahre alt, und im gleichen Jahr steht plötzlich ein Mann vor mir im Kinderheim, von dem es heißt, er hole mich aus ihm heraus, nehme mich mit zu sich nach Hause. Und ich habe dann bei ihm mein neues Heim, das mein Zuhause werden wird, wie er sagt, habe ich mich erst daran gewöhnt, kein Paradieskind mehr zu sein, wie er das Leben zuvor im Kinderheim nennt. Und führt mich in eine vollkommen andere, nicht zuvor gekannte Welt ein.

Ich nenne ihn Opa, obwohl er nicht wirklich mein Opa ist. Mein Opa ist Böttcher von Beruf, war es, als ich zu ihm kam. Es klopft, es klopft. Wer ist denn das? Das ist der Böttcher, der macht ein Fass und geht dabei ums Fass herum, schlägt auf den Reifen bum bum bum. Und fertig ist das Fass, das Fass. Mein Opa hat in seinem Leben unzählige Bottiche, Fässer, Wannen,

Blumentöpfe, Pötte und Saunaschöpfkellen hergestellt. Mein Lieblingsstück in seiner Werkstatt ist ein Fass und in ihm ein Plattenspieler, sein Meisterstück. Er mag die Beatles, spielt mir alle Titel auf seinem Plattenspieler vor. Ich lerne *Can't Buy Me Love, Twist And Shout, She Loves You, I Want To Hold Your Hand, Please Please Me* und all diese Lieder in seiner Werkstatt kennen, tanze zwischen der Bandsäge, dem Hobeltisch, Kanthölzern, Kupferringen auf einem Fußboden voller Späne zur Musik, die sie in der Schule und im Kinderheim Feindmusik schimpfen.

Die Werkstatt ist inzwischen verwaist, eingestaubt. Er hält sich immer wieder in ihr auf, sitzt da, schweigt, redet nach innen, wie er sagt. Nimmt ein Holzstück zur Hand, streicht mit seinen Fingern über es hinweg. Streicheln nennt er es, sagt, dass seine Finger Streichler sind. Hände nennt er Greifer. Die Werkstatt ist eine Bretterstube, den Stuhl, auf dem er sitzt, nennt er einen Setzdichdrauf. Der Tisch in der Küche heißt bei ihm Spachtelholz, der Tisch in der Guten Stube ist bei ihm ein Brett mit vier Beinen dran. Zum Besuch, wenn wir welchen bekommen, sagt er Einguck, den Besucher nennt er Eingucker. Unser Leben heißt bei ihm Warenhier oder Kurzes-Verschnaufen-nur-auf-Erden. Menschen sind bei ihm Erdlinge. Er sagt nicht Buchstabe zum Buchstaben, sondern Sprechstabe. Wir reden in unserer Spreche, die anderen in ihren Sprechen, den Fremdsprechen. Er sagt zum Wort nicht Wort, sondern Sprichtmanso. Und Schreiben, wie ich es über die Jahre hinweg praktiziere, ist für ihn nur Kritzelei. Ist hilfreich, sagt mein Opa, die Dinge des Lebens mit eigenen Begriffen zu beschreiben. Dann weiß man, worüber man spricht, und muss nicht alles nachplappern. Ich übernehme manches Sprichtmanso von ihm, ist mir etwas unheimlich oder nur durch ihn bekannt geworden. Vonwodukamst sage ich manchmal wie er zum Kinderheim, aus dem er mich herausgeholt hat. Nicht gerade ein Paradies, sagt mein Opa, wenn man andere Paradiese kennt. Ich kann aus dem Kopf das Gedicht aufsagen, das er auf mich gemünzt hat, habe es auswendig gelernt. Getrennet lebte fern ich von den Meinen in strenger und hausmütterlicher Zucht. Denk ich der Zeit, seh ich sich mir versteinen die Tage in des Lebens Blumenflucht, wie kleine Gärten zwischen steilen Mauern, die nie ein Sonnenstrahl hat heimgesucht.

Sie hätten mir in meinem Paradies nur die Kinderheimspreche beigebracht, sagt mein Opa. Das hätte fürs Kinderheim ausgereicht, um dort zu bestehen. Nun aber sei ich darauf angewiesen, mich an neuen Worten zu bereichern, wie ein Pirat, wo es einzurichten ginge, zuzulangen, meinen Sprechschatz zu vermehren. In unserem Bienenstock, wie er das Heim manchmal nennt, hieß ein Mädchen nur Mädchen und eben nicht die Biene summ summ. Zu Mädchen, höre ich ihn aufzählen, kann man eine Menge andere Worte sagen. Biene, Schnecke, Deern, Weibsbild, Mädel, Göre, Backfisch, Hexe, Zuckerpuppe, Krabbe. Und für Jungen wie mich hat er verschiedene andere Sprichtmanso parat. Ich bin bei ihm mal Filius, Sportsfreund, Bube, dann Haudegen, Knabe, Hosenmatz, ein Scheißerchen, ein Bursche, Pfundskerl, Lausbube, Bengel, Knirps, Steppke. Eltern sind bei ihm entweder die Alten oder

Erziehungsberechtigte. Eine Mutter heißt bei ihm Diedichgeboren, der Vater Erzeuger, Stecher. Eine Frau ist für ihn ein Hingucker mit schönen Augen, die er Pupillenschwenk nennt. Zum Mund sagt er Hauchhöhle. Wangen sind bei ihm Tätschele, Lippen bleiben Lippen, Küsse werden Schmatzer genannt, Arme sind Schlenker, Beine Staken, Füße Tapsen. Der Bauch ist die Kuhle, die Beule und Bauch manchmal auch. Zum Hintern sagt er Podex, Popo, Arsch und Allerwertester. Der Rücken ist bei ihm ein Buckel. Der Kopf sitzt beim Menschen obenauf und heißt dann Obenauf, seltener Hirnbeule, Gedankenbrutkasten, hohle Birne mit Zotteln, sprich Haaren, bewachsen. Freundschaft nennt er Bandeln, Liebe Ichdu, aus dem das Ichduwir werden kann. Die Ehe ist bei ihm das große Wir-Ding, alles davor tut er mit Mechteln ab. Mechteln ist sein Lieblingssprichtmanso. Zukunft ist für ihn Erlebichnichtmehr. Die Zeit rennt uns davon und heißt deswegen einfach Zeit. Die Uhren, liebe Kinder, haben keine Ruh, Sommer wie Winter immerzu ticktack, ticketack von allen Wänden her, ticktack. Die Zeiger eilen, ticketack, können nie verweilen, sagen nie: Du bist so schön, müssen immer nur weiter gehn und gehn immerzu.

Es macht meinem Opa Spaß, Spruchweisheiten zu vermengen, dass sie sich klüger anhören. Blindes Huhn rostet nicht. Alte Liebe findet mal ein Korn. Aus den Augen, innen pfui. Die Zeit heilt Jacke wie Hose. Es ist nicht alles Gott erhalt's was glänzt. Geteilte Freude, doppelter Beinbruch. Harte Schale, weiche Würze. In der Not frisst der Teufel mit Serviette. Kommt Zeit, kommt Lachen. Lieber den Spatz in der Hand als kurze

Beine. Probieren geht über Schadenfreude. Stille Wasser leben länger. Unkraut vergeht unverhofft. Wer A sagt, hat die Qual. Wer nicht hören will, der nicht gewinnt. Wer zuletzt lacht, lacht. Manchmal höre ich mich mit seinen Worten reden. Es geschieht in letzter Zeit oft. Mir ist, als redete er mir in meine Gedanken hinein.

Den ganzen Tag höre ich meinem Opa zu. Immer tischt er neue Sprüche auf. Er ist wie ein Koch, probiert sie wie ungewohnte Rezepte an mir aus. Die einzige kleine Wolke am Himmel kann eine ganze Sonne verdecken. Es macht ihm Spaß, sie mir alle vor den Latz zu klatschen. Es macht ihm viel mehr Vergnügen, sie dann zu vermischen, sodass ich keine Möglichkeit habe, die Einzelbrösel auseinanderzuhalten, und seine Sprüche hinnehmen muss, wie sie mir von ihm angeboten werden. Und dann kommen so seltsame Sätze wie diese zustande: Besser Wasser getrunken und erworben als bis zum Winter bange. Der dümmste Bauer taugt zum Wetterhahn. Fällt der Apfel reif ins Maul, rufen die Apfelbäume Juchhe. Hasen, die springen, Lerchen, die singen, trinken guten Wein.

Das Theater und klassische Musik. Er hat es nicht mit der Kunst, den Künsten. Schauer überlaufen ihn, wird das Wort Oper ausgesprochen. Arien sind für ihn Katzenjammer. Er meidet das Tanztheater, die Pantomime, nennt beide Ausdrucksformen Quatsch. Und dennoch bekomme ich von meinem Opa die Puppenbühne geschenkt, die ich mir wünsche. Nicht größer als eine Ziehharmonika, von ihm gebaut, zum Zusammenklappen, dass sie wie eine dicke Mappe daliegt. Entfaltet und auseinandergezogen ist sie bunt wie ein

Aquarium. Ich bespiele sie mit selbst erfundenen Stücken und handgeschneiderten Figuren aus allem, was mir so in die Hände gerät, auf dünne Stäbchen geklebt. Ein halbes Erdkugeltheater an Hoffnungen, Wünschen, Sehnsüchten führe ich in diesem Kasten auf.

Opas Haus ist das letzte im Ort auf der Straßenreihe am Fußballplatz gelegen. Es ist, sagt er, von einem Hexenmeister aus teigigen Backsteinen gebaut. Das halbrunde Fenster unterm spitzen Giebel gehört zum Dachboden, den er mir überlassen hat. Da stehe ich oft, blicke umher und in den Himmel, wenn sie nicht auf dem grünen Rasen Fußball kicken. Und bin dann so voller purer Freude darüber, dass mein Opa mich aus dem Heim herausgeholt und zu sich genommen hat. Will aus Dankbarkeit ihm gegenüber reifen und an Gewicht gewinnen, breitbeinig im neuen Paradies vorhanden sein, lernen, singen, rechnen, lesen, Buchstabenreihen, zählen, Sport treiben, die besten Noten nach Hause bringen. Und aber auch Teil werden einer Jugendbande. Von denen gibt es zwei im Dorf.

Was für ein Leben, sagt Lucretia, wenn ich ihr genug erzählt habe. Warum wissen die Heime nichts davon, wird ihnen davon nichts verraten? Wieso bewahren sie uns vor so viel Schönheit? Ich tröste sie: Schön ist es auf der Grüngrasmatte. Schön ist es, mit dem Kugelrund zu spielen. Schön sind die Blumen, die Bienen, die Bäume, die Blätter im Sonnenlicht anzusehen. Die Himmelsleuchte heißt Liebesonne. Busjek da budjet sonze, immer lebe sie, singen wir im Chor der Schule.

So viel immense Dinge, die jetzt erst zu leben beginnen. Staubschichten, Spinnweben, alte Kammern, Brachland, Müllecken, Liegengelassenes, Zerknülltes. Ins Dickicht. Durch Hecken und mit Kratzern versehen, von inneren Rührungen angetan, innerlich entsetzt, erfreut, verletzt, ergriffen, überrascht erinnere ich mich. Und schlage ich mich durch, lasse meinen Stock der Sense gleich schwingen, haue mir einen Weg zurück, mit Ehrfurcht, Neugierde, unbändiger Lust. Mit Begierde und Freude am Takt meiner Schläge, der fröhlichen Wucht, die von mir und meiner Sichel ausgeht. Schlage das Kraut und Gras an seinen Wurzeln nieder, trampele mir einen Pfad. Ins Land, das wir verlassen haben, wo wir nicht mehr wohnen, wo nicht einmal die Erinnerungen noch richtig wohnen, die sich oft genug selber nicht erinnern. Ich möchte mein Vorleben fühlen, die damaligen Gerüche riechen. Den Duft des Heimes, des Hauses, in das ich ziehe, der Stube meines Opas, den Geruch seiner Werkstatt. Frühling, Herbst, Winter. Wie der Sommer meine Sinne reizt. Wie die Buttermilch schmeckt, die selbst gemachte Marmelade, der gelbe Pudding in der großen Schüssel aus Emaille. Nun will ich den Umrissen Inhalte schenken, ins Dunkle hineinleuchten, den Schatten Gesichter geben. Den Rhythmus der Zeit ergründen, wie es ist, wenn mein Opa nichts weiter anstellt, als dazusitzen, bewegungslos, geheimnisvoll, ermattet, nachdenkend, kurz vor einem Entschluss oder dem Abbruch der begonnenen Handarbeit. Mit welchen Gebärden spricht er zu mir? Mit welchen Handzeichen leitet er mich an, dieses zu tun, jenes zu unterlassen, nachdem er mich des schönen Tages aus dem Heim genommen hat? Er ist mein Befreier. Der Tag mein Befreiungstag, die Tat seine Befreiungstat.

Lucretia bleibt im Heim zurück, während ich bei diesem Mann lande, der von sich sagt, dass er meine Rettung ist. Wir können beide nichts dagegen tun. Ich treffe mich mit Lucretia, so oft es geht. Du bist jetzt ein Stadtkind, das ist jetzt der Unterschied zwischen mir und dir.

Mein Vater ist er nicht, ist nicht einmal mein Opa, aber er will, dass ich zu ihm Opa sage, was ich nicht herausbekomme – warum? Alle sagen sie zu ihm Opa. Keine Person um uns herum, die ihn mit seinem Klarnamen Gottfried kennt. Namen sind Schall. Namen verwehen im Raumrauch.

Lucretia, auch wenn ich sie hier so nenne, heißt nicht Lucretia. Cretia lässt an Krähe denken, Lu an Lulu. Und Epona, über die ich später noch erzählen werde, heißt im Leben nicht Epona, wie Eris nicht Eris heißt, weil ich von Epona und Eris und Lucretia nur als jene Göttinnen rede, die sie für mich im Guten und im Bösen verkörpern. Ich gebe meinen Mitmenschen oft Namen, die besser zu ihnen passen. Wenn einige von ihnen wüssten, wie sie bei mir heißen, es würden Fäuste fliegen. Ich habe das von meinem Opa übernommen. Der Briefträger heißt Mützenschweiß, der Koch Mundschenk, der Polizist Dumpfbacke. Nicht verwandt mit ihm, habe ich aber in etwa seine Statur und von ihm die Frohnatur und Lust zu fabulieren. Mein Opa ist nicht bloß eine Art Übervater, sondern der erste Mensch und Mann für mich, der für mich einsteht, sorgt und allzeit da ist. Nackt, wie ich mir einen echten Vater und die Mutter vorstelle – als Kind zwischen beiden in der Badewanne, mit Schaum auf meinem Kopf –, sehe ich mich nicht mit meinem Opa baden. Ich kannte ihn immer nur in der Sitzbadewanne, wenn Samstag war und ich nach ihm dran war. Ich kann mich ihm nicht so zugesellen, ankuscheln, wie ich es vielleicht gern hätte. Er nimmt mich nicht huckepack den Hügel empor. Er wirft mich nicht von der Brücke aus ins Wasser, dass ich schwimmen lerne, weil ich da schon ein guter Schwimmer bin.

Körperliche Nähe meidet er, große Gefühlspakete liegen ihm nicht. Mich verhätscheln will er nicht. Ich werde gelobt, scheu gestreichelt, gedrückt und bekomme einem Gaul gleich die Flanken geklopft. Komme ich ihm aber zu nah, reagiert er mit Abwehr. Ist nicht fürs Knuddeln, Kuscheln, Schmatzen und Schmusen zu haben. Fledermäuse mag er, nennt sie die ungewöhnlichsten Nichtmenschen. In heißen Gegenden wie in Eisgebieten zu Hause. Bauen ihre Höhlen in den Schnee. Schlafen in großen Städten, unter lauten Brücken. Können ihre Körpertemperatur absenken, ihre Herzschläge in der Brust reduzieren, mit einem Atemzug viele Monate überleben, bittersten Frost überstehen. So sieht er das mit den Gefühlen und Liebesbeweisen. Und was für schöne große treue Augen sie haben, wenn sie kopfunter hängen, auf ihre Füße schauen.

Weil alle meinen Opa Opa nennen, ist er für mich nichts anderes als mein Opa und Opa für alle. Wie meine Stadt die Stadt aller, meine Ostsee meine und zugleich die Ostsee aller ist. Er lässt mich frei herumlaufen.

Ich fühle mich ungebunden, unbeobachtet. Ich springe die geringe Höhe hinab zum Strand, knie auf den Sand nieder, beginne mit meinen Händen ein großes Loch zu graben, bis der Sand feucht wird, sich mit dem aufkommenden, ansteigenden Grundwasser vermischt und wir beide eine Kleckerburg bauen können. Hier habe ich mit meiner Schaufel gegraben, meinen Ärger über mein verpfuschtes Eheleben herausgebrüllt, in die wilden Wellen hineingeschrien, bis ich heiser und es zufrieden war. Und er wie ich nehmen flache Steine zur Hand, lassen sie übers Wasser flitzen und hopsen. Nie mehr als viermal springen sie, mehr springt bei mir und ihm nicht heraus. Zum Schluss packe ich große Klamotten mit meinen Pranken, schleudere sie gegen die Felsbrocken, dass sie zerplatzen, gefährliche Stücke durch die Luft schießen und splittern, dass ich mich wohler fühle.

Sie sagen, dass er ein spinnerter Eigenbrötler ist, und meinen das positiv. Schwierigkeiten bezeichnet mein Opa als Steile Wand von Meerane. Zwölf Prozent Steigung, die zu überwinden sind. Der Gipfel lockt. Der Tagessieg ein hartes Brot. Da braucht es Kraft, Ausdauer. Ist sein Lieblingsthema, Radtour, Etappen, Bergwertung und die Steile Wand von Meerane, ein unerbittlicher Rennabschnitt. Mein Opa erklärt alle Angelegenheiten des Lebens kurz und knapp als Radrennfahrer. Er wird meine Beine trainieren, mir helfen, flinke Beine zu bekommen, die eisern strampeln, Tritt fassen, Tempo machen, Tempo halten. Ich bekomme von ihm seinen alten Drahtesel vermacht. Unsicher, zittrig fahre ich anfangs, dann sicherer werdend, bin ich tollkühn. Übung macht den Meister. Die Schwierigkeiten verlieren sich,

ich erobere den Sattel, kann auf dem Rad bald freihändig fahren, mit ihm ausgedehnte Stehversuche unternehmen, in voller Fahrt bremsen, dass mein Hinterrad eine Bremskreisspur auf dem Boden hinterlässt.

Mit Lucretia hätte ich eine Schrittmacherin zur Seite, sagt er. Wir seien ein gutes Team, würden manches Rennen gewinnen, wenn er uns trainierte. Kann sein, dass er recht hat.

Ein Spottlied singen Lucretia und ich so gern auf meinen Opa: Mein Opa fährt im Hühnerstall Motorrad. Mein Opa hat im Backenzahn ein Radio. Mein Opa bäckt im Kühlschrank eine Torte. Mein Opa hat einen Nachttopf mit Beleuchtung, einen Löffel mit Propeller, einen Goldfisch, der raucht Pfeife.

Eine Oma zu meinem Opa gibt es nicht. Von ihr wird manchmal erzählt. Das Miteinander der beiden dauerte wenige Jahre. Es geschieht inmitten der Erntezeit, die Kartoffeln müssen eingebracht werden, bevor sie zu faulen beginnen wegen diesem verdammten Dauerregen in diesem verflixten Teufelsjahr. Da bekommt sie auf dem Feld die Wehen und krümmt sich, hält ihren Buckel übern Podex, kommt nieder, wie es heißt, wo die Maloche auf dem Feld Berge bildet. Sie müssen nicht nach der Hebamme rufen. Ist eine tapfere Frau wie andere tapfere Frauen auch zu jener Zeit. Sondert sich kurz ab von der Kartoffelernte, verschwindet hinter der Kartoffelhalde, schafft das Kind in die Jetztzeit, versorgt es notdürftig unter den Feldbedingungen, kehrt zurück, ist bald wieder flott am Kartoffelroden. Mehr Zeit für derartige Sachen war nicht vorhanden. Haben sich früher nicht so überempfindlich benommen wie die jungen verwöhnten Dinger heutzutage, sagt mein Opa.

Die Liebe, sagt er, Junge, ach, die Liebe, besser du lässt die Finger davon. Nur werde es sich nicht verhindern lassen, dass ich ihr verfalle und wie er unglücklich Schiffbruch erleide. Das Schlauchboot ist löchrig, der Verliebte will die Löcher flicken und treibt dabei ab, gerät mitten auf die hohe See, wo er rettungslos verloren geht und ertrinkt. Wenn er so über die Liebe redet, möchte ich mir nicht vorstellen, dass es zwischen ihm und meiner Oma Sex gegeben hat. Das ändert sich schlagartig, als ich auf dem Hängeboden einen Schuhkarton entdecke, in ihm Fotos und Liebesbriefe der beiden, die mich rot anlaufen lassen. Von meiner Oma sind zwei Nacktaufnahmen am Strand zu sehen, auf denen man fast alles haargenau sieht. Claudio, mein Schulkamerad, dem ich die Bilder zeige, pfeift schrill, seine Augen werden hell und groß. Sieh einer an, sagt er, und seine Worte überschlagen sich. Die waren damals nicht anders als wir heute, die alten Jungen. Ich finde auf dem Dachboden auch ein paar von den Kleidungsstücken meiner Oma, das kleine Schwarze ist dabei, gewissenhaft in Packpapier gewickelt und gut versteckt. Ich stelle mir meine Oma darin vor, wie sie sich tänzerisch vor einem Spiegel bewegt und ihre Freundinnen lauthals prusten, sie so fremd, elegant angekleidet empfinden. Und plötzlich kann ich mir meinen Opa auch als stürmischen Liebhaber denken, im Tanzlokal, auf dem Acker, im Stall, wo immer sich die Gelegenheit findet. Und seine Worte hören sich ganz anders an, irgendwie verschmitzter: Es war Erntezeit. Die

Kartoffeln mussten eingebracht werden. Seine Sätze über die Liebe hören sich nicht mehr so hart wie aus Steingut beschaffen an.

Mein Opa schaut mir tief in die Augen, während er über die Liebe spricht, bis ich automatisch mit dem Kopf nicke, obwohl mir alles böhmische Dörfer sind. Die Worte kommen sparsam aus ihm, wie man gute Seife benutzt. Das Kind, wie soll ich sagen, ist tot geblieben, sagt er. Jammerschade ist es, und sich etwas weggeholt dabei hat sie sich obendrein, worauf dann der Sensenmann auch sie geholt hat. So erzählt er. Früher seien sie nicht so verpimpelt gewesen wie heute. Es wird alles nie mehr wie früher sein, nichts davon wird zurückkehren, einmalig bleiben wie das alte Grammophon, der Zeppelin oder eben wie meine Oma. Dann zieht er seine Stirn in tiefe Falten, atmet viel Luft ein, hält sie lange, lange in sich gefangen, ehe sie aus ihm herausschießt.

Zwei Menschen in einem, Oma und Opa ist mein Opa für mich. Wäscht ab, kocht und erledigt alle anfallenden Tätigkeiten im Paradieshaus mit lockerer Hand wie eine Frau. Schneidet das Brot vor dem Bauch in dünne, gleichmäßige Scheiben wie von der Brotmaschine.

Guck dir das nicht bei mir ab.

Wieso, warum? Ich will auch so schneiden!

Weil es schiefgehen kann, sich so nicht geschnitten gehört.

Mein Opa ist nicht nur mein Opa, sondern auch eine patente Frau für mich. Sein Pflaumenkuchen ist ideal, herrlich kross die Streusel, die über die Früchte gestreut sind, das Ganze mit Zimt gewürzt, blechheiß in mehrere Stücke geschnitten, unter das Leinentuch gelegt. Die Blechkuchenränder esse ich klebrig und angebrannt, mit Resten von Pflaumen vermischt am liebsten, dass mein Opa darüber lacht. Alles Gute im Leben, sagt mein Opa, schmeckt von seinen Rändern her. Und zwinkert mir zu. Und freut sich daran, dass ich heftig nickend zustimme, mich über einen solchen Satz freue, obwohl ich ihn gar nicht verstehe.

Ein kluger, runder, kleiner Mann: von Kindesbeinen an mein Ritter, Held in der Küche, ein unbestrittener Meister, Herrscher über Kochtöpfe, Kellen, Pfannen, Gewürztüten. Die Küche ist der beste Heilmeister. Ich soll mit ihm mittun. Die psychischen Schäden, sagt er, biegen wir damit grade. Ich koche mit ihm Lungenhaschee, um meine Abneigung gegen Lungenhaschee zu besiegen, wie er meint, Lunge waschen. Lunge in grobe Stücke teilen. Lunge durch den Fleischwolf drehen. Lungenstücke in Salzwasser gar kochen, durch dieses Sieb gießen. Gekochte Lunge in der Butter braten. Mehl und gehackte Zwiebel beigeben, zart bräunen, mit Brühe auffüllen. Alles in der sämigen Soße verrühren, herzhaft mit Essig abschmecken. Auf die Reihenfolge kommt es an, schwört mein Opa, die Menge, der verwendete Essig, Junge. Sein Haschee sei kein Vergleich zu dem Haschee, das denen im Heim vorgesetzt werde.

Du kennst das Lungenhaschee im Heim?

Nein, ich kenne die Köchin.

Er nimmt noch Schweineherz hinzu, kocht es vorher weich, dreht die Stücke zusammen mit der Lunge durch den Wolf. Das soll den Geschmack abrunden. Zusehen kannst du alleine, abschmecken müssen wir zu zweit, sagt er. Könnte es bei ihm jede Woche geben, sagt er. Die Leute wissen nicht, was für ein herrliches Essen Lungenhaschee ist: wirst sehen, wirst es schmecken.

Ich koste und spucke. Mein Opa lacht und tröstet: Dauert lange, ehe man etwas lieben und schätzen lernt.

Die Anzahl seiner Geschwister beziffert er auf neun, zehn. So genau weiß er sie selber nicht. Haben früher die Kinder nicht gezählt, die Leute, sagt er. Durchweg alles Gören. Er, der einzige Hosenmatz im Puppenhaus. Und lacht, dass ich mitlachen muss. Kann kräftig lachen, sich die Oberschenkel dabei schlagen, kippt manchmal ruckartig mit dem Oberkörper nach hinten, bullert gegen die Wand dabei, dass es kracht, wenn er lacht. Eine Menge Männer könnten sein Vater gewesen sein, sagt er. Nicht zu mir, zu seinem Freund, dem Jäger, wenn sie beisammen in der Küche sitzen, vieles auf ihre Weise miteinander bereden. Sie kommen immer mittwochs zusammen, um gemeinsam zu schweigen, Schnaps zu trinken, vom harten Käse zu essen, den der Jäger mitbringt. Von Gören, Weibern, Müttern, schönen Töchtern, gerissenen Frauen reden sie. Von hässlichen, freundlichen, kleinen und gemeinen Biestern. War keine günstige Zeit für feste Beziehungen nach dem männerfressenden Krieg, heißt es. Herrschte großes Loslassenmüssen, ohne dass man gefragt wurde. Kehrten von denen, die ausgezogen waren in die große Schlacht, viel zu wenige zurück. Waren dann keine Glücksritter mehr, waren zerschlagene, verkrüppelte Männer. Gott, wie ausgemergelt. Zu kaum etwas noch zu gebrauchen, als sie beiseitestehen und zusehen lassen.

Sie trinken Schnaps und rauchen Zigarillos. Ich atme den Rauch so gern ein, mag diesen Geruch nach Vanille, der das Haus erfüllt. Und trinken ordentlich weiter, werden heiter. Reden von der platonischen Liebe zu einer gewissen Josephine Baker, der dunkel glänzenden Schönen mit Beinen und Armen aus Fruchtgummi und mit weiter nichts bekleidet als einer Federboa und Bananen als ihren Naturgürtel um die Hüften; die blanke, bare Brust wackelte so schnucklig beim Tanzen. Sie singen Lieder und schnippen, wie die Baker es so meisterlich konnte, mit ihren derben Fingern dazu.

Mein Opa redet immer sehr leise, ist oftmals kaum zu verstehen. Er wispert, nuschelt und tuschelt sich durchs Leben, dass man an ihn heranrücken muss. Er säuselt. Er summt, haucht und näselt wie Bob Dylan. Der ganze Mund ein Schalldämpfer. Er siezt den Postfürmich-Mann, den Fleischer, die dicke Polizistin. Und spricht im Stall mit der Mistforke, nennt sie Verehrte Mistforke, wollen wir nun mal gehorchen. Den Hühnern raunt er vornehm zu, sie sollen ihm besser aus dem Weg springen, und sie befolgen seine Anweisungen, nehmen Reißaus, halten Abstand, kommt er mit dem Motorrad aus dem Schuppen. Das lauteste Motorrad weit und breit. Kinder schreien ängstlich, kommt er angeknattert. In seiner Motorradjacke sieht er wie Marlon Brando aus, so mit der Zigarette im Mundwinkel. Nimmt er mich mit, klemmt er mich zwischen seine Schenkel übern Sitz am Tank. Ich meine zu sterben.

Opa, wo komme ich her, rufe ich ihm zu.

Dich hat der Esel im Galopp verloren, sagt er, lacht lauthals. Bist ein Luftikus, mein Jahrhundertereignis, nach dem er, wie er behauptet, um die halbe Erdkugel mit dem Motorrad gesucht haben will. Mutterliebe, Vaterliebe, dieses familiäre Glück insgesamt, können wir, müssen wir vergessen. Da brauchen wir uns nicht allzu große Hoffnung illusionieren, sagt er: Schwirren wie unter Kolibris können wir nicht, sind keine Paradiesvögel, Scheißerchen du. Sind in diesem einen Punkt nicht genügend störungsfrei aufgewachsen. Wenn du verstehst. Sind eher Trottellummen, du und ich. Trottelwas, frage ich. Trottellummen. Kommen auf Helgoland vor. Helgoland, wie schön das klingt.

Es gebe in der Familienbande ein Gen, das mache uns zu Trottellummen. Trottellummen sind lebenslustige, leider aber sehr unbeholfene Vögel. Auf Helgoland beheimatet. Grandiose Flieger, beherrschen ihr Flughandwerk gut. Tolle Segler, in der Luft unübertroffen. Exzellente Taucher. Unter Wasser unschlagbar. Fangen den Fisch mit unvergleichlicher Eleganz. Sehen gut aus mit ihrem weißen Gefieder, dem edlen blauschwarzen Kopf, Hals, Buckel. Mein Opa imitiert den Vogel, verrenkt sich, deutet einen Landeanflug an, schüttelt den Kopf. Versucht, sich den Buckel zu kratzen, als wäre ihm dafür ein Schnabel gewachsen: Trottellummen heißen so aufgrund ihres trotteligen Ganges. Sie können nicht über ihre Zehen abrollen, sondern nur auf ihren Hacken staken. Und schon watschelt er vor mir herum, stakt auf seinen Hacken wie Chaplin. Sie leben an Land in Kolonien, sind jedoch in der Luft Einzelgänger. Nestbau und Brutpflege sind für sie eher problematisch, sie kommen damit nicht zurecht, es ist nicht ihr Metier. Mein Opa fliegt, die Flügelarme ausgebreitet, um mich herum. Sie sind unbestrittene Beherrscher der Lüfte, können nur eben nicht sonderlich sicher landen. Sie bauen ihre Nester an Felsklippen, Junge, legen je ein einziges Ei hinein und müssen es zu zweit auf engstem Raum ausbrüten in Nestern, an steile Felswände gepappt. Nestbau und Brutpflege sind absolut nicht ihr Ding. Sind die Benachteiligten der Evolution. Der was? Evolution. Lernst du noch in der Schule. Das Ei im schiefen Nest ist konisch. Frag nicht, was konisch ist. Bekommst du alles vom Lehrer gesagt. Läuft oben spitz zu und kugelt beim geringsten Schubser aus dem Nest, stürzt den Felsen herunter, was unter Trottellummen laufend passiert. Kommt das Ei durch, schlüpft aus ihm ein Junges, wird es ununterbrochen gefüttert. Ist dann binnen weniger Tage größer als meine Faust. Also fürs kleine Nest zu groß. Da bleibt den Kleinen nichts weiter übrig, als aus dem Nest zu springen. Tollkühn und todesmutig, vom hohen Felsennest aus plauzen sie ins Meer, wo sie nur dann gut landen, ist der Sprung nicht zu kurz gewählt und das Wasser nicht hart wie ein Spiegel aus Glas. Es kommen eine Menge Küken dabei um. Die, die überleben, werden mit einem Festmahl von den Eltern begrüßt und noch ein paar Wochen mit Fisch direkt aus dem Meer gepäppelt.

Mein Opa geistert in meinem Hirnkasten. Er nennt mich Trottellumme und Kuckucksvogelkind. Er sagt, nicht zu wissen, wer Mutter und Vater sind, ist ein gutes Mittel gegen die Furcht davor, ihnen ähnlich zu sein. Zehn Jahre furchtlos herangewachsen, werde mir nichts mehr passieren. Was von ihm auf mich abfärbe, sei ein Klacks und würde keinen größeren Schaden mehr anrichten können. Wer ohne Mutter und Vater ist, muss keinem Vater gehorchen und keiner Mutter gut sein. Mein Opa ist mein Vaterersatz. Ersatzleute sind wichtig; wenn im Fußballspiel der Stürmer verletzt wird, ihm die Puste ausgeht, dann ist die große Zeit des Ersatzstürmers. Er läuft auf, und manchmal wird durch ihn ein Spiel sogar gedreht. Radrennfahrer haben Ersatzkollegen.

BOXERINNENHERZ

Irgendwann, wir sind nun vierzehn, nimmt mich Lucretia wichtigtuerisch beiseite, drückt meine Stirn gegen die ihre, dass ich einen roten Kopf bekomme und verwirrt sonst etwas denke. Ich sei doch so gut bekannt mit dem Fleischerjungen. Es finde da eine besondere Hausschlachtung statt. Die müssen wir uns ansehen, fordert sie. Widerstand ist zwecklos. Es ist die Sau vom Bauern, hörst du? Sie ist in drei Tagen dran. Unsere Sau, die uns aus der ersten Buchte grunzend stets begrüßt hat. Drei Kilometer von der Schule entfernt, langten wir zum landwirtschaftlichen Unterricht dort an. Die fetteste Sau, von allen gestreichelt, gesegnet, angesprochen. Mit ebenso obergärigen Küchenabfällen gemästet wie die Schweine im anderen Kinderheim, für die der Specktonnenmann in seiner Wolke aus Gestank von Haus zu Haus im Dorf sammeln ging. Dir wird schlecht, sage ich. Du kippst um. Red keinen Unsinn, Petkowitsch. Ich und ohnmächtig.

Ich regle die Angelegenheit mit meinem Schulbanknachbarn Heiner, und drei Tage später bin ich mit Lucretia zur Hausschlachtung im Innenhof der Fleischerei, wo es nach Tod riecht. Steife, harte, viel zu lange Kittel geben sie uns. Da gehen wir wie Stahlgießer herum, können uns nur wie Roboter bewegen, stehen deswegen wie angegossen in der Ecke. Sie haben bereits ein Schwein geschlachtet. Nun ist das zweite Schwein, unser Liebling, dran. Der Geruch lässt sich nicht mit dem Wasserschlauch in den Gully spritzen. Ein jahrzehntealter Schlachtgeruch. Den bekommt man nicht los. Der steckt im Putz. Der quillt aus allen Ritzen. Sie führen die dicke Sau in den Hof. Privatschlachtung, Eigenbedarf, erklärt mein Banknachbar, Sohn des Schlachters. Deswegen die Sonderrolle, der Logenplatz. Der Bauer ist nicht beim Schweinemurksen dabei. Mein Banknachbar sagt murksen, wie ein Heiner halt so spricht, der auf dem Schlachthof groß geworden ist. Er erklärt die Technik, die bei der Sau zur Anwendung kommt, mit einem Wort: Bolzenschussgerät. Das Totmacherrohr in den Pranken des Schlachters sieht dem Seemannsguckrohr meines Opas ähnlich, ist genauso groß, nur nicht aus Messing.

Die Sau steht herum, schaut uns an, erkennt uns nicht. Sie können nicht gut sehen, erklärt Lucretia den Umstand. Fett und bequem, zu faul zum Laufen in der Mitte des Hofes, den Kopf erhoben, schnüffelt das Tier herum und klimpert mit seinen kleinen Schweineaugen. Es ahnt nichts von seinem nahen Tod. Was für eine dumme Sau, sagt Heiner und bekommt dafür von Lucretia den Ellenbogen wie einen Bolzen in die Seite gerammt, dass er Luft zu holen vergisst und nichts mehr sagen kann. Der Schlachtergeselle nähert sich der Sau mit dem Bolzenschießrohr. So hängen die Dinge zusammen. Erst ist da der Specktonnenmann. Dann ziehen wir ins neue Heim um, werden eingeschult, bekommen landwirtschaftlichen Unterricht, lernen dort unsere Sau kennen, die nun dran ist, wie Lucretia sagt. Wir binden das Schlachtviech nie fest, sagt Heiner, vom Ellenbogencheck erholt. Wenn es nicht richtig getroffen wird, irrt es blutend im Hof herum, das Viech, spritzt sein Blut überallhin, rennt angeschossen zum Tor hinaus wie einmal. Da ist uns mal eines entwischt. Um die Ecke herum, zum Friseur herein. Hat dort eine blutige Sauerei veranstaltet. Frisch eingeweihter Laden. Lucretia gähnt: Die Geschichte kenne ich. Die Geschichte hat so einen Bart.

Der Schussbolzen wird angesetzt, es knallt, ein kurzes Bolzenpeng. Die Sau steht, als wäre nichts passiert. Es wummt ein zweites Mal. Der Bolzen fährt zwischen den zwei rosa Ohren in die Stirn. Die Sau fällt endlich um, liegt da, als ruhte sie aus. Der dicke Schweinekopf auf den Vorderpfoten hingestreckt. Das Maul von Sabber glänzend. Die Schweinsäuglein verdreht. Die Pfoten gepackt wird die Sau zur Seite gewuchtet. Der Geselle legt den Schussapparat weg, kickt unserer Sau gegen das Vorderbein. Die kippt zur Seite, liegt da. Der Schlachter setzt seinen Fuß aufs Schweinemaul, biegt den Kopf mit Kraft nach hinten. Glatte Halshaut ist zu sehen. Der weiß genau, wo er das Messer ansetzt, wo Schnauze, Hals, Brust hier eins zu sein scheinen. Er rammt ihr das Messer in den Hals, trifft die Hauptschlagader. Warmes Blut spritzt und wird in einer Schale aufgefangen. Ein kräftiger Strahl. Das Blut wird umgerührt, seine Gerinnung zu verhindern. Die volle Schüssel wird fortgebracht, ihr Inhalt in eine Rührmaschine gegeben. Für die Blutwurst. Lucretia will alles sehen und wissen. Was sie mit dem toten Schwein noch so anstellen. Wie es zur Wurst wird. Wo die Wurst gekocht wird, die Beine zu glänzenden Schinkenkeulen geräuchert werden. Würde am liebsten auch sofort schlachten, Handlangerin sein, die Sau in einzelne Teile zerlegen, Kotelett und Schnitzel, das Tier mit kochendem Wasser übergießen und mit der Schabglocke die Borsten vom Schweineleib kratzen, die Stoppeln mit dem Flammenwerfer abfackeln. Wie immens das riecht, Petkowitsch. Findest du nicht auch, dass es wie ein gigantisches Schweinelagerfeuer riecht? Finde ich nicht. Wenn mein Opa grillt, schüttet er Bier in die Glut. Das riecht gut. Abgebrannte Borsten stinken lausig, und der Geruch davon bleibt einem lange in der Nase. Bei uns werden manchmal Karpfen geschlachtet, ausgenommen, geviertelt, und es kann dabei passieren, dass ein viergeteilter Karpfen, mit jedem seiner Einzelstücke in die Pfanne hineingelegt, wieder lebendig wird und aus der Pfanne springt. Mir fährt dabei immer der Schrecken in die Knie. Ich gewöhne mich nicht daran. Lucretia dagegen erwartet den Sprung der toten Karpfenteile mit geballten Fäusten ungeduldig und jubelt laut, wenn wieder Springzeit ist.

So unterschiedlich sind wir beide. Während ich keinen Karpfen mehr esse, fragt sie mich ständig, wann bei uns wieder Karpfen geschlachtet und in die Pfanne gelegt werden, ob sie dabei sein kann, wenn mein Opa sie brät. Ich bin nach der Hausschlachtung völlig erledigt, gegen jedwedes Fleisch und gegen alle Wurstsorten, esse weder Schinken noch Schnitzel, koste auch nicht von den Innereien, extra vom Schlachter mitgegeben für meinen Opa, der so gut frisches Schweinehirn zubereiten kann. Er liebe das Hirn, mit Ei und getrockneten Waldpilzen, Zwiebelstücken vermengt, sagt mein Opa, es sei eine Delikatesse, dafür werfe er Austern und Kaviar in die Mülltonne. Die reichen Leute wissen nicht, was gut, nur was teuer ist, sagt mein Opa, zieht meinen nicht angerührten Teller zu sich herüber, haut die Mahlzeit weg, wischt sich die Lippen mit dem Ärmel ab, sagt: Hirn gibt Hirn. Er raucht danach sein Haschpfeifchen, philosophiert beim Rauch seines kleinen Ofens mit Tabak betrieben, den er in einem Laden außerhalb unseres Ortes kauft. Teufelszeug nennt er es. Wird mich eines Tages umbringen, die Qualmerei. Was ist der Mensch sonst wohl als nur ein Schwein, sinniert er und ist dann längere Zeit bei seinem Lieblingsthema: das Schwein, wie ähnlich es dem Menschen sei. Schaut nur im Gesicht weniger menschlich aus, allerdings, es gäbe da ein paar Leute, oweia, die sähen schweinischer als das Schwein aus, und jedes Schwein wirke gegenüber denen mehr als sehr menschlich. Ist er bis zu diesem Punkt gekommen, schläft mein Opa ein und träumt irgendwelche Kifferträume.

Um die Zeit will Lucretia, dürr, wie sie gebaut ist, eine Boxerin werden. Braucht dazu mich als ihren Trainingsgegner, um Taktiken, Tricks auszuprobieren. Sie redet über Schlagkraft, die Aussicht, eventuell doch irgendwie als Mädchen den Boxschein zu bekommen und an Turnieren teilzunehmen. Woher sie die Wortwahl hat? Ich stelle mich jedenfalls zur Verfügung, ohne zu ahnen, was ich alles einstecken werde. Sie entwickelt sich gut, arbeitet an ihrer Beweglich- und Schnelligkeit, dem Schlag, dem Abblocken, Abducken, Abwehren. Und haut mich oft genug um. Tanzt jedes Mal um mich herum, schwingt die Hüften, hält die Arme vor ihren Kopf, dass ich sie nicht sehe. Petkowitsch, Achtung heißt, hallo, aufgepasst, ich probiere einen neuen Schlag aus. Die Handschuhe schießen auf mich zu. Schmerzhafte Schläge, die sie austeilt, raffinierte Kombinationen, mit denen sie mich erwischt. Ohne jeden Respekt. Ob ich taumle, aussetze, einknicke, nach Luft pumpe, sie reckt die Arme, jubelt gemein, wann immer sie mich am Boden hat. Dämmere ich halb tot am Boden, sehe ich sie mit ungläubigem Gesichtsausdruck über mir:

Das war doch gar nichts, Petkowitsch, steh auf, kämpfe. Ist es lausig um mich bestellt, sorgt sie sich etwas, beugt sich tief zu mir herunter, sagt: Sag deinen Namen. Und jubelt kurz nach meiner Antwort: Ich habe Petkowitsch bezwungen! Ich keuche am Ende meiner Kräfte: Lucretia, lass es gut sein für heute, und schaue ihr dann stundenlang einfach nur zu, wenn sie Schritte übt, ihre Fäuste in die Luft schlägt. Ihre Bewegungen sind ach so erlaucht, königlich, geschmeidig. Ich kann sie mir im Boxring gut vorstellen, den linken Haken als Zauberschlag, Titelträgerin mit dem dicken Gürtel um den dünnen Leib, den es dann zu verteidigen gilt. Lucretia legt sich auf den Fußboden, hält die Bauchdecke angespannt. Ich soll auf ihr herumhopsen: Das härtet ab, Petkowitsch. Nur zu.

Was hat der Boxer vom Leben, muss er doch meiden, was ihm grad gefällt. Sucht er sich fürs Herz einen Schatz, hat er im Ring keinen Platz. Was hat ein Boxer mit Liebe zu tun, nie darf er tun, was er will. Teilt er sein Herz, dann ist alles vorbei, ist es um ihn auf einmal still.

Und natürlich ist dann auch bald schon ihr erster Kampf, eine kleine unfreiwillige Meisterschaft auf dem Schulhof, von der großen, dicken Landtussi aus einer der oberen Klassen, Hühnermörder mit Nachnamen, angestiftet. Hab gehört, die Fadennudel boxt neuerdings. Na, dann zeig mal, was du für Muckis hast. Lucretia reagiert gemäß der Formel: Das Herz eines Boxers kennt nur die eine Liebe, den Kampf um den Sieg allein, und nur die eine Sorge, im Ring stets der Erste zu sein, und stellt sich in Kampfpose auf. Ihre Gegnerin verpasst Lucretia, die eben erst zu tänzeln beginnt und sich wie im Ring aufführt, drei, vier heftige Prankenhiebe, ohne nach den Regeln im Ring zu fragen, verkloppt die am Boden Liegende mit ihren Schweinsfüßen, quiekt: Willst du mehr? Lucretia sagt nichts, sondern sieht aus dem Staub herauf den fetten Fleischsandsack an. Kannste haben, schreit der Sack. Ist ein Boxer berühmt und bekannt, weil er im Kampfe immer der Beste ist, bricht ihm schnell die geschworene Treu, ist es schnell mit allem vorbei, wenn er nur einmal den Kampf nicht besteht. Wer nimmt noch für ihn Partei? Nichts als der Spott ist der Dank. Wenn er dann geht, dann kommt der Nächste an die Reih.

Da kennt die aufgeblasene Kuh das Herz und die Zähigkeit einer Boxerin wie Lucretia aber nicht, die sich flinker erholt, als sie am Boden vorgibt, und längst wieder zu Kräften gekommen ist. Nun ist sie dran, den entscheidenden Treffer noch in der ersten Runde zu landen: Weiter, weiter, fordert sie das große Bullenei auf, bearbeitet die Trude unterhalb des Rockgürtels nach den Regeln der Kunst, dass die zu greinen beginnt, ihre Fettglubschen und das Schweinemaul aufreißt und in dieser Haltung zusammensackt, wie man es bei solch einer ungelenken Körperfülle nicht anders erwarten kann. Ohne noch ein Glied zu bewegen, fällt sie ungebremst und mit voller Wucht auf die dicke Fresse. Das zarte Gesicht von Lucretia ist tagelang geschwollen und gleicht anfangs dem ihrer pummeligen Gegnerin. Der Körper ist voller blauer Flecken. Wir versuchen einzelne Flecken als Inseln, Figuren zu enttarnen und geben ihnen lustige Titel.

Ich glaube daran, dass sie Boxerin und erfolgreich wird. Ich nehme ihr alles ab, was sie sich vornimmt, wovon sie plappert, alles. Dass vor nicht so langer Zeit die Fische bellten, Mäuse zwitscherten, der Paradieshaushund wieherte, die Hähne schnurrten, die Katzen quakten, die Wellen stumm gegen die Klippen schlugen, der Sand am Strand unter den Füßen röchelte, die Blätter im Gebüsch fauchten, die Vögel in der Luft keine Spuren am Himmel hinterließen. Wenn sie es nur stramm genug behauptet.

Ich glaube an sie, als sie dann nicht mehr Boxerin, sondern eine Fünfkämpferin werden will: Pistolenschießen, Degenfechten, Schwimmen, Springreiten und Querfeldeinlauf. Fünf wird mit nf gekritzelt, wie Senf und Hanf. Lucretias Zahl ist die Fünf, meine die Neunzehn. Ein Kopf und vier Gliedmaßen sind fünf. Der Seestern hat fünf Arme, fünfeckig sind die Blüten der Rose und die am Apfelbaum, am Birnenbaum. Fünf Kontinente hat unsere Erde. Jesus trägt fünf Wunden, ans Kreuz genagelt. Feuer, Holz, Wasser, Erde, Metall. Ost, West, Nord, Süd und der Blick nach oben zu den Sternen die fünfte Himmelsrichtung. Fünf Finger und fünf Zehen hat der Mensch. Auf fünf Zeilen entsteht Musik, die wir lieben. In China, sagt sie, ist der Kopf die Neun und der Fuß die Eins, fünfeckig sind dort die Häuser gebaut. Die Fünf hält böse Geister fern. Der Teufel hasst die Fünf, hackt sich von Hand und Fuß die fünften Zehen und Finger ab.

Was man Klarsicht nennen möchte, liegt im Dunst und tritt aus diesem dann in Umrissen hervor. Wir meinen uns an etwas klar zu erinnern, nur weil es uns aus diesem milchigen Nebel erreicht. Wir sehen dunstig klar die Umrisse und meinen alles zu sehen. Das, woran ich mich erinnere, stammt aus dem Dunst. Ich nähere mich meiner Kindheit und meinen Jugendjahren aus einer Kapsel, einer Raumstation, einer Telefonzelle, die von innen mit Erinnerungen beschlagen ist. Inselgedanken in frühen Nebel gehüllt. Spinnweben der Zeit. Von innen her beschlagene Scheiben, die sich nicht von außen blank und rein wischen lassen. Von außen ist diese Scheibe nicht zu durchdringen. Ich muss, um Teil meiner Erinnerung zu sein, selbst zum Nebelschleier werden.

Das enge Kabuff ist nicht größer als ein großer Reisekoffer. Ich sehe mich in der Abstellkammer hinterm Klo, hocke zwischen Tür und staubigen Ordnern, stocksteif und still. Ich warte auf Lucretia, dass sie ihr Geschäft tätigt. Es ist da ein Vulkan in mir ausgebrochen. Es sind vulkanische Triebe, die mich lenken. Ich will Lucretia hantieren, rascheln hören. Ich will in meinem Hinterhalt die vulkanische Neugierde befriedigen. Geheime Gefühlspakete kurz vor ihrem Ausbruch. Gezügelte Unruhe. Zum Schweigen verdammte Sehnsucht. Vorbei ist es mit der verschlafenen Insel, auf der ich lebe. Unruhe überschattet sie. Und nur dieser eine schlimme Gedanke dabei, die Schiebetür würde beiseitegeschoben, und ich könnte in meinem Verschlag entdeckt werden. Die Atemluft angehalten, lausche ich. Jetzt nicht husten oder einen verräterischen Mucks von mir geben. Nur nicht durch Magenknurren in die oberpeinliche Situation geraten. Nichts sehen, alles sehen. Sie pissen hören, sich alles plastisch ausmalen, bis Lucretia ihr Geschäft erledigt hat, Schlüpfer und Strumpfhose hochzieht, die Spülung betätigt, das Klo verlässt, mich mit ihren Geräuschen im Dachstübchen und um diese außergewöhnliche Erfahrung reicher zurücklässt.

Nun da dies gestanden ist, muss ich die Themen rasch wechseln, wegzukommen von der putzigen Erinnerung, die absolut nicht putzig zu heißen ist. Mein Opa schenkt mir ein Buch. Menschen, die ihr Nacktsein kunstvoll gestalten. Körper und Hautbemalung. Tätowierung, Tattoos. Bräuche und Sitten. Festliche Mode, Maske, Textil, Dekor. Tänze, Theaterspiel, Zirkus. Verkleidete Menschen rund um den Erdball. So viel unglaubliche Fantasie und Verschönerung. Herrliche Federbäusche, Ohrgehänge, Formen, dekorative Verstümmlungen, bunte Zähne, wulstige Narben. Röcke aus Farn, Schilf, Palmenblättern. Dunkelhäutige Frauen und ihre Kinder. Auch sie mit überdehnten

Hälsen, von den Schlüsselbeinen aufwärts bis an ihre Kinnladen. Goldene Ringe als stramm sitzender Halsreif getragen. Wenn man ihnen den Halteschmuck wegnimmt, knicken ihre Hälse wie Streichhölzer und sie sterben, sagt mein Opa.

In diesem Bilderbuch befinden sich Aufnahmen von Männern und Bannern, Transparenten, Fahnen, ihre Heldenbrüste mit Orden behangen. Rote Rotten, blaue Hemden. Uniformen. Meuten. Kunstblumen. Pappschilder, wie sie vor unserem Kinderheim aufmarschiert sind, als ich Eskimo werden wollte. Ich halte dem Buch die Treue, trage es als meine innere Fahne mit mir herum. Es zieht mit mir in die Berge, beendet mit mir die Lehre, wandert von der Bergwohnung zum Studentenheim – ein Freund, mein Leben lang.

OHNE ORANGENBLÜTEN

Mein Opa lässt mich tun. Besucht mich nie in meinem Reich. Das Dach, der Boden und du. Der Ort gehört dir allein. Ich bin immer noch vierzehn Jahre alt, als ich all die Veränderungen an mir bemerke und mich so schlecht damit fühle. Pickel, Heiserkeit, Krähenkrächzen. Ich schließe mich oft auf dem Dachboden ein, nehme mich zurück, fliehe allen Vergnügungen.

Natürlich bin ich Lucretia, meiner großen Himmelei, gradezu hörig. Taucht sie auf, werde ich unverblümt schwärmerisch, sehe Lucretia als meine schöne, gute Naturfrau, folge ihr überallhin. Der leiseste Gedanke an sie erregt mich. Ein Kribbeln fährt mir ins Herz, geht durch mich hindurch, erfüllt meinen Leib, taucht am unteren Bauch auf, schießt mir in die Hoden, löst des Nachts Ergüsse aus, Eruptionen an Geysiren. Bloße Vorstellung verschafft mir verstörende Höhepunkte.

Die Mädchen, die sonst aus Versehen so in mein Blickfeld geraten, sehen über mich hinweg. Ich gelte ihnen als zugeknotet, mädchenunfreundlich, nicht liebenswürdig. Sie halten mich für seltsam, sprechen mit mir über meine Herkunft, das Leben im Heim, Eltern, die es nicht gibt, und darüber, wie es so mit meinem Opa ist, ob ich mich ohne Oma bei ihm wohlfühle. Das sind die wenigen Spannen von Aufmerksamkeit, die mir die Mädchen gönnen. Ich erschauere in ihrer Nähe, denke an ihre Schöße, die Zauberfrüchte. Sie legen ihre Arme um mich. Mein Herz läuft über. Für mich heißen sie alle Lucretia, doch wie anders sie sind. Und wir armen, armen pubertierenden Jungen. Das Wort mit der Silbe tier, das uns bestimmt und tierische Züge annehmen lässt. Wir werden ungelenk wie Pinguine, lächerlich wie Trottellummen beim Anflug einer Klippe. Wie bellen und kläffen, wo wir lachen wollen. Dagegen die pubertierenden Mädchen. Wie anmutig sie sich bewegen, das hässlichste unter ihnen noch. Wie zärtlich sie sich zuhören, schnattern, leise Sätze hauchen und ohne Stimmbruch lieblich in Schönheit überwechseln. Wie sie plötzlich kichern, tuscheln, gackern. Wie ihnen die gleichen Pickel gut zu Gesicht stehen. Nicht zu erkennen, über Nacht zu anderen Wesen umgewandelt. Wie Einzelne von ihnen sich untereinander liebkosen, sich die Locken ordnen, über Bauch, Brust, Schulter, Schenkel, Hintern, Hüften streichen.

In dieser Zeit passiert es zum ersten Mal. Lucretia ist abgehauen, heißt es. Und wie bei diesem ersten Mal wird es jedes Mal sein: Ihr Weglaufen geschieht ohne Abschied, der ja Trennung anerkennen und in Kauf nehmen bedeutet. Es ist, als wollte sie eine Pause einlegen mit mir, mit ihrem Leben. Würde sie richtig weg sein wollen, wie es heißt, würde sie sich verabschieden, in irgendeiner Form Lebewohl sagen, denke ich. Doch obwohl ich ahne, dass sie zurückkehrt, durchlebe ich jedes Mal körperliche Furcht vor der möglichen Endgültigkeit. Ich habe Angst, dass es mit dieser Flucht nun aus ist mit ihr und mir und dass es kein Bisbald mehr für uns beide geben wird. Und so sterbe ich ein wenig in den leeren Zeiten vor den Toren. Es ist vorbei, sagt mein Gefühl. Wir gehören zusammen, lauten die schwachen Echorufe.

Ich bekomme meinen ersten Liebeskummer, ohne zu wissen, dass es Liebeskummer ist. Ich weiß nicht, warum, weiß nur, dass es mir schlecht geht, ich kann nicht schlafen, will nicht essen.

Liebeskummer, ein Wort von so vielen Worten, die mir mein Opa beigebracht hat. Der Dachboden ist mein Glück, auf ihn verkrieche ich mich und beginne die Bücher zu mögen. Im Liegen, Sitzen, Stehen, an die Wand gelehnt, in eine Ecke gekauert, bäuchlings, rücklings, auf dem blanken Dielenboden. Alte Schinken, die mein Opa auf den Boden ausgelagert hat. Bücher auf der Suche nach mir. Ein großartiger Fundus. Sie nehmen sich meiner an. Abstand nehmen, mich verlieren, in unbekannte Reiche abtauchen. Die Beschäftigung mit den Büchern ist eine Art Ersatzliebe. Ferne Länder, Geschichten, Gesichter, Moden, Sitten, beschriebene Gerüche, Rezepte, Karten von Städten, Straßen, Ufern, Inseln. Ich lese und vergesse mich, falle erschöpft auf die Matratze.

Ein Gefühl von Sonderrolle bemächtigt sich meiner. Hopp, hopp, hopp, Pferdchen, lauf Galopp. Über Stock und über Steine, aber brich dir nicht die Beine, Pferdchen, lauf Galopp tippetap, wirf mich nur nicht ab, zähme deine wilden Triebe mir zuliebe, pitschpatsch klatscht die Peitsche. Muss so derb in den Hörlöffel knallen, muss nicht jedermann gefallen. Kannst ja brr sagen, steh doch, Pferdchen, steh, sollst nicht weiter springen, sieh nur, wir sind wieder da.

Ich wechsele von der Rockmusik zum Jazz. Jazz lindert die Auswirkungen der Pubertät. Eine Jazzband aus Ungarn, da stehe ich drauf. Die kommt ohne Schlagzeug aus. Der Rhythmus ist umso treibender, von einem gewissen Fieber beseelt. Die Stücke gleichen einer Zugfahrt durch einen Bauernhof. Man hört die Lok schnaufen, Hühner gackern. Die Kumpels nervt meine Jazzmusik, ihnen sterben ihre Hörlöffel ab. Meine Sprache gerät häufiger daneben. Krächzen wie von einem heiseren Hahn. All die neue Verzerrung. Mit reiner Haut gehen wir zu Bett, erwachen von Pickeln übersät. Geraten wegen irgendeinem Wort, einer Geste, einem Blick in Schweiß, bekommen rote Köpfe. Das unerträgliche Puppenstadium im hinderlichen Kostüm. Noch im Kokon wünschen wir Schmetterling zu sein, die Flügel ausgebreitet, um flatternd dem Dauerdruck zu entkommen.

Es herrscht noch die Prüderie der Nachkriegszeit. Die Rockoper *Tommy* zerfällt in Bildschirmschnee. Die Radiosender schwanken, man kann sich keinen Titel bis an sein Ende anhören. Dorfpolizisten, Paradieshauswarte, Aufpasser, Petzen, Spione überall. Ich weiß nicht, wie nur auf diese Mädchen zugehen, die sich zieren, scheinbar ablehnend benehmen. Niemand rät mir, was zu tun ist. Ich kenne nur Lucretia, ansonsten sind mir alle Mädchen fremd. Ich möchte mit ihnen befreundet sein, mit einer von ihnen gehen, mit ihnen wie mit Lucretia befreundet sein und wie mit einem Jungen nie. Ich beginne mich früh vor ihnen zu scheuen und abzuducken. Unvorstellbar, mit ihnen innig zu werden. Ich kann ja nicht einmal über eine von ihnen etwas Intimes denken.

Lucretia verschanzt sich in dieser Zeit hinter ihrem Leben. Ich muss sie aber für mich erhalten. Sie ist ein Garten, bunt, grün, mitten in der Wüste. Doch sie hat Wasser nötig, um zu blühen. Allein die Vorstellung, mit einem Mädchen zu gehen, beflügelt schon. Auch wenn ich gar nicht weiß, mit welchem Mädchen, wer sie sein könnte – wie sie heißt, denke ich mir aus. Sie sitzt in meinem Seelengarten wie im Paradies.

Diese vielen Schneisen und Alleen im Leben. Immer versucht jemand neben dir, seine Lebensart zu entfalten und sie dir überzustülpen.

Man soll die Erinnerungen an die Pubertät nicht mit dem Duft von Orangenblüten besprühen. Die Pubertät ist zugleich auch die härteste Zeit im Leben – unbenommen. Man kann froh sein, nicht völlig lädiert aus ihr herauszukommen. Lucretia wandelt sich zuerst. Da wächst mir noch nicht einmal ein Bart. Schön ist sie anzusehen mit ihrer Peterpannase, die spitz aus dem Gesicht ragt. Sie meint nun nicht mehr, als Prinzessin auf die Erde gefallen zu sein, und auch nicht mehr, einer kosmischen Familie zu entstammen. Sie meint nun, in der falschen Haut zu stecken, mit dem falschen Geschlecht versehen. Sie möchte weder Frau noch Mann werden, sondern irgendetwas dazwischen. Die Pubertät und ihre verflixte Offenheit, dieser elendige Zwang, allen alles ins Gesicht zu sagen. Den Freunden, den Lehrern, den Spießern, den Nachbarn, den eigenen Spiegelbildern.

Lucretia rennt damals oft weg aus dem Heim, in dem sie immer noch lebt. Sie rennt weg, wird eingefangen und zurückgebracht. Sie verschwindet in dieser Zeit aus meinem Leben, als wäre sie nie Teil von mir gewesen, um dann wieder, ohne jede Ankündigung, aufzutauchen und da zu sein, als wäre sie nie fortgewesen. Was sie erlebt hat, sagt sie nicht. Sie schweigt, beantwortet keine meiner Fragen. Ob es mir passt oder nicht. Ob ich glücklich bin oder mich gerade verliebt habe, egal – sie war weg, wurde gesucht, tauchte wieder auf, als wäre nichts gewesen. Bald wundert es niemanden, wenn Lucretia aus dem Heim weg ist, einfach so. Man sagt: Schon wieder die. Und sucht sie nicht mehr mit dieser ersten Energie, geht die Suche ruhig an.

Als er nicht mehr damit rechnete, schenkte die Königin dem König endlich eine Königstochter. Aus Freude lädt er den Königshof und all seine Untertanen zu einer festlichen Gala ein, unter ihnen zwölf weise Frauen. Die böse dreizehnte Fee erscheint, obwohl sie nicht eingeladen wurde zur königlichen Kindstaufe, und spricht aber einen Fluch aus. An seinem fünfzehnten Geburtstag soll das Kind sich an einer spitzen Spindel stechen, daran verbluten, tot umfallen. Eine der zwölf guten Feen wandelt den Fluch in hundert Jahre Schlaf um. Der König setzt alle Spindeln des Landes in Brand. Am fünfzehnten Geburtstag aber verirrt sich die Königstochter in den hohen Turm, in dem eine alte Frau beim Spinnen sitzt und die Prinzessin bittet, es auch einmal zu versuchen. Und so sticht sich die Prinzessin doch noch mit der Spindel in den Finger. Alle am Hof fallen mit ihr in den tiefen, hundert Jahre andauernden Schlaf.

Das Schloss ist augenblicklich von einer undurchdringlichen Dornenhecke umringt. Dornen, Rosen über Rosen, bis da ein Prinz auftaucht, die königliche Tochter küsst und erlöst und den Schlaf des Hofstaates beendet.

Eines Tages ist Lucretia wieder einmal weg aus dem Kinderparadies. Dieses Mal weiß so keiner, wohin sie gelaufen sein könnte. Dieses Mal wird nicht von Verwandtschaft geredet, zu der sie unterwegs sei. Von jener großen Unbekannten, jener märchenhaften dreizehnten Fee dagegen wird gesprochen – eine schlanke, hagere Frau, heißt es, sei gekommen, habe sie mit sich genommen. Keiner kann sagen, wohin sie gezogen sind. Sein ewiges Sehnen floss in Tränen und umgab die starre Erdkugel, die in seinen Armen sein Erbarmen immerdar umflutet hält. Soll dein Wesen genesen, von dem Erdenstaube los, musst im Weinen dich vereinen jener Wasser heiligem Schoß.

Ich meine damals, Lucretia hätte mich nun doch für immer allein zurückgelassen, sie wäre endgültig abgehauen, weggelaufen. Es ist, wie es mein Leben lang sein wird: Sie ist einfach fort und kehrt irgendwann zurück. Mein Leben lang bin ich zerstört, fühle mich von allen Menschen verlassen, atme auf, fühle mich frei. Und dann taucht sie auf und bestimmt alles, meinen Lebenslauf. Ich verfalle ihr, folge ihr nach, mache, was sie von mir verlangt, ich bin ihr ausgeliefert wie keinem zweiten Menschen im Leben. Lucretia, du mein Verhängnis, mein Schicksal, lebenslange Lebensliebeslast. Was sie alles geheilt und angerichtet hat.

Ich liege damals stundenlang schlaflos nachts auf der Matratze, vernehme ihre Spreche, werde von ihrem

Antlitz heimgesucht. Ich grüble, wie es ihr wohl geht, wo sie jetzt ist. Ob wir uns je wiedersehen? Von Lucretia getrennt, vermisse ich sie schmerzlich, halte es kaum aus ohne sie. Das dauernde Rennen im Gedankenlaufrad ist nicht auszuhalten. Mir wird zum ersten Mal bewusst, dass ich verknallt bin in sie. Stille, heiße Küsse sende ich ihr, beschwöre sie zurückzukommen, dass wir beisammen sind.

Sie muss nur da sein, und alles ist für mich gut. Die Welt gilt nichts, ist Lucretia fort. Der Blick vom Dachboden aus in die Landschaft, reines Sehnen und Wünschen. Das Haff. Die See. Der Aussichtsturm. Die gedrungene Kirche. Der Sandsteinfrosch auf dem Brunnenrand im kleinen eckigen Park, an dem wir oft gesessen haben. Der Frosch ist ein breiter, dicker Kerl. Er singt eben sein Abendliedchen. So gut ein Frosch singen kann, quaquak, quak. Er meint, es klingt gar herrlich, niemand könnt's so wie er. Und bläst sich auf gewaltig, meint, Wunder, was er wär mit seinem breiten Maule. Fängt er sich Mücken ein, guckt er mit dicken Augen nach der Sonne Schein, quaquak. Herr Frosch, du bist ein lust'ger Mann. Im Lenz darf jeder singen, so gut er singen kann, der schummrig dunkle Weg entlang der Ostseeküste.

Wenn sie mich herausholen, gehe ich in kein Heim zurück, höre ich Lucretia sagen. Das Leben ist ein dauerndes Abschiednehmen, sagt mein Opa dazu. Zehn Jahr ein Kind, zwanzig Jahr ein Jüngling, dreißig Jahr ein Mann, vierzig wohlgetan, fünfzig geht noch an, sechzig Jahr geht's Altern los, siebzig Jahr ein Greis, achtzig schneeweiß, neunzig Jahr krumm gebückt zum

Loslassenmüssen unterwegs im Trott, hundert Jahr längst bei Gott. Wenn einem die Treue Spaß macht, dann ist es Liebe.

Alle besingen sie das Glück. Den Brast, den die Liebe auslöst, die Enge, in die sie einen treibt, den Spalt, der sie ist, dieses Raubtiermaul, in dem man steckt und von dem man langsam zermalmt wird, das verschweigen sie. Ich liebte einst eine Deern, wie's jeder Jüngling tut. Sie zu verführen, dazu hatte ich leider nicht den Mut. Dann musste ich marschieren, drei Jahr lang schwor sie mir unter Schmatzern die Treue bis zum Ehestand. Und als ich kam wohl in ihr Elternhaus, stellt sie sich blöd, und ihr Bruder schmeißt mich zur Tür hinaus. Ich ging mit ihr zusammen wohl auf dem Wilhelmsplatz, da schlug die zwölfte Stunde, und sie ward leichenblass. Sie wollte nicht mit mir plauschen, ich kannte nur diese eine Lust und lud den Revolver und schoss mir durch die Brust, traf mein Herz inmitten der Brust knapp daneben, verblieb im traurigen Leben, vom Polizeimann abgeführt, ins Irrenhaus gebracht. Dort sitze ich im Karzer, bei Wasser, Brot und Harzer.

Ein schöner Herbst beginnt, von dem ich nichts habe, weil, wie sich herausgestellt hat, Lucretia nicht weg ist, sondern mit diesem Fleischergesellen geht, der überall seinen Speichel hinspuckt, beim Armdrücken im Dorf niemals verliert, sie derb angreift, lustvoll kneift und boxt. Sie wurde gar nicht von der dreizehnten Fee entführt. Sie ist mit einem Lanzer mitgegangen, einem Bauerntölpel.

Sie zeigt mir die blauen Flecken, die sie sich zuzieht,

wenn sie kämpfen und ringen und Schlachten spielen. Ich möchte eine Salbe sein, ihre Wunden heilen. Deswegen also trainiert sie ihre Muskeln. Ist auf den Fleischergesellen scharf.

Fette Elektroschocks sind es, mit denen ich mich herumschlage, seit ich es weiß. Schnupfen und Durchfall, unten wie oben rotze ich alles aus mir heraus, taumle auf knickrigen Beinen durch das Leben, bin müde, kann nicht schlafen. Unsichtbare Pflöcke hindern meine Lider daran, sich zu schließen. Ich will keinen Menschen um mich haben, auf den blanken Brettern liegen, mit meinem Superherzschmerz allein sein. Ich dämmere dahin, fühle mich hundeschlimm, verfalle der Schwermut, stelle mir so das Lichtaus vor. Schmerz, der nicht zu orten ist. Ich gehe nicht ins Lernheim. Mein Opa deckt mich, meldet mich krank, verdonnert mich zum Stubenarrest, das einzige Mittel gegen den Liebeskummer ist, auf dem Dachboden zu sein. Ich zeichne und male, richte es mir unterm Dach gemütlich ein. Die Wände pflastere ich mit Plakaten zu, höre Musik, wohne in einem Zelt wie der Nomade. Der Hosenmatz vor dem Eintritt ins Vorzimmer der Liebe. Romeo stürzt den Gifttrank hinter die Binde, stirbt neben Julia, die im selben Moment erwacht, mich neben sich auffindet, nach meinem Dolch greift, ihn sich in ihr Herz rammt.

IM HAUS DER AUFGEHENDEN HIMMELSLEUCHTE

Die große, dicke, fette, alles übertreffende Liebe. Ich will ihre Wonnen endlich erleben. Es soll der Anfang einer langen schönen Reise sein, das Glück soll sich als wundersamer vorantreibender Motor erweisen. Zu zweit können wir unschlagbar sein. Aber Lucretia geht ja nun mit diesem Fleischerheini, der ist zwei Jahre älter als ich.

Ich laufe am Strand in meiner blauen Dreiecksbadehose umher. Mein Opa findet die Bademode praktisch, billig, schick. Die Hose aus zwei Stoffdreiecken saß um die Hüfte eng an, wie angegossen, nach unten hin lief ich Gefahr, dass bei heftigen Bewegungen mein Geschlecht seitlich herausrutschte. Ich schwadroniere mit meinem Kofferradio im Arm auf die Seebrücke zu, suche Eindruck zu schinden.

Jetzt, wo Lucretia vergeben ist, sehe ich die anderen Mädchen an. Sie fallen mir jetzt erst auf. Vor allem Inga. Ich lade sie zum Rummel im Nachbardorf ein, mit dem sonntäglichen Mittagsbus zu erreichen. Der Brieftext birgt eine liebestolle Geheimbotschaft in sich, leicht zu entschlüsseln der Code, wenn man ihn weiß. Ich habe ihn von Lucretia gelernt. Er setzt sich aus roten, blauen, grünen, gelben Buchstaben zusammen. Der Brief ist ein buntes Buchstabenreihen. Man muss die Buchstaben gelb zu gelb, rot zu rot, grün zu grün nacheinander einzeln nach den Farben auf ein Extrablatt kritzeln, schon ist der Liebesvers zu entschlüsseln. Den Briefumschlag versehe ich mit dünnen, in sich verschlungenen Linien.

Ich werde es mit dir versuchen. Eins merke dir, fasst du mich an, haue ich ab, sagt Inga gleich bei unserem ersten Treffen. Ich weiß nicht zu sagen, ob sie ahnt, was ich vorhabe. Ich weiß nicht, ob sie weiß, warum ich mich für sie interessiere, dass ich an einen festen Bund denke. Ich weiß nicht, ob sie es für möglich hält, dass ich mehr als Sympathie für sie empfinde. Ein Dämon hat Besitz von mir ergriffen. Ich bin auf Nähe aus und möchte mich an ein Mädchen binden. Ich bin von Ingas rascher Zusage überrascht. Was die Kleiderordnung betrifft, entscheide ich mich am Schluss der Modenschau für Schlaghose und Seidenhemd. Auf dem Festplatz werden wir zuerst zum Kettenkarussell gehen, mehrmals mit ihm durch die Luft fliegen, so mein Plan. Danach ist der Schießstand dran, die Losbude, Zuckerwatte. Ich schlachte mein Sparschwein. Ich werde ihr den Bergkristall schenken. Nur nicht daran denken. Ich hätte ihn in eine Fassung legen lassen sollen, an eine Kette gebunden, die sie anlegen muss.

Doch auf dem Rummel kommt es anders. Ich mache Schluss mit ihr, bevor es anfängt, und verknalle mich in Margarete, Margit, Margherita, Margarita, Marina, die in der Kreisstadt wohnt und am Schießstand neben uns steht. Ihr Name klingt wie eine Blume, spanisch.

Wie sich zeigt, lieben alle im Segelverein Margarita. Was ihren Reiz auf mich ausmacht, ist kompliziert zu erklären: Spreche ich zu ihr, senkt sie ihre Schaubrillanten nieder, sitzt stumm vor mir. Setze ich mich zu ihr, wendet sie mir den Buckel zu. Ist sie mit ihren Artgenossinnen zusammen und ich komme dazu, verlässt sie mit diesen die Szenerie, als gäbe es mich nicht. Berühre ich sie, erzittert sie, atmet heftiger und laut. Ihre spröde Art versetzt mich in den Zustand höchster Wonne. Sie signalisiert mir, dass es ein langer Weg ist, sie zu erobern. Ich müsse sanft bleiben, sonst wende sie sich ab. Als es so weit ist, öffnet sie ihre dunkle Haarpracht, und ich habe Hautniesen auf meiner Stirn, wie mein Opa das bezeichnet, ich höre ununterbrochen ein Schlagzeug hämmern.

Doch es ist ein weiter Weg bis dahin. Ihren richtigen Namen weiß ich nicht mehr. Sie liebt die Musik wie ich, sagt sie, lädt mich zum gemeinsamen Gitarrenspiel auf ihre Mädchenstube ein. Ich schmelze dahin. Sie spielt *The House Of The Rising Sun.* Da bin ich immer noch vierzehn Jahre alt. Sie zeigt mir ein Poster, sagt, ich sähe beim genaueren Hinsehen in meinem Anzug wie der Sänger von The Animals aus. Das Lied von diesem Wohnhaus, das in New Orleans steht und das für den Untergang vieler armer Kerle verantwortlich ist, wird mein Song. Meine Mutter ist eine Schneiderin, sie näht mir meine erste Blue Jeans. Der Vater ist ein verrückter Spieler durch und durch, unten in New Orleans, kann sein, ich bin dort geboren worden und hierher geraten? Er ist mit der Erdkugel und mir zufrieden, wenn er betrunken ist. Mütter, sagt euren Kindern, dass sie nicht tun sollen, was ich tat, dass er sein Leben nicht in Sünde und Elend verbringen muss, in diesem Wohnhaus der aufgehenden Himmelsleuchte. Ich bin ihr schöner Held, das liebste Wesen auf ihrer Erdkugel, sagt sie.

Du bist so anders als gedacht. Antworte nichts. Sei jetzt leise, ja.

Wir halten uns bei den Händen, schmusen hin und wieder, verbringen romantische Schäferstündchen. Ich träume von Margarete, Margit, Margherita, Margarita, Marina. Aus Liebe zu ihr trete ich dem Segelverein bei. Zwei Segel, erhellend die tiefblaue Bucht. Zwei Segel, sich schwellend zu ruhiger Flucht. Wie eins in den Winden sich wölbt und bewegt, wird das Empfinden des andren erregt. Ich lade sie zum Eisessen ein. Sie kommt und isst und sieht mich kaum an, und ich rede und rede mir die Lippen wund. Und dann ist das Eis gegessen. Sie streichelt meine Hand sanft und sagt: Ach, Armer du. Es macht Jux, mit dir zu plauschen, dir zuzuhören. Aber mache dir bitte keine allzu großen Hoffnungen. Ich bin vergeben, stecke leider in einer sehr, sehr festen Beziehung. Sink, o Körnlein, denn hinab, plumps ins stille, kühle Grab, in das Bett von Erde. Erde streu ich auf dich her, bist mein Körnlein längst nicht mehr, bist mein Same nicht mehr, der zur Liebe werde. Liegst so sanft und gut, blickst aus fremder Erde hervor, blühst unter fremder Sonne zur Blum empor, so fremd, so anders, so neu geschaffen. Das Umschwirren der schönen Maid erledigt sich kurze Zeit später, als sie einen älteren Knaben zum Freund nimmt, einen aus den höheren Klassenstufen. Ein Jüngling liebt eine Dirn, die hat einen andern erwählt. Der andre liebt eine andre und hat sich mit dieser vermählt. Das Mädchen heiratet aus Ärger den ersten besten Mann, der ihr über den Weg gelaufen. Es ist eine alte Geschichte, doch bleibt sie immer neu. Und wem sie just passieret, dem bricht das Herz entzwei.

Im Sommer, in dem die Amis auf dem Mond landen und der Kosmonaut den Satz aufsagt, den sie ihm vorher beigebracht haben, den mit dem kleinen Schritt für ihn und für die Menschheit ein Riesenlatschen, reisen wir als Schülergruppe hinter die Grenze ins Nachbarland mit Namen Polen. Es ist das Jahr des Jumbojets, mit dem Hunderte Passagiere geflogen werden können. Wir fahren Zug. Yoko Ono liegt mit John Lennon als Bed-in-Akteurin in den Federn, damit Frieden einkehrt auf der Erdkugel. Doch sie können nicht verhindern, dass es bei einem Fußballspiel zwischen El Salvador und Honduras zu heftigen Ausschreitungen kommt, die in einen Krieg zwischen beiden Ländern übergehen. So sieht es aus. Das Ereignis, an das ich nun denke, ist diese Fahrt nach Polen, die wir zu dritt unternehmen, zwei Freunde und ich, und auf der ich ein polnisches Mädchen kennenlerne. Eine, die mir so fremd und vertraut erscheint. Sie macht mir keine schönen Guckbrillanten, sie hat welche. Ich mache ihr nicht den Hof, sondern gefalle ihr, ohne sie groß zu bezirzen. Wir bezaubern uns. Die Spreche der Liebe ist stumm, und doch sprudelt einem das Herzlein über. Wir gehen spazieren. Wir setzen uns hin, wo es schnucklig ist, ruhen nach außen hin aus, sind nach innen brodelnd wie ein Kochkessel. Sie spricht Polnisch, ich Deutsch – wir verstehen uns prächtig. Wir sind einander sehr zugetan, erzählen mit unseren Pupillen, vollführen dazu Mimik, als hätten wir Gesichtszucken. Wir fassen uns bei den äußeren kleinen Greifern, geben uns Fingerzeichen. Und sitzen dann lange an einer herrlichen Stelle, an der nichts los ist, schauen in das Leben, spüren einander an den Berührungsstellen der Finger, Handflächen, Arme, Schultern. Und sind danach bei ihr im Zimmer allein, hören zusammen Musik, stehen Seite an Seite am Fenster, schauen zum Seifenblasenhimmel empor, zu den Wollschafwolken, an die wir unsere Sehnsucht, dieses Wasichwill, heften.

Ohne den Sonnenstrahl, in dem er aufleuchtet, ist der Staub unsichtbar. Die Gedanken tanzen Reigen. Ich schwebe und lebe, denke ich nur daran. Alles war wortlos geblieben und gut geworden. Schiemmiä jäzzsche pamiä taasch heißt: Wirst du dich an mich erinnern. Ich lerne den Satz aus einem Lied des polnischen Sängers Niemen auswendig, um mich mit dem Zitat von Danuta zu verabschieden. Große Flatter mag ich es nicht nennen, Liebe ist es noch nicht. Die kleinere Form, sagen uns, eine Liebelei ist es. Das richtige Wort für zwei wie wir, die sich mögen, miteinander nicht über alles sprechen müssen. Jeder von uns beherrscht das Blablarium des anderen nicht, und doch verstehen wir uns mehr als sehr. Sie grinst kurz, als ich den Satz zum Abschied sage, ein Huschen von Lächeln, das ich nicht vergesse. Es saßen zwei Täubchen auf einem Dach. Das eine flog ohne ein Wort einfach so fort. Der Täuberich flog seiner Taube nach. Einmal um den Erdball herum, kam er wieder, setzte sich wartend nieder. Die Taube kam nie wieder.

Der Zug fährt ab. Die Mädchen drehen sich weg, gehen ab, bevor sich der Zug in Bewegung setzt. Ich schreibe, nachdem sich der Trennungsschmerz verzogen hat, meiner polnischen Liebe Liebesbriefe. Dem ersten Brief folgen weitere Briefe nach. Ich kann sie nicht abschicken. Mir fehlt die Adresse. Wir haben keine Adressen miteinander getauscht. Ich trage die Briefe in der Schultasche verwahrt. Ein Freund, in dasselbe polnische Mädchen verschossen, nicht in Betracht gezogen worden, petzt den Mädchen, was ich ihm im Vertrauen erzählt habe. Schon stehen die Mädchen in der Schulhofecke, die Köpfe über die von mir gekritzelten Briefe zusammengesteckt. Jedes Mädchen bezieht sie auf sich. Ihre Blicke zu mir herüber sind verstohlen. Laub raschelt unter meinen Füßen.

Sehnsüchtige Zeiten damals. Das Radio laut angeworfen gröle ich in meinem Zimmer unterm Dach Songs mit, springe, hample, tobe im Opa-Haus herum: Eloise, komm ans Fenster, schau dir meinen Zirkus an. Ich suche dir zu gefallen, rutsche vor dir auf blanken Knien, schwöre, dass du alles, alles auf Erden bist und ich dich will, du Stern am Himmel in dunkler Nacht, du Himmelsleuchte, Paradies, Tag, Helle, Licht auf all meinen Wegen. Lass eine kleine Träne zu mir herabfallen, dass ich sie auffange und sie für dich weine. *Eloise, Eloise,* schnulze ich in meinen Daumen wie in ein Mikrofon. *Eloise, Eloise,* zeig dich, oder bist du nicht vorhanden, bilde ich mir das alles ein, in meiner engen Stube. Sag, liegst du im Krankenhaus, auf dem Sterbebett, will ich krank sein, mit dir sterben, in bibberiger Nacht, *Eloise, Eloise.*

Mir stehen all die Peinlichkeiten und Blamagen der Pubertät vor Augen, dieser ach so zerstörenden Zeit, die jeden eine verdrehte Person sein lässt. Und nirgendshin kann man sich zurückziehen. Ein Leben ohne Schutz. Alles unausgegoren. Der Mensch eine Notlösung. Hinter den Fassaden tauchen neue Fassaden auf, aus Lug und Trug. Ich errötete damals ständig aus Scham und vor innerer Marter. Aufruhr, Aufschrei, Ekstase und Trübsinn. Man möchte nicht leben und nicht gestorben daliegen, unbeweglich, steif.

Ich bin dann bald Schallplattenalleinunterhalter. Der Tanzsaal heißt Kliff und liegt direkt an der Steilküste. Die Wände sind verdunkelt. Wir wollen unter uns sein in diesem schwarzen Kasten für Tanz und Musik. Die Musik dazu: Canned Heats. Creedence Clearwater Revival. Santana. Blood, Sweat & Tears, Crosby, Stills, Nash and Young. Ich setze eine dunkle Sonnenbrille auf, weil meine Augen so lichtempfindlich sind. Ich rauche auf der Bühne, finde mich obercool. Der Größte für seine Fans. Und die Groupies sind sehnsüchtig, himmeln mich an. Ich sehe sie im Scheinwerferlicht zucken. Gliedmaßen, Köpfe, Haare wirbeln. Am Ende bleiben von ihnen stets ein paar Mädchen am Bühnenrand. In selbst gestrickten Höschen. Die Farben himmelblau, babyrosa, weiß, gelb. Dazu gemusterte Strumpfhosen. Taille und Podex betont. Ich erkläre ihnen technische Einzelheiten. Sie reden aufgedreht mit gurrenden Sprechen, glänzenden Pupillen über Titel, die sie irre finden, Bands, die sie über alles mögen und die ich für sie unbedingt auflegen soll.

Pupille, Pupillen, Pille, Pillen. Draußen läuft die

Sache noch ganz altmodisch ab, wer sich Kondome kauft, bekommt sie von unterm Ladentisch her nur in der Apotheke und dort genierlich in Zeitungspapier gewickelt verkauft. Die Apothekerin ist dick, hässlich.

Ich spiele von Tonband Janis Joplin, The Who. Ich schwärme für Woodstock, Love, Peace and Music, die Hippiebewegung. Ravi Shankar bei Dauerregen, Joan Baez, die hochschwanger singt. Und alle sind sie so herrlich stoned. Unser Topsong *With A Little Help*, vom Cockerjoe geröhrt. Dieser Schrei, bei dem die Hörlöffel jubeln. Und Ten Years After trommelt eine Viertelstunde lang zu *I'm Going Home*. Zur selben Zeit tobt der Vietnamkrieg, Malcolm X wird zum Symbol. Unser Held ist Hendrix, der mit seiner Gitarre die amerikanische Nationalhymne zertrümmert und Klänge wie Bomberstaffeln, Todespfeifen erzeugt, einen Antikriegssound mit Kinderschreien und Maschinengewehrsalven vermischt. Wir tragen Hippieklamotten, tanzen, hotten und wirbeln stundenlang im Kreis.

Die Mädchen haben immer Lippenstift, Wimperntusche, Gesichtsstaub im Gesicht und tragen Blusen, unter denen sich ihre Brüste abzeichnen. Doch ich habe einfach kein Beuteschema entwickelt, ich weiß nicht, wie meine Traumfrau aussieht, welche Maße, Interessen sie hat. Ich habe so überhaupt keine Vorstellung von dem Mädchen, das mir gefallen könnte. Ich habe weiter nur Lucretia im Kopf. Unbeholfen und doof, bemerke ich so manchen Annäherungsversuch nicht, schnalle ihn nicht einmal hinterher. Der klassische Spätzünder. Weil ein liebes Mädchen an dein Herz sich drückt, schaust du fröhlich auf und nieder, Erd und Himmel dich erquickt.

Und ich hab die Fenster offen, neu zieh in die Erdkugel hinein altes Bangen, altes Hoffen. Frühling, Frühling soll es sein. Die richtige Annäherung an das andere Geschlecht ist für mich äußerst schwierig. Flirten ist nicht nur ein grausames Unterfangen für mich, mich stört, wie seltsam die Mädchen beim Flirten aussehen. Ich kann ihren Kodex nicht leiden, sie kauen Kaugummi oder reden mit einem Strohhalm im Mund, die Hände sind in ständiger Bewegung, ihr Gefuchtel macht mich nervös. Ich weiche zurück, kommen sie mir zu nahe. Ich mag nicht, wie sie gucken, mit den Augen rollen, künstlich kichern, mir verdeckte, schmachtende Blicke zuwerfen, sich unter der Diskokugel drehen.

Sie verrenken sich deinetwegen, sagt Claudio. Sie suchen dir zu gefallen, der du taub und blind bist wie der Maulwurf. Ich empfange ihre Signale nicht, ohne Claudio, meinen Ratgeber in Sachen Liebesdingen, bekäme ich von ihren eindeutigen Anmachen nichts mit.

Er kann mir beizeiten den Kopf waschen, mich beraten, von Fehlern abhalten, wann immer es nötig ist, mir sagen, wie man die Dinge als Junge angeht. Diese Freundschaft zwischen Claudio und mir ist die Freundschaft eines jeden mit sich selbst. Wir sind Freunde, weil wir uns mögen müssen, wie sich zwei Bäume einig sind, die vom großen Wald, der sie sind, nichts wissen, die eben nur genügend Zeit nebeneinander aufwachsen, zeitgleich tief verwurzeln. So ungefähr ist das und anders kaum zu beschreiben. Liebesregungen allein sind ja schon unbegreiflich genug für den Jugendlichen, widerfahren sie ihm. Jedoch jeder andere Mensch findet sicherer zu den ersten Pforten der Liebe als dieses Rätselwesen, das ich bin. Ich fühle mich wie eine menschliche, männliche Schachfigur. Ich spüre die großen Finger, die nach mir greifen, mich versetzen. Ich bin nur derjenige, mit dem der nächste Zug getan wird, bei einem Spiel, das ich nicht überblicke, dessen Regeln ich nicht verstehe, von niemandem eingeweiht und unterwiesen. Die großen Veränderungen, nie kommen sie von mir her, gehen nicht von mir aus, geschehen mir von außen her, sind mir allesamt auferlegt. Es fehlt mir an jedwedem Spürsinn, die Gerüche der Liebe, ihren Atem, Hauch, ihre Körperhaltung, Zeichen und Gesichtsausdrücke wahrzunehmen und als solche zu deuten, auf mich gemünzt zu erkennen.

Das Glück hat Flügel, egal wohin es fliegt. Du kannst ihm folgen, bis es zu spät ist, du die Chance verpasst hast. Was der Bauer nicht erkennt, schwächt ihn. Was Hans auswendig lernt, hilft Hänschen nimmermehr. Ich sehe das Glück vor Augen nicht, nur Umrisse, Schattengebilde. Läuft das Glück an mir vorbei, läuft es an mir vorbei. Nimmt das Glück mich in Augenschein, sehe ich es nicht. Greift es nach mir, spüre ich die Hand der großen Liebe nicht. Man muss mich packen, entführen, zu meinem Glück zwingen. Dir muss ein Mädchen erst seinen Slip über dein Obenauf stülpen, ehe du begreifst, was los ist, erregt sich Claudio. Es hilft mir nicht, von Claudio zur Brust genommen zu werden. Wenn es darauf ankommt, weiß ich nicht, was ich mit diesen Mädchen besprechen soll, wie sie zu behandeln sind. Sie lassen ab von mir, weil ich, was ich sage, nicht richtig betone oder sonst wie nichts beim Schopfe anpacke. Also lasse ich alle weiteren Versuche sein, ziehe mich vom Balzfeld zurück, um weiteren Reinfällen, Enttäuschungen aus dem Weg zu gehen. Mein Sex findet im Dachstübchen statt. O Traum, der mich entzücket. Was hab ich nicht erblicket. Ich warf die müden Glieder in einem Tale nieder, wo einen Teich, der silbern floss, ein schattiges Gebüsch umschloss. Ich sah durch die Sträucher mein Mädchen bei dem Teiche. Das hat sich zum Baden der Kleider entladen. Der freie Busen lachte. Mein Blick blieb lüstern stehen. Der Anblick machte, dass mein Prügelstock in Höhen stieß, sich in der Hose fühlen ließ.

Petkowitsch. Wenn du es dir machst?
Ja.
Woran denkst du dann?
Wie?
An wen speziell?
An die nackte Frau ohne Gesicht.
Du sollst an mich denken, Petkowitsch.
Wenn du meinst.
Hörst du, an mich, an mich, beschwört mich Lucretia.
Na gut, mache ich.
Ich träume doch so schon viel zu viel von Lucretia.

Und dann geschieht das Unglaubliche. Es passiert mir hinterm Tanzschuppen. Es ist dunkel. Das Mädchen hebt wohl seinen Rock oder zieht sich die Jeans aus oder legt sich hin, so genau weiß ich es nicht vor lauter Verwunderung, Geilheit. Weiß nur, dass alles schnell gehen soll und ich den verdammten Reißverschluss vor lauter Hektik nicht aufgezogen bekomme, lange ratlos an ihm fummele. Und dann die Hose geöffnet habe oder bis zu den Kniekehlen heruntergelassen und so übererregt bin, dass es bei mir nicht lange braucht. Ich berühre ihren Bauch oder ihre Oberschenkel mit meinem nackten Prügel, oder ich habe noch den Schlüpfer an und bin vor ihrer fleischlichen Einfahrt an ihr vorbei, oder sie ist zu eng für mich, oder ich bekomme nichts zustande, mühe mich redlich oder völlig ungelenk zwischen ihren Schenkeln oder sonst wo. Alles geht so furchtbar flink. Schwupp, entlade ich mich, und das war es dann, es ist vorbei, ehe es richtig losgeht. Das Mädchen schweigt, schubst mich weg, wischt sich den Schmand ab und redet nicht zu meinem Malheur. Wir gehen nicht zusammen in den Klub zurück. Ich stehe wieder auf dem Podest. Meine Hände schlottern. Ich kann eine Weile die Schallplatte nicht auflegen, das kleine schwarze Loch der Platte nicht finden, verfehle es genauso wie bei dem Mädchen eben.

Meine Wasser bestehen aus lauter Balken, die ich nicht bündle, zu einem Floß zimmere. Balken, zwischen denen ich treibe, von ihnen bedrängt, eingeklemmt, abgeschnitten, an sie gebunden, bis sie von mir ab in andere Richtungen treiben, ich mich für kurze Zeit frei von ihnen fühle. Ich kann sie nicht wegräumen, durchbrechen, unter die Balken tauchen. Ich habe eine kraftlose Kraft in mir. Mut? Ich klemme ihn mir ab, durchleide eisern alle sich daraus ergebenden Wallungen im Zustand sexueller Enthaltsamkeit. Ein durch mich mir selbst hart aufgezwungener Zustand.

Aus dieser Not heraus sorge ich für Ersatzhandlungen, sammle Briefmarken, treibe Sport, Fußball, Segeln,

Hochsprung, Waldlauf, versuche mich in den Künsten, male, musiziere, dichte, schreibe, komponiere, ersinne Melodien, alles nur, um nicht den Mädchen nachzulaufen. Zeitgleich verguckt sich ein Lehrer in mich. Einer mit halbrundem Bürstenkranz auf dem Schädel. Gekringelte Locken, die ihn wie eine Stoffpuppe aussehen lassen. Ich komme nicht auf die Idee, dass ein Lehrer schwul sein kann. Eines Tages steht er im Opa-Haus in der Tür zu meinem Dachboden, Kirschpralinen unter dem Arm geklemmt. Er hat ein Fotoalbum dabei, in dem von mir geschossene Fotos am Strand sind. Vom Augenguck her Typ Mamasöhnchen, sitzt er neben mir, bietet die Weinbrandprallis feil. Sitzt so dicht neben mir auf der Sofakante. Kramt einen weiteren Stapel Bilder hervor, hält sie zittrig in seinen Händen. Wie Skatkarten aufgefächert. Lässt mich aus dem Stapel ein Bild nach dem anderen ziehen. Schaut sich die von mir gezogene Fotokarte an. Rückt dichter als dicht an mich heran. Rückt mir auf die Pelle. Sagt von meinem Oberkörper, dass er ein V sei, ungewöhnlich sportlich. Redet so unecht, seltsam verzerrt und geziert mit dieser unbekannten Sprache eines Außerirdischen. Schnarrt und gurgelt wie ein Alien. Nennt mich einen gut aussehenden Burschen, proper. Zwickt mein Knie. Nestelt am Hosenstoff herum. Ich springe auf, schlage um mich wie nach einer großen Hornisse. Treffe die Schachtel. Pralinen schießen durch den Raum. Ich muss so geistesgestört aussehen, dass er zur Dachbodentür hinaus die schmale Treppe hinunterstürmt, unten angekommen meinen Opa umrennt und zur Haustür hinaus weg ist, am nächsten Tag entschuldigt fehlt, nie wieder an die Schule zurückkehrt, aus unbekannten Gründen abkommandiert. Ich spüre jedoch dadurch Energien und einen echten Sprengkern in mir. Ich weiß nun, ich kann explodieren.

Die Begegnung der anderen Art verunsichert mich. Ich fühle mich in meiner Haut nicht mehr wohl, eingeengt. Ich sehe Blicke von überallher auf mich gerichtet. Ich zermartere mir den Kopf, ob es sein könnte, dass ich schwul bin und der Einzige, der davon nichts weiß. Ich kenne doch meinen Vater nicht, weiß nicht, wie herum der gepolt war. Zehn Jahre im Kinderheim, nur unter Jungen weggesperrt, könnten abgefärbt haben. Nun aber weiß ich, was ich auszulösen imstande bin, gehe ich mit freiem Oberkörper den Strand entlang. Und lese, höre von den Gleichgeschlechtlichen, Polizei, Gewalt, Übergriffe, Verhöhnung, Aufstand, Schikane, Schwulenklubs, Lesben. Der Topf bekommt seinen Deckel, der kleine Löffel legt sich in den größeren Löffel, Gabel verzahnt sich mit Gabel.

Ich halte plötzlich nicht mehr viel von mir. Ich bin nicht Fleisch, noch Fisch, was die Begierden betrifft. Ich lebe in einer mir enger werdenden Jacke, die mir von Anfang an nicht passte und mit den Jahren an den Leib gewachsen ist. Ich muss sie mir von der Haut reißen. Wer klug ist, besitzt das Talent, sich dumm zu stellen. Ich entwickle es. Ich baue mir ein zweites Ich. Ich rede oft über Sex, nur um nicht wirklich sexuell werden zu müssen. Ich halte nicht mehr mit den Jungen mit, die näher und näher mit den Mädchen sind. Mir kommt kein rettendes Licht daher. Ich treibe ab. Ich gehe mir als ein trotteliger Esel voran. Ich bin die

Trottellumme, von der mein Opa meint, dass wir beide es sind. Die Trottellumme kann nicht mit den Wölfen heulen. Ich übe mich darin zu schweigen. Ich grabe mir die eigene Grube. Ohne ein Beuteschema entwickelt zu haben, gibt es kaum einen Weg hin zum weiblichen Geschlecht. Ich liebe dich, ich brauche dich, ich will dich nie mehr missen, ich möchte es nicht einmal zu einem Mädchen sagen müssen. Meine Worte hampeln ja schon, spreche ich sie in meinem kleinen Zimmerchen. Die Worte und Sätze, die alle reden, hören sich bei mir wie einstudierte Sätze und Hohn an. Ohne Beuteschema bekommst du den notwendigen Schmus nicht hin, dieser Zuckerguss, um bei den Mädchen ans Ziel zu gelangen. Ich lerne das Auswendige-Schwüre-Aufsagen nicht weiter. Ich sage mir: Du betonst dieses Ich-will-mit-dir-gehen, Ich-mag-dich einfach falsch. Ich bin nicht einmal fähig, einen simplen Satz wie: Du bist schön, ohne Peinlichkeit zu sprechen. Ich kriege den Satz: Ich kann ohne dich nicht leben, nicht aus meinem Kopf über meine Lippen. Ich kann bald schon überhaupt keinen Firlefanz mehr sprechen, halte jeden Satz für abgedroschen. Wozu sich also noch weiter bemühen? Ich bin befangen, wie es vor Gericht heißt, bekomme nicht hin, was für einen Flirt an Wortaufwand und Gestik wichtig ist. Ich überzeuge niemanden, nicht einmal mich selbst. Wer aus armen, niedern Häusern kommt, heißt es bei Wilhelm Raabe, dem darf man es nicht vorwerfen, wenn er die erste Strecke seines Weges scheu und zögernd zurücklegt, wenn ihn Nichtigkeiten blenden, falsche Trugbilder verwirren, Irrlichter verlocken.

Also rede ich jetzt über Isa, von der gesagt wird, ich und sie hätten sich gesucht und gefunden. Nein, nein. Wir sind verkuppelt worden, von meinem guten Freund Claudio, er hat es viele Jahre später irgendwann zugegeben. Es sei an der Zeit gewesen, er habe sich mein Dilemma nicht weiter anschauen können. Isa sei dafür die richtige Person gewesen. Ohne die Liebelei wäre ich weiter abgetrieben und im Selbsthass gelandet.

Was für herrliche Liebesbriefe ich Isa geschrieben habe, schön gestaltete Oden. Die Wolke führt die Himmelsleuchte in die Nacht. Der Mond ist eine Nachtsonne. Der Abend steht am Morgen auf, der Mond legt sich in der Frühe zur Ruhe. Der Tag fürchtet sich und bleibt die Nacht über mit sich allein. So ungefähr schreibe ich in Anspielung auf uns beide an Isa, dass unsere Liebe ein Naturereignis ist. Ich spüre, dass sie mich versteht. Ich schenke Isa lange, lange Wortreime. Sie lädt mich zu sich nach Hause ein. Ihr Vater ist ein Kapitän und hat den Wellensittich darauf trainiert, Tischtennisbälle in Eierbecher zu befördern. Sie nennen ihn Grünschnabel. Ich komme bei ihren Eltern gut an. Und irgendwann sind wir in ihrer Stube auf Du und Sie. Der Vater ist auf See. Die Mutter ist auf der Arbeit in der Reederei. Wir tummeln uns auf der Liege. Wir haben erfolgreich Petting. Sie spricht von der Antibabypille, die sie seit Wochen schluckt. Ich reagiere nicht, wie sie es von einem wie mir erwartet. Nun ja, und so nimmt alles wieder den gewohnten Lauf. Lauter Irrungen und Verwirrungen. Wir ziehen uns nicht aus und lieben uns nicht. Wir kommen nicht voran. Claudio redet auf mich ein, ich höre nicht hin.

Und dann ist Lucretia wieder da. Plötzlich und unverhofft – wie immer, wenn sie abgehauen ist. Sie ist zurück im Heim, bei mir. Hat den Fleischerheini verlassen. Sagt aber nichts dazu. Wir treffen uns außerhalb des Heimes, stromern im Spazierpark, ums Kurhaus, um jeden Strandkorb, suchen nach leeren Zigarettenschachteln aller Art, die im Kurort fallen gelassen werden. Sind bald Besitzer einer stattlichen Sammlung. Und weil die mich in die Irre ziehende Hirnhimmelei auftaucht, ist es aus mit Isa, gibt es Isa nicht mehr. Ich bin keine Spur von böse gegen Lucretia. Ich darf meinen Arm um ihre Hüfte legen und bin so glücklich wie nie. Sie scheint sich auf mich einzulassen. Ein wirklich inniger Augenblick.

Unglücksmelodien finden in F-Moll statt. Niemand will Julia sterben sehen. Es gibt das herzzittrige Ende nicht. Isas Mutter stellt sich mir in den Weg, schüttelt das schöne Haupt, ist davor, mich zu bespucken. Ihr Blick sagt, dass ich von Isa die Hände lassen und nicht mehr zu Besuch kommen soll. Also bleibt mir nur noch dieses Foto von Isa, auf dem sie eine einzelne Rose in ihren Händen hält. Was ich mit Isa hätte, fragt Lucretia, ohne mich anzusehen. Nichts weiter, antworte ich. Und damit ist dann wohl der Hauptteil meiner Pubertät überstanden.

TRAMPEN

Das Experiment, ein anderes Mädchen als Lucretia an mich zu binden, findet damals seinen Abschluss, indem Lucretia und ich gemeinsam trampen. Über Grenzen, hinter Grenzen. Jung genug, jung zu sein. Unser Sehnen, unser Hoffen zieht hinaus durch Wald und Feld. Aufwärtsblicken, vorwärtsdrängen. Wir sind jung, und das ist schön. Lasst uns schweifen ins Gelände, über Täler, über Höhn, wo sich auch der Weg hinwende, wir sind jung, und das ist schön. Schwester, schnell den Rucksack über, heute soll es ins Weite gehn, Regen, Wind, wir lachen drüber, wir sind jung, und das Ziel ist klar.

Wir packen unsere Rucksäcke. Wir versuchen, bis an die jugoslawische Grenze zu kommen, und stehen hinter der Kreisstadt an der örtlichen Tankstelle. Lucretia hat eine wertvolle Münze dabei. Die Vorderseite ziert ein altes Auto. Schöne Schwingungen, aufgesetzte runde Lampen. Die Hinterseite schmückt der Bundesadler. Die setzen wir in aussichtsloser Situation ein. Derjenige soll sie geschenkt bekommen, der uns am weitesten mitnimmt.

Ich bin zuvor nur einmal getrampt, mit Claudio nach Prag ins U Fleků, danach nach Budapest, um Schallplatten zu kaufen. Es war zeitraubend, dorthin zu kommen. Wir verbrauchten eine Menge Kekse, Pumpernickel. Wir ernährten uns von Tomaten, Gurken, Paprika, Melonen, kühn vom Feld geklaut. In Budapest suchten wir die Margareteninsel auf. Am Abend kamen sie alle dorthin, suchten sich Schlafstellen aus. Tagsüber sind wir in Budapest unterwegs gewesen, verdingten uns bei der Arbeiterversorgung als Küchenhilfen. Geschirrschleppen, Abwaschen, Abtrocknen, mit reichlich Futter zum Mitnehmen bezahlt. So schlugen wir Jungs uns damals durch.

Ganz anders das Trampen mit Lucretia. Es passiert, dass sie neben uns bremsen und uns mitnehmen, obwohl wir noch gar nicht an der Straße stehen und den Daumen ausgestreckt haben. Und immer benehmen sich die Männer aufgekratzt und plappern viel, sprudeln geradezu über, wenn Lucretia im Auto ist und ihre Aura verbreitet. Ich werde höflich mit einbezogen, manchmal barsch aufgefordert, die Klappe zu halten, mal nichts zu sagen, wenn sich Erwachsene unterhielten. Wir kommen an, wohin wir wollen, sind jedes Mal überherzlich entlassen. Alle finden sie Lucretia immens intelligent, gut aussehend, einen absoluten Hingucker. Alle würden sie mit ihr allein um die Welt fahren. Und sagen nicht einmal hinter vorgehaltener Hand, dass Lucretia viel zu elegant sei für einen wie mich. Sie wollen nicht glauben, dass wir ein Paar sind. Sie halten es für einen Jux, sagt Lucretia, dass wir uns lieben, miteinander schlafen, was ja auch nicht der Fall ist, ich soll diese Pfeifen ja nur auf Abstand halten. Aufpassen soll ich, dass sie mir meine Scheinliebste nicht stibitzen.

Wir trampen, weil wir kein Geld haben, um mit dem

Zug zu verreisen. Aber wir trampen auch aus Überzeugung. Wir wollen keine Spießer sein. Zug fahren macht nur als Ausflugsgruppe Spaß. Wir suchen die lockere Lebensweise beim Trampen. Dass man sich fremder Autofahrer bedient, die einen von da nach dorthin chauffieren. Dass man weit, weit weg von zu Hause ist. Dass das Leben auf der Straße in der Natur stattfindet. Man sitzt am Straßenrand, schluckt Staub und nestelt an Grashalmen herum. Man befindet sich auf großer Fahrt, auch wenn man Stunden sitzt und wartet. Die Ansichten über das Leben, die Menschen, die Menschheit, die Liebe, den Tod spielen weniger eine Rolle für einen. Das Fremde, das die Eltern befremdlich finden, lässt man nah genug an sich heran. Wenn man erst einmal über eine Grenze gekommen ist, kann es nicht genug dieser Fremde für einen geben.

Pécs weiß ich noch als den schönsten Ort unserer Tour. Orientalische Ansichten wie Illustrationen aus einem türkischen Bilderbuch. Halbsichel auf Kuppelbau. Häuser im Wüstensandlook. Tausend und eine Nacht. Davor Rumänien. So trostlos, so entsetzlich gleichgültig die Menschen, so wenig hilfsbereit, so hässliche Orte. Alle Menschen dort so tranig scheinheilig. Ich glaube, ein Film einigte alle dort. *König der Daker*. In allen Kinos Daker, die Unabhängigkeit, für die sie sterben wollen. Nicolae Ceauşescu ist mir so unsympathisch wie keiner. Die Russen sollen wieder schön dorthin zurückgehen, woher sie gekommen sind. Wir scheißen auf Bruderparteien. Ich spürte die Sicherheitsdienste an unseren Hacken, vermutete überall geheime Mikrofone, Agenten. Was sollen nur diese ewigen Fragen danach, ob wir was gegen Ceaușescu hätten? Nein, sagen wir. Hätten wir Ja gesagt, stünden sie geschlossen hinter ihm, und wir wären ihnen ausgeliefert. Ein unangenehmes Land. Auf unsere Rucksäcke legt sich die Angst wie Straßenstaub hernieder. Wir wollen da so schnell als möglich wieder herauskommen. Nationalstolz und Politik sind eh nicht unsere Sache. Wir schaffen es bis Russe, die erste große Stadt in Bulgarien. Wir zelten vor den Toren an der Donau, nahe einem Industriegebiet, blicken auf den Fernsehturm. Russe wie Russe. Es braucht nicht mehr als einen Haufen Heu zum Zudecken. Und Wasser aus dem Bach. Die Früchte holen wir uns von den Feldern, finden wir in den Wäldern. Zum Hafen schaffen wir es nicht. Bis Sofia sind es dreihundert Kilometer. War alles einmal osmanisches Reich um uns herum. Die Freundschaftsbrücke zwischen Russe und Giurgiu ist so alt wie ich. An meinem Geburtstag eingeweiht.

Es wird hier passieren, Petkowitsch, dass wir die Münze verschenken.

Ich spüre das ganz tief in mir.

Es kribbelt im Bauch.

Lucretia trägt sie in ihrer Jeans, in der sie knackig ausschaut. Wir sitzen auf einem Sandberg hinter der Fahrerkabine. Sie in einem Hemd von mir, das flattert heftig im Fahrtwind, als suchte der Wind es ihr vom Leib zu reißen. So schnucklig wie sie ist, kein Wunder, dass sich sogar ein natürliches Element wie der Wind an ihr vergreift. Ihre Arme sind von Gänsehaut überzogen, die Lippen blau. Haarsträhnen flattern ihr ständig vor dem Gesicht. Sie hat längst aufgegeben, sie wegzustreichen, festzuhalten, irgendwie durch eine gezielte Kopfhaltung zu dressieren. Vergeblich. Sie sagt nicht, dass ihr kalt ist, lehnt meine Cordjacke ab. Das Auto hält. Wir setzen ab. Der Fahrer verabschiedet sich ohne auch nur einen verstohlenen Blick für Lucretia. Das juckt sie schon, auch wenn sie es sich nicht anmerken lässt.

Plätze und Wege rücken ins Bild, im Hirn abgespeichert, sind sie wieder parat. Unsere Erlebnisse von damals blühen auf. Bis zur nächstgrößeren Straße wandernd finden wir einen geeigneten Schlafplatz, rechtzeitig, bevor es finster wird. Wir essen die unterwegs aufgelesenen Sachen. Karotten, Kartoffeln, Petersilie, Tomaten. Was sich stibitzen lässt, liegt auf unserem Gabentisch. Am Morgen der Geruch von einer Klärgrube kommend. Unangenehmer Gestank, vom umgeschlagenen Wind zu uns geweht. Gestank, der dir die Schädeldecke anhebt, uns zu fliehen zwingt. Den Tag lang kommen wir nicht voran, übernachten bei einem alten Mann im Garten, der uns am Morgen Kaffee bringt, so stark, dass uns die Zotteln zu Berge stehen. Lustig ist, dass er nickt, sagt er Nein, seinen Kopf schüttelt, will er uns Nurzu, Jadoch, Nehmtnurnehmt bedeuten.

Wäre doch fantastisch eingerichtet die Welt, würde alles in ihr sich immer mal wieder in sein Gegenteil umwandeln. Giftig gesund, süß salzig, hoch tief, hässlich schön, schwer leicht, tot lebendig, ich du, du ich, wir die anderen, begeistert sich Lucretia. Krieg Friede, Hunger Sattheit, hell dunkel, festhalten loslassen.

Und dann kommt dieser schräge Vogel ins Bild

gefahren. Der nimmt uns bis vor Jugoslawiens Grenze in seinem Auto mit. Düst mit uns durch sein schönes Schautnurschaut. Fährt, als hätte er die Verkehrsregeln allesamt neu erfunden, seinen Stil wie Achterbahn. Rot die Ampel – er prescht über sie hinweg, nimmt jemandem die Vorfahrt, der ihm freundlich zuwinkt. Eine echt dunkle Nacht, in der wir dann bei ihm daheim anlangen und durchatmen können. Zeigt uns im stockdunklen Ort die Bimmelei, einen Brunnen, das Rathaus, einen Park. Alles schwarze Leinwand. Wir sehen jeder andere Bilder zu seinen Worten. Und kehren ins Haus zurück. Und fallen danach in tiefen Schlaf. Dem Mann fällt am Morgen auf, dass es finster war im gesamten Ort, wir nichts von allem gesehen haben können. Also kriegen wir eine zweite Führung, sehen uns die wahre Bimmelei, den echten Brunnen, das Rathaus, wie es wirklich aussieht, an. Ein kleiner Ort, nicht weiter aufregend.

Die Grenze, fragt er, ob wir sie sehen wollen, er könne uns zum Fluss chauffieren, dann müsse er zurück, die Glocken läuten. Und fährt uns an den Grenzfluss, in den wir springen und abhauen wollen, so der Plan, nicht aber springen können, so reißend und wild, wie er fließt.

Es kommt zu keinem Fluchtversuch. Wir kehren an die Straße zurück, halten lange vergeblich unsere Daumen in den Wind. Sieben Verkehrsmittel binnen vier Stunden. Minimale Ausschütte. Ein Moped. Ein stotterndes Motorrad. Ein Pferdefuhrwerk. Ein überfüllter Kleinbus mit einem riesigen Kofferberg auf dem Dach. Ein Traktor. Ein Mähdrescher. Ein weiterer Tramptag geht zur Neige. Wir trippeln ein langes Stück die Straße entlang, verfluchen den Dorfpfaffen, der uns die Suppe eingebrockt hat. Lucretia hat ihm eine Flasche Wein stibitzt, zuckersüßes Zeug, kaum zu genießen. Durst zwingt das Zeug rein. Und dann kommt unsere Rettung, ein Kleinlaster. Müht sich die Anhöhe empor. Der Motor jammert und fleht um Nachsicht, gibt am Berg fast den Geist auf. Was für ein Moment im dämonischen Abendlicht. Caspar David Friedrich steht uns zur Seite. Der Wagen steht und ächzt. Lange Zeit geschieht nichts. Dann öffnet sich die Tür. Ein dicker Fahrer kullert heraus, winkt uns herbei. Warum wir so zögerlich sind? Geht um den Kleintransporter herum, bittet uns, hinten einzusteigen. Der Motor, sagt er, müsse kurz verschnaufen. Vorne ist da wirklich kein Platz für uns. Hat überall Papiere, Bürokram, Kisten, Hefter, Kästen zu liegen. Entriegelt die hintere Doppeltür, durch eine Spirale gehalten. Wir blicken auf Teppichrollen über Teppichrollen bis unters Dach. Ist nicht voll, gestikuliert er, weist auf eine Lücke, in die wir uns mutig hineinzwängen sollen.

Anders gehen nicht. Mit Kopf in Richtung ist besser bei Fahrt. Ich machen für euch Räuberleiter. Du und du klettern da hinein, übersetzt Lucretia seine Handzeichen. Der Mann verschließt die Tür mit jener Eisenspirale. Die Köpfe auf unsere Rucksäcke gelegt, sehen wir über unsere Bäuche hinweg die Tür sich beim Anfahren einen Spalt weit öffnen, die Teppichladung rutscht mit uns gegen die Doppeltür. Ein schmaler Spalt Landschaft ist zu erblicken. Schöner eine Landschaft nie wieder. Wie jung wir sind. Was für herrlich unproblematische Sachen wir erleben.

Wie fühlst du dich?

Ich fühle mich rundum wohl.

So sollte es für immer bleiben.

Wäre wirklich superimmens.

Trotz Enge und geringer Luftzufuhr schlafen wir unter den widrigen Bedingungen ein, erwachen von Helle, die durch den Spalt zu uns dringt. Das Auto steht. Die Pforte öffnet sich. Wir steigen aus, blinzeln in die goldige sonnige Gegend, fühlen uns wie Kosmonauten, der Kapsel soeben entstiegen, auf einem Mond gelandet. Ich hier zu Hause. Können den Tag lang bleiben, noch einen Tag halben. Dann wir mussen weiter, übersetzt Lucretia wieder den Fahrer. Seine Familienbande begegnet uns mit vorsichtiger Neugierde. Man hat nicht oft mit Trampern, Hippies, Deutschen zu tun. Man hält uns für Zigeuner. Zigeuner meine ich immer mal herauszuhören. Nichts draus machen, Gutmenschen helfen Teppiche ausladen, schleppen in Halle dort. Frau führen in Zimmer oben, Ehebett, nichts da, ist heute für euch.

Wir sitzen im Freien am großen Holztisch. Das Essen kommt aus der Küche. Riesige Teller. Teigtaschen im Fettsee, Eierbatzen, graue Fettwürste. Vom Anblick her nichts für uns. Mit dem ersten Happen ziehen sich unsere Münder zusammen. Man kann das Zeug nicht essen. Und doch. Wir quälen uns die Portionen tapfer hinein. Lucretia ist kurz vorm Erbrechen, sagt widerliche Pampe zu der Pampe, bleibt tapfer, isst auf. Hat wirklich, wirklich sehr, sehr gut geschmeckt, sagt sie, lächelt, klopft gegen ihren Bauch, sieht zu mir herüber. Nun aber können wir nicht mehr. Ich achte nur auf die Reaktion der Hausfrau. Die ist uns nicht gewogen. Die hält uns für überheblich, erklärt uns die Tochter kurz darauf wichtig tuschelnd. Hitlers junge Leute waren nicht anders, soll sie in der Küche geschimpft und gezischelt haben. Alles eine Brut. Nicht gute Erlebnisse mit Deutschen gehabt, sagt die Tochter zur Erklärung, führt uns ins Zimmer, verabschiedet sich mit beschwichtigender Handbewegung.

Am nächsten Morgen besucht uns die Tochter. Stellt eine Obstschale auf den Nachttisch, weist auf die Früchte. Lucretia deutet die Geste dahin gehend, dass wir die Pfirsiche essen müssen, sonst bleibt der Segen schief im Haus hängen. Und so nimmt jeder von uns einen nach dem anderen der sechs harten Pfirsiche zur Hand. Hart wie Schuhsohlen. Mit dem Taschenmesser schwer in dünne Scheiben zu schneiden, mit kräftigem Kaukraftaufwand zu beißen. Andere Länder, andere Früchte. Da lassen wir uns nicht lumpen. Es geht um Wiedergutmachung, Völkerfreundschaft. Alle sechs essen wir auf, legen die Kerne auf den Präsentierteller. Die Tochter sieht es und rennt laut kreischend davon. Löst auf dem Weg weitere Aufschreie aus. Mutter, Vater, Hund, Katze, alle kommen sie die Treppe empor, stehen im Türrahmen, fassungslos, gucken auf die Kerne. Die Mutter ist es. Sie hebt an zu lachen, sich den Bauch dabei zu halten. Die Treppe herunter lacht sie, stolpert, muss sich am Geländer halten. Nein, diese zwei treudoofen Deutschen, heiliger Strohsack, das muss man erst einmal draufhaben, das muss man erst einmal pur erlebt haben. Essen sechs Zierpfirsiche eisern auf, nie zum Verschlingen gedacht. Und eilt mit Medizin herbei, verabreicht sie uns streng, je schlechter uns wird, je besser für uns, am besten wir übergeben uns.

Ist Bauch schlecht, ist gut für Bauch, wenn Bauch wieder leer. Wir kommen vom Klo nicht herunter. Unsere Krämpfe und Qualen reichen über den gesamten Tag. Man verabschiedet sich herzlich lachend von uns Deutschen. Weiter geht es in einem großen Truck, von einer dicken blonden Fahrerin gesteuert, die uns ansieht und sofort kichert, wohl weil sie auch schon von den Zierfrüchten auf dem Nachttisch weiß. Sie bringt uns zum Balaton, an einen Traumort, wie sie sagt. Wir sollen nur zur Gesundung drei immense Tage in ihrer Pension sein, auf Kosten des Hauses, ehe uns ihr Bruder nach Prag mitnimmt.

Und so landen wir eine Woche später wieder im U Fleků unter anderen Zugvögeln, wie wir auf dem Rückweg, die Taschen voller Reiseerlebnisse. Es fing ein Knab ein Vögelein. Hm, hm, so, so. Und freut sich so läppisch, griff hinein so täppisch, hm, hm, so, so. Flog das Meislein auf und in die Welt hinaus, so, so, und lacht den dummen Buben aus.

Lucretia ist so widersprüchlich, wie das Leben ist, oder sollte ich schreiben: wie die Liebe? Von einem Moment zum anderen kann sie das Gegenteil von dem machen, was sie sagt. Ohne jede Vorwarnung. Ich möchte mein Leben lang mit dir zusammen sein, sagt sie und ist davon überzeugt, wir beide würden für immer Hippies bleiben und trampen, einmal durch den ganzen Ostblock. Sie und ich, nur wir beide. Okay, sage ich, obwohl es mir um meinen Opa schon leidtäte.

Sie ringt mir sogar einen Schwur für unsere gemeinsame Zukunft ab.

Doch Lucretia sieht die Welt als Kinderheim, in das jeder kommt und geht, einfach so. Und rauscht unversehens in Prag mit einem anderen Tramper ab. Den Rucksack hatte sie hinter der Tür zur Toilette deponiert, es sah aus, als würde sie noch was bestellen gehen oder Zigaretten kaufen. Doch stattdessen ist sie zum Seitenausgang raus, ab durch die Mitte, mit Sack und Pack und diesem Typen, einer, der sie alle bekommt. Sie steigt einfach von einem Auto ins andere, zu einem neuen Fahrtbegleiter.

Wie viel Zeit vergehen kann, bis man kapiert, dass jemand weg ist! Wenn eine Birne durchbrennt, kauft man kein neues Haus, heißt es, sondern sorgt für eine neue Glühbirne. Lucretia ist fort. Mir fehlen ein Bein, ein Arm, der Kopf.

Manchmal muss man Lebewohl zueinander sagen, um sich dem Leben zu stellen und neue Wege gehen zu können, sucht mein Opa mich später zu trösten. Manchmal muss man einen Menschen verlassen, um einen neuen zu finden. Lucretia ist Spezialistin für plötzliches Verschwinden. Ohne jede Ankündigung ist sie auf und davon und findet sich wieder ein, kehrt zurück, während ich an der Stelle klebe. Die Tatsache stählt und trainiert mich, was Abgänge und unangekündigte Trennungen angeht. Ich werde ruhig, sagt man mir Adieu. Ich verziehe nur kurz mein Gesicht und bleibe auf meinem Posten.

LEHRJAHRE

Muss i denn zum Städtele hinaus, eine Lehre beginnen, nimmt mein Opa mich zur Brust, mir zu sagen, was ich zum Sex wissen müsse. Redet über Tiere, den Bullen, die Kuh, den Hahn, das Huhn, den Eber, die Sau, über Balz, Instinkt und Juckreiz zwischen den Schenkeln, der befriedigt sein wolle. Aber Vorsicht, Junge. Sex verbraucht sich bald, ein Aufflammen und wildes Will-dich im trunkenen Zustand praktiziert, und schon ist da ein Kind unterwegs. Dass du Bescheid weißt! Und nun hinaus mit dir in die Welt! Auf Dauer ist meine Scholle für uns zwei zu klein.

Lucretia will keinen großen Abschied von mir neh-men. Sie schaut mich nur kurz an, wendet sich ab. Zum Weglaufen, wie sie es praktiziert, passt kein Abschied dazu. Wir sehen uns eh schneller als gedacht wieder, ruft sie mir nach, und es klingt noch nicht wie eine Drohung.

Ich bin die letzten zwei Wochen vor dem Beginn meiner Lehre allein mit dem Fahrrad in der Gegend unterwegs, die ich für Jahre hinter mir lassen muss, und lerne ein regelrechtes Traumwesen kennen. Wir begeg-nen uns bei einem Freiluftkonzert, als wir mit anderen Aushilfskräften zur Gruppe der Bierglasschlepper zählen. Wir schleppen Bierkrüge hin und her, die vollen an die Tische, die leeren zum Abwasch zurück. Wir laufen auf der abschüssigen Festwiese hoch und runter, ständig aneinander vorbei, lächeln uns an, bedeuten uns durch Gesten, wie kräftezehrend der Job ist, und holen auf Augenhöhe befindlich demonstrativ Luft. Sie ist das einzige Mädchen in unserer Gruppe, trägt wie ich in jeder Hand fünf Humpen. Sieht gar nicht so kräftig aus, eher zart, aber zäh und griffsicher. Wir eilen herum, während die Bands ihre Titel spielen, die Leute jubeln, johlen, applaudieren, schunkeln, singen, tanzen und Bier trinken. In den kurzen Arbeitspausen schwatzen wir beide miteinander, das heißt, wir erzählen uns gegenseitig ziemlich wortkarg, woher wir stammen, was wir so getan haben und jeweils im Leben vorhaben. Sie will in die Wirtschaft einsteigen. Schankwirtschaft, scherze ich, was Blöderes fällt mir nicht ein. Beim Tuchfühlungnehmen muss man nicht sonderlich geistreich sein. Über dreißig Bewerbungen um eine Lehre habe ich ins Land hinaus verschickt, erzähle ich, aus drei Orten eine Zusage erhalten. Nun muss ich eine kleine Unterkunft in einem der drei Städtchen finden, irgendeinen Raum, notfalls eine Abstellkammer, egal, um dort dann die Lehre zu beginnen. Und wie ich die drei Ortsnamen herbete, sagt die Maid doch glattweg bei einem Ort, es ließe sich da etwas arrangieren, sie könne sich da mal umhören. Himmel, denke ich, wie unkompliziert und leicht sich zwischen uns so wichtige Dinge einfach so ergeben.

Eris heißt meine Flamme. Es geht stark los mit uns, wir kommen mit jedem Gespräch voran und verabschieden uns herzlich voneinander, beenden, jeder vom anderen beglückt, den Arbeitstag. Am nächsten Tag hat sie in Plauen tatsächlich ein Zimmerchen für mich. Hurra! Wird nicht sonderlich groß sein, die Bude, sagt sie. Aber Platz ist in der kleinsten Hütte. Und redet von den Überraschungen, die auf mich warten. Sie wird meine Stadtführerin werden, kennt sich seit einem Jahr dort ganz gut aus. Und geht gern ins Kino und ins Malzhaus, der beste Klub dort.

Dann ist die Saison und mit ihr das Bierglasschleppen auf der Festwiese für uns vorbei. Wir werden uns wiedersehen, sagt sie, freitags im Malzhaus, da ist sie regelmäßig mit ihren Leuten. Was ich an ihr mag, ist diese lockere Art und natürlich, dass sie an mir Gefallen findet. Ich habe durch Eris nun also eine Bleibe, folge ihr nach in die Berge.

Kurz darauf ziehe ich in diesem gar nicht mehr so fremden Ort am unteren Saum des Landes in eine aberwitzig winzige Wohnung ein. Das Wort Bleibe ist mit seinen sechs Buchstaben ein bisschen zu lang, um es für den Wohnschlauch zu verwenden, sage ich zu ihr bei unserem ersten Treff im Malzhaus. Immerhin ein Dach überm Kopf, findet sie. Und für die Geldüberweisungen von meinem Opa eine feste Postadresse, ergänze ich. Was will ich mehr? Und dann lacht sie so herzlich laut darüber, als ich behaupte, ich könne mit meinen beiden Ellenbogen gegen die Wände stupsen, ohne mich zu bewegen. Ein Klappbett wäre toll, sage ich. Ich werde mir eins besorgen, das wird den Schlafdarm entscheidend weiten. Schlafdarm, kichert sie wie ein kleines Zicklein.

Das Malzhaus wird zu unserem festen Treffpunkt, der Gebrauchtwarenladen gleich daneben mein Lieblingsladen. Ich bekomme dort ein Klappbett, und der Sohn des Besitzers bringt es fachgerecht bei mir an. Und dann entdecke ich mit ihr das städtische Kleinkunstkino, freunde mich mit dem Besitzer an, besuche ihn, wann immer es geht. Es ist so wunderschön, allein zu zweit in diesem großen Saal zu sitzen, sich einen Film anzusehen, von Sitz zu Sitz zu wechseln, mit Bonbontüten zu knistern, ohne böse angeblickt zu werden. Wir sehen uns den Lieblingsfilm meiner Jugend an. Ich konnte damals nicht genug von dem Film bekommen, sah ihn sicher acht-, neunmal hintereinander an. Er handelt von tollkühnen Männern in fliegenden Kisten. Es geht darin um den ersten Flugwettstreit der Geschichte, die Strecke zwischen England und Frankreich. Gerd Fröbe spielt einen deutschen Offizier, der nach einem Anleitungsheft das Flugzeug fliegt und der mit dem kecken Spruch: Es gibt nichts, was ein Deutscher nicht kann, in die Maschine steigt.

Tagsüber bin ich in einer aus roten Ziegeln gemauerten Schule mitten auf dem Gelände einer alten Textilfabrik. Es geht bei der Lehre um Seide, Baumwolle, Tüll, Schiffchen und Stickmaschinen, Raumtextilien, Tischwäsche, Dessous, Brautkleider, Accessoires, Damenoberkleidung, Damenunterwäsche, Tuchmacherhandwerk. Ich kann es oft gar nicht erwarten, endlich durch zu sein mit dem Lehrlingstag und Eris zu treffen. Adam hat Eva gefunden. Herzallerliebste du, nach dir steht mein Verlangen, möchte immer bei dir sein, käme in deiner Gunst los von der inneren Not. Eine wunderschöne, zärtliche Fügung. Wir wollen wie der Mondenschein die stille Frühlingsnacht durchwachen. Wir wollen wie zwei Kinder sein. Du hüllst mich in deinen Leib ein und lehrst mich, so wie du zu lachen. Ich möchte zu ihr gern: *Ich mag dich sehr,* sagen.

Irgendwann holt Claudio mich ab und fährt mit mir in die Hauptstadt zu den Weltfestspielen. Die Wiese rund um den Fernsehturm ist völlig platt gelegen von den internationalen Liebespaaren, gelblich und vertrocknet. Von da an will ich nur noch in der Hauptstadt leben. Und Eris soll dabei sein!

KÜNSTLERISCHE FREIHEITEN

Wer was aus sich machen wollte damals, wer Veränderung anstrebte, das Ohr an die richtige Wand zu legen gedachte, der verließ die Provinz und brach in die Metropole auf. Ich bin damals an der Kunstschule in Weißensee gelandet. Eine Flut von Geschichten und Gesichtern rollt auf mich zu. Ich lebte damals zunächst in einem Studentenheim in Rummelsburg, Betriebsbahnhof. In der Welt ist so einiges los. Mao stirbt. Die Meinhof wird erhängt aufgefunden. In Soweto kommt es zum Aufstand gegen die Apartheid. In Venezuela wird die Erdölindustrie verstaatlicht. Die Concorde nimmt ihren Flugbetrieb mit Überschall auf. In Ostberlin eröffnet der Palast der Republik. Es gibt einen Kabeljaukrieg zwischen den Briten und Isländern um zweihundert Seemeilen. Aus allen Fenstern tönt es Lady Bump.

Mein Blick geht vom Wohnheimfenster hinaus Richtung Betriebsbahnhof über unzählige Gleise. Züge rauschen ganztags vorbei, einige von ihnen machen halt und fahren die lange Rampe an, um dort ihre lebendige Fracht loszuwerden. Schweine über Schweine, die von der Rampe aus in die Schlachthallen getrieben werden, wo sie niedergemetzelt, abgestochen, zerhackt, gebrüht, ausgeweidet, gestückelt werden. Ich höre die armen

Tiere quieken und sehe das erhabene Pferd vor meinem inneren Auge, das sie an einem Bein festgebunden am Strick kopfüber aufgehangen haben. Das stolze Pferd, emporgezogen, erniedrigt – damals, als ich und der Fleischersohn befreundet waren und ich dadurch oft genug Zeuge von grausamen Schlachtvorgängen wurde, bei denen das Blut nur so aus glänzenden warmen Hälsen spritzte. Das edle Pferd an einem Vorderbein aufgehängt in der kalten Schlachthalle bekomme ich nie mehr aus meinem Kopf. Das Geschrei aus der Schlachtanlage verfolgt mich bis in die Träume. Lokomotiven sehe ich aus blutigen Fleischstücken geformt. Als fleischbeladene Fleischwaggons rattern sie vor meiner Wohnung hin und her.

Und dann ist da noch dieser ellenlange eckige Tunnel zu erwähnen, vom Studentenwohnheim aus zur anderen Stadtseite hin, der über die unzähligen Gleise führte und durch den wir alle gehen mussten, den Schlachthof im Rücken, von den Schreien der Tiere wie von Windstößen vorangetrieben. Fünfhundert Meter lang, ein gruseliger Gang, und so beklemmend, ging man in ihm allein. Ich habe mich niemals einsamer und verlorener gefühlt als dort. Der Gestank des Schlachtbetriebes dringt selbst durch die geschlossenen Fenster der S-Bahn, die hier oft lange auf den Gleisen stehen bleibt, bis die Schweine ausgeladen sind. Die Wartezeiten vergehen auch in der Erinnerung daran nicht rascher. Man fürchtete, den Schweinegestank nie mehr loszuwerden, bis dann endlich die Türscharniere klickten, der Zug anruckte und weiterfuhr. Das schlimme Gelände ist heute saniert, auf ihm sind schicke Luxuswohnungen errichtet. Ein Plakat lockt zahlungskräftige Mieter mit der Aufschrift an: Hier wohnen Sie gut und sicher! Was keiner ahnt: Die Schreie der gemetzelten Schweine gellen dort zum Verrücktwerden bis in alle Ewigkeit.

Es gibt keinen Zufall, alles fügt sich wie nach einem großen Plan zueinander. Einer aus meinem Studentenzimmer sagt, er könne im bekannten Arbeiterkünstlerstadtbezirk eine Ladenwohnung mieten. Wenn ich mich ihm zugesellte, würde ihn das freuen. Leider entpuppt sich die Ladenwohnung im Prenzlauer Berg als eine erbärmliche Hütte. Ein Wohngrab, eine Siechbude möchte ich sie nennen. Ein Loch, in das nach hinten heraus nur spärliches Licht fällt. Zu dicht steht die Gegenübermauer. Ein Bett, eine Kommode, in der ich meine Habseligkeiten lagere, mehr Platz ist da nicht. Und mein Radio mit einem Kassettenteil, das ständig Musik dudelt, um die Umstände um mich herum vergessen zu machen.

Der Kunststudent, mit dem ich dort einwohne, ist von seinem ganzen Benehmen her ein Schrat, ein rechter Kotzbrocken ohne Empathie. So krude und unsympathisch aber zeigt er sich mir gegenüber erst dort, das aber dann auch mit voller Schlagkraft. Und er säuft, passend zum Loch, wie ein Loch. Saufmünzen beschafft er sich, indem er Schäferhunde porträtiert. Schäferhunde!

Ich wäre in der Buchte gestorben, hätte ich mich nicht sofort wieder aus ihr befreit und mir eine andere Bleibe verschafft. Eine leer stehende Wohnung schwarz zu beziehen ist eine aufregende Angelegenheit: Du gehst umher, scannst Hausfassaden ab, hältst nach vergilbten, staubigen Gardinen und verwaisten Fenstern Ausschau, drehst dich in den Hinterhöfen wie der gute alte Drehorgelmann früherer Zeiten. Und ist ein mögliches Quartier erspäht, gehst du ungeniert tagsüber, mit Arbeitskittel, Aktentasche und einem Bund helfender Dietriche ausgestattet, dorthin und eroberst das Schloss. Sicherheitsschlösser sind eine Seltenheit und mit einem gezielten Schlag auf den Rundkeil leicht herauszuschlagen. Vorher klingelst du bei den Nachbarn und kündigst die Aktion an. Niemand schöpft Verdacht, gibst du dich als Reparateur von Wasserleitung oder Stromanlage aus, und du erfährst so ganz nebenbei von den Leuten, wie lange das Objekt der Begierde schon leer steht. Je länger, desto besser deine Chance, es schwarz zu beziehen und kurz darauf zu legalisieren. In die Wohnung gehört eine Matratze hinein, das Wohnzimmer ist mit Tisch, Stuhl und Schrank zu bestücken, die Küche braucht ein paar Teller, Tassen, Bestecke, und dann ab zur KWV. Die bestechliche Mitarbeiterin lässt sich leicht herausbekommen. Du bringst ihr die Dinge mit, von denen gesagt wird, dass sie darauf steht, bezahlst fünf blaue Scheine Strafe dafür, dass du die Wohnung illegal besetzt hast, und fertig. Ich bin also rasch ein offizieller Mieter mit Mietvertrag und allem Drum und Dran und kann den Einzug angehen.

Ich lebe also in diesem Arbeiter- und Künstlerbezirk, wo an den Wohnungstüren Papierrollen hängen, an einer Strippe baumelt der Stift, damit man eine Nachricht hinterlassen kann – weil es kein Telefon gibt. Wo die Leute ihre Sessel von drinnen nach draußen schleppen, sich im Sommer auf dem Hinterhof gemütliche begrünte Sitzecken einrichten und ihres Lebens lustig sind.

Als Erstes zeichne ich mit Wachsstiften mein Idol an die Wand des Schlafzimmers. Bob Marley, aus dem Kopf direkt auf die Wand gebracht, frei aus dem Handgelenk, ohne vorher mit dem Bleistift Linien und Kästchen als Hilfsmittel aufzutragen. Mein Bob sieht wie eine Fotografie aus. Und mit ihm schlage ich eine ach so glückliche neue Seite in meinem Liebeslebensbuch auf. Eris kommt mir aus jener Kleinstadt in die Hauptstadt nach. Wir ziehen zusammen in die Wohnung ein, zwei kleine Räume, mit einem Erker. Die Küche ist winzig, der Flur eng. Auf dem Treppenabsatz steht unser Kinderwagen, das Liegeteil benutzen wir zum Kohlenklauen. Vom Küchenfenster aus kann man gut sehen, ob die Hänger wieder in der Straße vorm Kohlenhandel stehen. Schwarz und mit der Deichsel aufs Pflaster abgelegt, über die man hinaufklettert, um Kohle aus dem Wagen einzusacken. Nachts kommen sie alle, Studenten, Arbeiter, Sprittis, decken sich für den Winter ein. Ich staple meine Kohlen in den Kinderwagen bis unter den Wagenhimmel, wir kommen damit eine Woche aus.

Die Gegend ist verfallen, brüchig und bröcklig wie alles in Berlin damals. Gesperrte Balkone, Einschusslöcher. Kaputte Hinterhöfe, ausrangierte Automobile, Klopfstangen, Wäscheleinen, Mülltonnen, vergitterte Fenster. Haushoch aufgetürmter Hausrat im Hinterhof. Dauerhaft an einem Motor fummelnde Männer. Werkzeuge, Matten, Ersatzreifen, Batterien, Motorteile auf dem Boden verstreut, dass der Hof zur Werkbank wird. Die Türen und Fenster der Leute sperrangelweit offen. In den Straßen spärlicher Bewuchs, weder grüne Bäume noch bunte Blumen, nur Blumenkästen und dadurch ein paar Farbtupfer vor dem zerbröselnden Putz. Leere und sichtlicher Zerfall. Häuser mit Wunden.

Wir sind so sehr ineinander verliebt, dass uns die Bedingungen um uns herum nicht stören. Wir sehen über alles hinweg, richten uns ein Nest in der Wohnung her. Eris und ich leben einfach und bescheiden. Wo Mangel herrscht, musst du Spinnereien entwickeln, aus dem Naheliegenden das Nützliche formen, aus alten Türen eine neue Bettstatt bauen, aus Bierkästen Regale. Ich stehe auf alte Möbel, und davon finden sich immer wieder Einzelstücke in den Containern, die alle jungen Leute damals absuchen. Die Leute entsorgen vielerlei alten Kram, Postkarten, Bilder, Rahmen, Grammofone, Kleiderständer aus der Jugendstilzeit, Vasen, Gläser, Schmuckkästen, Spieluhren, Fotoapparate, Schränke, Stühle, Nähmaschinen, um die es mitunter arges Gerangel und Gezerre gibt.

Ich mag diese lädierten, schmucklosen Fassaden mit Einschusslöchern. Sie regen meine Fantasie an, ich denke mir oft, dass so auch mit den Menschen umgesprungen wird. Am interessantesten sind die alten Inschriften für mich, verblasste, schwer zu entziffernde Wortreste früherer Werbezeilen, und die großen schwarzen Brandflächen vom Krieg her, die jedermann gemahnen. Ich mag die bis an die Wolken heranreichenden kahlen, blanken Ziegelwände. Und manchmal ist so eine Trauerwand von nur einem kleinen

Toilettenfenster durchbrochen, nicht viel größer als ein Waschlappen, aber Zeichen von Ungehorsam und Freiheitswillen desjenigen, der den Durchbruch einfach ungefragt gemacht hat und damit an mehr Licht kam. Mein Lieblingsfenster setzt dem Schriftzug: Friede ist nicht Sein, sondern Tun, den i-Punkttupfer auf. An anderen großen Freifassaden sind noch die aus Uromas Zeiten stammenden naiven Reklamebildchen zu sehen. Die lachende Milchflasche für die Schulpause. Das Brot, von dem es heißt, dass es noch wie Brot schmeckt. Die strahlende Zündkerze, die man immer braucht. Der Frauenkopf im Profil, das Waschpulver für alle im Farbton ihres Kopftuches. Und singende Suppenwürze, heulende Motorräder, sprechende Zahnpasta. Ansonsten mag ich noch die wenigen paar Eckbänke und Abenteuerplätze hinter Absperrungen und die dicken Litfaßsäulen, so schief wie der Turm in Pisa nicht.

Über uns lebt ein Zusammenhalt mit zwei Kindern und einem Doppelpack Schäferhunden. Zu unseren Freunden im Arbeiterkünstlerbezirk gehören Intellektuelle, Spinner, Angeber, Versager. Die Mischung ist exotisch, bunt. Und alle, die wir kennen, bauen sie damals Hochbetten. Und liegen dann wie wir bäuchlings auf ihnen, schauen von oben herab auf die Straße, den Platz, die Kreuzung, den Verkehrsknotenpunkt, das großstädtische Treiben.

Es gibt einen kleinen Park in der Nähe. In ihm verbringe ich die freien Stunden mit den merkwürdigsten Gestalten. Nie im Leben habe ich wieder so viele unterschiedliche, seltsam verschrobene und zugleich geniale Menschen angetroffen wie in jener Zeit, auf die ich absolut nicht vorbereitet war, nicht durch Lucretia, nicht durch Claudio und schon gar nicht durch meinen Opa. Niemand hat mich beiseitegenommen und darin unterwiesen, was eine Großstadt ist, wie es in ihr ausschaut und zugeht. Es ist kurios: Im Vergleich zu heute lebten wir damals freier, obwohl wir eingesperrt waren, unsere Aktivitäten überwacht wurden und Mangel herrschte. Wir glichen das alles mit Fantasie, Rebellentum, Lebenslust und Feierlaune aus.

Unsere Wohnung in der Raumerstraße wird zu einem der zahlreichen Treffs. Wir sitzen um den großen Tisch herum, braten Spiegeleier, essen Gewürzgurken, Butterbrot, Radieschen, schwatzen von spät bis früh. Wir fühlen uns gut, sehen über das Fehlende hinweg, kennen nur, was wir kennen, und haben einfach diese Gier nach mehr nicht entwickelt. Bescheidenheit ist unsere Wesensart. Es werden Bäume gepflanzt, Patenschaften für sie übernommen. Wir hebeln Pflastersteine aus, graben Löcher, füllen sie mit Erde, setzen die Sprösslinge in sie hinein, schützen sie mit knöchelhohen Lattenzäunen. Dass es etwas grüner um uns wird, ein bisschen Farbe und Leben, Natur und Duft Einzug halten im Wohngebiet. Die Mieter kümmern sich geschlossen um die Setzlinge. Mit Besenstielen bestückt, an ihren Spitzen Nägel mit dem Kopf ins Holz geschlagen, sammeln wir Papier und Unrat von den Rasenflächen der Spielplätze, fühlen uns als Umweltschützer, revolutionär, mit Che Guevara auf einer Ebene. Fahrradfahren mit Gasmaske versehen gehört dazu. Wir radeln in Richtung Zentrum, kommen dort niemals an, sondern werden abgefangen, verhaftet und verhört. Die Radtour wird zur Protestfahrt gegen Krieg, Raketen, Polizei, Saustall Staat. Einige von unseren Freunden sind Bürgerrechtler und achten sehr auf Konspirativität. Ihre Wohnungen sind konspirative Wohnungen, und nur Leute, denen sie vertrauen, dürfen sie besuchen.

Ganz wehmütig ist mir, denke ich an damals. Die Großstadt ist aufregend. Die Zeiten sind anarchistisch, die Mieten gering. Lesungen, Kinobesuche. Und alle rennen wir zu den raren angesagten Konzerten, in Klubs, auf Festwiesen, in Parks, und sind danach über Wochen beseelt davon. Es ist ansonsten nicht sonderlich viel mehr los, als was los ist. Um uns herum ein dicklicher Brei von Eintönigkeit. Die Häuserzeile gegenüber gleicht einem unbehandelten Gebiss. Klaffende Lücken, Unrat, Schutt, städtischer Müll wie Karies in ihnen, auf ihm die dunklen Krähen und die klarsichtigen Möwen, die sich um Fetzen fetzen. In den Hinterhäusern leben engagierte Leute, Studenten der Stadt, des Lebens. Nach vorne hausen die mit dem Haus alt gewordenen Mieter. Und immer ist etwas los. Der Strom fällt aus, die Wasserleitung platzt, man behilft sich mit Eimern, Kerzen, Tüchern, Schüsseln, Taschenlampen, Lappen. Das städtische Gas macht schlapp und strömt nur noch lustlos aus den Düsen, dass man ihm die Schläfrigkeit gönnt, elektrisch kocht. Oder es regnet die Keller voll, alles steht unter Wasser. Ein Balkon bröckelt und stürzt zu Boden. Ohne dass wer zu Schaden kommt, kippt eine gesamte Hauswand um, die, wie so viel im Lande, nur provisorisch aufgestellt worden ist.

Um uns herum die Männer und Frauen, nun, da geht es schon ordentlich zur Sache. Eris und ich dagegen kommen aus der Provinz und sind viel zu schüchtern und verklemmt, uns so exzentrisch leidenschaftlich aufzuführen wie unsere Freunde. Und weil ich im Kinderheim sehr eng mit Mädchen beisammen war und sie wie Schwestern in allen Situationen kennengelernt habe, sie also nicht ausschließlich als Objekte der Lust betrachte, ist mein Zusammensein mit Eris nicht allein von Begehren bestimmt. Und so ist ihr Wille, vor der Ehe keinen Sex zu haben, für mich akzeptabel, ja irgendwie sogar sinnvoll schön. Richtiger Sex, wünscht sie, soll erst nach der Trauung erfolgen. Bis dahin stimulieren wir uns gegenseitig und betreiben Petting. Sie findet es gut so, und ich empfinde die Haltung von ihr dazu als eine sehr romantische. Das Paar, das sich füreinander aufhebt und mit der Heirat die letzte Tür ins Reich der Lust und Sinnlichkeit, Ausschweifung und Wildheit aufstößt, gemeinsam diesen Raum betritt und sexuell erobert. Ich lasse mich gern darauf ein. Ich kasteie mich lieber, wie ein Inder sich kasteit und die Haare lebenslang wachsen lässt oder sich sein Geschlechtsteil abbindet, den Trieb damit abzutöten.

Und dann sind wir verheiratet. Der Kuckuck schreit: Ich bringe der Braut ihr Hochzeitskleid. Der Pinguin, nicht spröde, hält die Hochzeitsrede. Dazu singen Puten mit ihren breiten Schnuten: Rabe, Rabe, schaff heran die erste Gabe. Wir heiraten nebenbei. Zwei Beisitzer, das kurze Jawort, Ringtausch, Schmatzer, fertig. Und ab in die Flitterwochen. Der Marabu, der Marabu, hält sich die Lauscher zu. Die Amsel bringt den Kranz frisch geklaut. Brautmutter ist die Schleiereule, erträgt die Feier mit Geheule, steuert zum Essen bei die Hammelkeule.

Mein Geschenk für mich und Eris ist ein Messingbett, tiefschwarz das Gestell, mit einem ausladenden doppelten Bogen zum Kopfende hin versehen. Zwei schlanke, viereckige Säulen, die Wächter des nächtlichen Silentiums. Und oben aufgesetzt je eine Messingkugel, mit Gravur versehen. Adam und Eva im Paradies. Die Fledermaus, die Fledermaus, die zieht der Braut die Beinkleider aus. Die Stare, Stare, Stare, lösen auf der Braut die Haare. Man konnte ihr die Schlafstatt nicht ausreden, sie wollte unbedingt dieses Bett. Zu teuer für uns, sage ich. Es gibt wichtigere Dinge als ein nostalgisches Bett. Und doch gehe ich am nächsten Tag in den Laden, erwerbe das Bett für den angegebenen Preis. Ein Prachtstück, sagt der Verkäufer. Uhu, Uhu, huhu, der macht die Fensterläden zu. Der Hahn kräht: Gute Nacht, dann wird die Lampe ausgemacht. So einige Artikel für die Zeitung habe ich schreiben müssen, um das Geld für das Messingbett zusammenzubekommen, das dann angeliefert, aufgebaut und freudig von uns begrüßt wird. Ein schöner Moment, wie wir vor dem Möbelstück stehen und uns bei den Händen halten. Eris sogar mit Tränen in den Augen, Augentau ihres unendlichen Glücks.

Und dann stoßen wir sie auf, die goldene Tür, hinter der wir miteinander Sex haben. Doch kommt so richtige Lust und Wildheit nicht auf bei uns beiden. Vielleicht haben wir uns zu umständlich ausgezogen, zu genierlich aneinandergeschmiegt und zu lange abgewartet, was mit uns passiert, oder es war einfach falsch, so lange tatenlos zu liegen und zu lauern, wer von beiden mit der Zärtlichkeit beginnt und dann das Liebesspiel vorantreibt und die Leidenschaft auslöst. Vielleicht hatten wir beide voneinander getrennte Vorstellungen, was Liebe ist und wie Sex praktiziert wird. Jedenfalls bleibt unsere Intimität eher sehr gezügelt, beinahe schon enttäuschend. Wir sind ineinander, aber es ist mehr ein mechanisches Abhandeln von Bewegungen. Ich komme, aber ich komme viel zu früh. Bevor sich bei Eris etwas regen kann, bin ich fertig. Das frustriert mich. Auch wenn sie mich zu trösten versucht, kommen gewaltige Zweifel in mir hoch. Ich atme tief durch und höre die Botschaft, dass sich unser Sex noch deutlich ändern wird, es alles nur der ersten Erregung zuzuschreiben ist. Das muss sich alles erst ergeben und einrenken. Unsere Körper müssen Zeit gewährt bekommen und werden dann schon irgendwann zusammenfinden. Das geht nicht Hals über Glied, Brust über Möse. Ich hätte es gern sofort geändert und nicht auf die lange Büßerbank verschoben. Nur geht Liebe eben besser zu zweit und in Übereinkunft zu praktizieren, als ungestüm und egoistisch nur von einem vorangetrieben. Ich habe oftmals Lust, über Eris herzufallen, ihr die Sachen vom Leib zu reißen und mehrfach hintereinander zu vögeln. Ich komme mir dann aber wie ein Vergewaltiger vor und verabschiede mich von diesen kurzzeitigen Wallungen. Ich kann meine Energien immer wieder geradeso auf andere Gebiete umlenken. Ich widme mich in der Zwischenzeit der anderen Liebe in meinem Leben, dem Schreiben, und bin damit dann auch recht gut beschäftigt und schön abgelenkt.

Die Eltern von Eris sind sauer, weil wir heimlich und ohne sie geheiratet haben. Meine Schreiberei und all dieses Buchstabenreihen halten sie für eine brotlose Kunst. Sie nennen mich verantwortungslos, egoistisch und nicht mannhaft genug, eine Familie zu ernähren. Ich soll von der albernen Kunst lassen und erwachsen werden, einen richtigen Beruf ergreifen. Ich reise stets mit Widerwillen zu ihnen in ihr Eigenheim in Mecklenburg. Ich erlebe ihre Beziehung als eine Scheinehe. Sie setzen sich zu Tisch – Frühstück, Mittag oder Abendbrot, egal –, und ohne dass er zu ihr etwas sagt, giftet sie gegen ihn, sie sehe es ihm am Gesicht an, wie er von ihr denke. Er sagt: Guten Appetit. Sie will das nicht aus seinem Mund hören, weil es gelogen sei wie alles, was der Schuft am Tisch sage. Er sei das Schlimmste, was ihr in ihrem Leben passieren konnte, ereifert sie sich. Wie konnte ich nur auf dich hereinfallen. Ohrfeigen könnte ich mich jeden Tag, jede Minute. Lässt mich alles hier erledigen, vom Einkauf bis zum Tischdecken. Hat seit Jahrzehnten nicht einen Finger gerührt, wettert sie ungehalten, ohne jemanden am Tisch anzusehen.

Und spult sich langsam hoch, giftet weiter, während sie uns rät, sich nicht an ihren Worten zu stören. Und reicht, während sie gegen den Mann anstinkt, die Speiseschüsseln herum, heißt uns aufzutun, ehe das Essen kalt wird. Knallt dann ihr Besteck auf den Tisch, von dem sie aufspringt, und schleudert dabei ihre Serviette demonstrativ in Richtung Scheusal, das nur dasitzt und so bemüht, wie es ihm möglich ist, weiterisst: Mir ist der Appetit vergangen!, schreit sie, dass die Vögel in der Luft erschrecken, laut wie zum Schützenfest geht es am Tisch zu. Die Nachbarn schließen ihre Fenster, so zur Sache geht es, und sie sind es gewohnt. Die Stufen hoch in ihr Zimmer läuft sie, stoppt kurz noch einmal am Geländer an der Stelle, an der sie immer stoppt, und schleudert böse Blicke wie Flammen zu uns allen herab, bevor sie laut: Ich könnte kotzen!, schreit und: Womit habe ich das nur alles verdient? Warum sagt denn keiner von euch was gegen dieses Scheusal? Warum bin ich denn nur so allein auf verlorenem Posten? Und wendet sich dann endgültig ab gleich dem Star auf der Bühne, der nach dem Ende des Dramas abtritt. Und schließt sich in ihr Zimmer ein, an dessen Tür sich kurz darauf artig die zwei Töchter einfinden, um am Holz zu kratzen und die Mama zu bitten, wieder gut mit ihnen zu sein. Flehend, jammernd, manchmal wirklich weinend und bettelnd wie auf einer Bühne. Ein Trauerspiel für mich, den einzigen Gast in ihrem Schauspielhaus. Ich hätte alles nur aufschreiben müssen, es wäre ein Publikumserfolg geworden. So aber ist es ein familiäres Trauerspiel, fast wortgetreu allabendlich aufs Neue aufgeführt. Zu Beginn des zweiten Aktes geht die Mama, gefolgt von ihren beiden Töchtern, die Treppe hinab zum Tisch. Nein, schimpft sie dabei laut vor sich hin, ich beherrsche mich nicht. Mir tut nur unser Gast leid, der das hier alles erleben muss. Ich winke ab, als würde es mich nicht sonderlich stören. Ich solle ruhig wissen, was für ein verlogener Herr mein Gastgeber sei. Sie lasse sich von ihm in diesem Haus nichts mehr bieten. Sollen es doch alle wissen, was für ein Widerling in diesem Haus wohnt, der die eigene Ehefrau als billige Haushaltshilfe gefangen hält. Und spricht ihn nun als Freundchen an, giftet ihn an mit: Das mache ich nicht mehr länger mit! Damit ist es nun aber ein für alle Mal aus und vorbei. Ich lasse mich nicht weiter missbrauchen. Und weg ist sie dann in der Küche, ihrem sicheren Rückzugsbereich, die nächste Mahlzeit vorzubereiten. Wurst, Bulette, Kartoffelsalat.

Der Angesprochene wirkt wie eingefroren, sitzt starr und steif am Tisch. Sein Mund knirscht nicht einmal. Er führt nicht Gegenrede, lässt alles über sich ergehen und bewahrt seinen Unmut tief in sich drinnen. Statt sich zu wehren, wischt er sich den Mund mit der Serviette ab und verzieht sich kurz darauf in seinen Hobbykeller, wo er antike Möbel auffrischt, mit denen er ein schönes Nebengeld herbeischafft. Eris und ich schwören uns, niemals so zu enden.

DIE WIDERSPENSTIGE ZÄHMUNG

Mit meinem Studium an der Kunsthochschule geht es voran. Und mit meinem Schreiben auch. Ich veröffentliche meine ersten Texte in einer Wochenzeitschrift und halte ausgerechnet in einer Kirche meine erste Lesung ab, wo ich doch die Welt erobern will. Ich trage mein *Mauer-Poem* vor. Den Text habe ich auf eine lange Papierrolle getippt, unten rechts beginnend, arbeite ich mich Zeile für Zeile vor, fülle die lange Papierbahn, bis sie vollgeschrieben ist. Und lese den Text dann auf allen vieren vor, trage den Text also einem Straßenköter gleich in hündischer Haltung vor, so die Idee und Botschaft meiner *Performance*. Der Raum um mich herum ist von einem Kommilitonen aus Weißensee, einem Maler, gestaltet worden, Comics auf Packpapier. Er hat sich tagelang vorher in ihm einsperren lassen, die Wände vom Fußboden aus bis zur Decke mit Zeichnungen zu versehen, der Raum sah wie eine Comicbox aus.

Es spricht sich rasch herum, dass ich neuerdings viel am Schreibtisch sitze. Ich habe mir eine Schreibbude organisiert, es war ein Fehler, allen davon zu erzählen. Denn schon schauen sie ständig bei mir rein, halten mich vom Buchstabenreihen ab. Stellen bei mir ihre Taschen unter, bringen mir ihre Kinder für kurze

Zeit vorbei, schleppen ihre Haustiere an, fahren, durch mich von ihren tierischen Lasten befreit, sorglos in den Urlaub. Ich versorge ihre Pflanzen, passe für sie den Postmann ab, nehme Sondersendungen entgegen, leiste Unterschriften, bewahre Koffer und Päckchen auf. Der Tierbestand wächst in Stoßzeiten auf Minizoogröße an. Rekord sind fünf Aquarien, zwei Herbarien, ein halbes Dutzend Vogelkäfige, eine Hamsterbox mit Laufrad, und für die Katze haben sie mir eine Klappe in die Tür eingebaut.

Die Geschichte vom irren Wellensittich muss ich erzählen. Der spinnerte Vogel muss sich frei bewegen können, fordern Mutter und Tochter, als sie ihn mir übergeben, um an die Ostsee zu fahren – drei Wochen lang. Also flattert er überallhin, verwüstet meine Schreibbude systematisch, fliegt Scheinangriffe auf mich, wippt auf den Vorhangstangen, bis sie sich aus ihren Halterungen lösen, reißt mit dem Schnabel Löcher in den Stoff, fetzt die Tapeten in Streifen, macht sich über die Zimmerpflanzen her, zupft sie Blatt für Blatt zugrunde, scheißt überallhin, wirft um, was seinem Anstürmen nicht widersteht. Keine drei Tage und ich sitze in einem Trümmerfeld, unter Kopfhörern und mit Helm, bei laufenden Attacken und Gekreische. Überall Papierschnipsel unter meinen Füßen, als wäre ich in einem herbstlichen Blätterwald. Die Natur hat ein Einsehen, das kleine Monster gerät in der Küche irgendwie hinter den Küchenschrank. Wie es geschehen ist, weiß dieser Vogel allein. Es bleibt sein Geheimnis. Ein erstickter Hilfeschrei, kläglich anklagend, und dann Stille, das Vieh verstummte.

Ich beginne die größte Suchaktion in der Geschichte meiner Küche, öffne Kästen, Schubladen, inspiziere alle Nischen, erweitere die Maßnahme auf die Speisekammer, rücke Möbel, schaue hinter die Abwäsche, den Kühl- und den Küchenschrank und entdecke den Flattervogel zwischen Wand und Schrankhinterteil festgeklemmt. Was für ein Unglückssittich. Ich bekomme den Schrank angewinkelt und will mit dem Besenstiel den Vogel nach oben befördern, allein mir fehlt es an Geschick und Kraft, das Vieh rutscht in die Tiefe, der Schrank gerät aus der Schräg- in die Normallage zurück und erdrückt den Pechvogel. Ich überführe die sterbliche Hülle auf meinen Schreibtisch, krame Stift und Wasserfarben hervor und aquarelliere das Wesen federgenau, gehe mit der Zeichnung zum Fachgeschäft um die Ecke, wo sie das Tier als Weibchen einstufen, sein Benehmen absonderlich nennen, mir für ein Handgeld einen neuen Vogel übergeben, von seiner Vorgängerin nicht zu unterscheiden.

Was für eine wohlerzogene kleine Dame ich mir da eingehandelt habe! Ein feines Tier, ruhig, artig, sehr gelehrig, blättert mir die Buchseiten um, sieht mir beim Anspitzen der Stifte zu, plappert einzelne Worte und später kurze Sätze nach. Mutter und Tochter sind nach ihrer Rückkehr hin und weg. Wie ich das bewerkstelligt habe, das wilde Tier zu einem besseren umzuerziehen? Ich mache meinen Opa zum großen Tierdompteur, spezialisiert auf die Unterrichtung von Meisen, Tauben, Spatzen, von dessen Kunst ich profitiert habe, und ernte uneingeschränktes Entzücken.

Das Leben schenkt Eris und mir schöne, amüsante, sorgenfreie, leichtherzige Tage. Nur hält die Fröhlichkeit nicht für immer an. Es ist vorbei mit der Lebenslust, Kurzweile, unterhaltsamen Zerstreuung. Alles scheint die erste Weile gut, dann wechselt die Großwetterlage, unsere Übereinkunft fällt in ihren Urzustand zurück. Ich bin verheiratet und habe in den wenigen Momenten, in denen es zum Sex kommen darf, so keinen rechten Spaß an ihm, errege mich nicht so sehr, wie es sein sollte. Ich schiebe meine Impotenz dem Geschirrhandtuch zu, von meinem Opa aus dem Besitz seiner großen Lebensliebe, meiner Oma, geschenkt bekommen. Eris legt es sich für den Geschlechtsverkehr unter ihren Podex, damit das Laken sauber bleibt. Die Gänse, mit denen es verziert ist, recken zwischen Eris' Beinen ihre Hälse und töten all meine Triebe ab. Sie lassen mich unkonzentriert zur Sache gehen. Ich komme meiner Aufgabe für den Zeugungsakt nicht nach, blamiere mich, muss ergebnislos abbrechen. Den Monat später, wenn Tag und Zeitpunkt wieder so günstig sind, verhält es sich mit mir und den Gänsehälsen nicht viel anders. Sie schreien und zischen mich an. Mein Kopf wird zur Gänsefarm. Von allen Seiten her fallen mich Gänse an. Die Schnäbel weit aufgerissen stürmen sie im Paradeschritt auf mich zu, suchen in meinen Schwanz zu beißen. Ich bekomme das Schreckensbild nicht aus meinem Hirn vertrieben. Es gelingt mir nicht, die Gänse einfach zu ignorieren. Ich müsste das Tuch verschwinden lassen und bin auch leider viel zu feige, es als Thema anzusprechen, von seiner Wirkung auf mich zu erzählen, damit wir die Antipathie in den Griff bekommen, gemeinsam eine Lösung finden und uns über die Angst vorm Gänsebiss erheben. So aber müssen wir ständig den Liebesakt entnervt abbrechen, obwohl Tag und Stunde zur Empfängnis wie geschaffen sind. Eris will ein Kind. Doch die Gänse scheinen etwas dagegen zu haben und stellen sich dem Zeugungsakt entgegen. Ich bin allerdings auch gegen diese Art von Sex, die einzig dem Kinderwunsch dient. Ich sehe mich als der bei der Pferdezucht geneppte, ausgetrickste Hengst, der ein Gestell bespringt, das nach Stute riecht und keine Stute ist, fühle mich wie im Sportunterricht einst zum Sprung über den Bock aufgefordert, den ich im Leben nicht überspringen kann.

Wie es dazu kommt, bleibt ein Rätsel, und doch passiert es. Eris ist trotz alledem eines Tages schwanger und sagt, wir dürfen fortan keinen Geschlechtsverkehr mehr haben. Ich bin unbeschreiblich stolz auf die Frau mit der Liebesfrucht in ihrem Bauch, fühle mich so richtig wohl mit dieser Neuigkeit. Das kleine Wesen soll ungestört groß werden, unbelastet aufwachsen, in seiner Fruchtblase keine unbeherrschten Laute vernehmen, sagt Eris. Der Stadtkrach sei schon Zumutung genug. Sie wählt geeignete Orte zu dessen Wohlbefinden aus. Ich soll sie überallhin begleiten, das Kind in sanftem Ton ansprechen, es soll so früh als möglich meine Stimme hören. Ich erfülle ihr den Wunsch. Zwischendurch melke ich meinen Prügelknaben und ziehe mich in meine Schreibbude zurück.

Um Mitternacht klopft es an meiner Tür. Eris ist gerade für zwei Wochen bei ihren Eltern. Ich öffne, und da steht dieses unbekannte Traumwesen vor mir mit einem knallroten Luftballon, in ein glitzerndes, regenbogenbuntes enges Kleid gezwängt. Eine lebende Barbiepuppe mit dick lackierten Lippen, einer gelben Schmetterlingsschleife im Haar. Hält ein kleines Radioding im Arm. Drückt auf die Taste. Fängt an, zu der Melodie ein Ständchen zu singen. Irgendetwas von der Sonnenseite, einem Dinosaurier, der ausgestorben ist, und ich solle wie ein Schiff bei Sturm sein, das niemals sinkt. Und schiebt mich dann, unbeirrt von der strammen Kerze singend, in die Wohnung, mit einer Kraft und Entschlossenheit, die mir das Glück zeigen wird. Der Umschlag, den sie mir reicht, während ich ausruhen darf, ich soll ihn öffnen, den Text aufmerksam lesen. Sie schenkt sich vom Gin ein, den sie mitgebracht hat, mixt ihn mit Tonicwater, presst Zitronensaft hinein und prostet mir zu, nimmt mir den Brief weg und liest ihn mir vor – ist doch schöner so:

Da schau. Ich habe mir etwas für dich ausgedacht. Du kannst das Geschenk sehen und anfassen. Sie ist eine Freundin von mir und wird dich nach den Regeln der Liebeskunst verführen. Ich verlasse mich auf dich. Ich vertraue euch. Sei nicht zu zugeknotet. Lass es geschehen. Es ist harmlos und einfach wie den Kreisel drehen, weißt du noch? Mehr an Erinnerung braucht es nicht. PS: Weißt du, dass Gänse die schärferen Wachhunde sind und immer anschlagen, wohingegen man die doofen Köter mit Fleischhappen austricksen kann?

Sie kommt mir nahe, knabbert an meinem Ohrläppchen, nennt mich Achduarmerdu. Wir schmatzen miteinander, sie mehr mich. Es ist so schauerlich, ihre Maulflatter in meinem Schlund zu spüren. Sie füttert mich mit Gin aus ihrem Mund, trällert von der Glut ihrer Lippen, fummelt an meinen Klamotten herum, befreit mich von T-Shirt und Hose, mit einer echt scheinenden Willdichwilldich-Begierde, bis unsere Münder verschmelzen. Es geschieht in dem Messingbett, in dem Eris, die Gänse und ich miteinander litten. Lass uns die Segel setzen. Ich bin der Kapitän, verstanden? Du machst, was ich dir sage. Genau so und nicht anders soll es sein. Eris und ich, will ich sagen, haben uns ewige Treue geschworen, bis dass das Lichtaus uns scheidet und so. Die Ewigkeit, sagt sie, dauert dann eben nicht länger als bis genau jetzt.

Okay, sagt sie, wenn du reden willst, schieß los. Und ich rede über Eris und mich. Und dann vögeln wir. Was für eine Erfahrung, dieser Zustand sexueller Erfüllung. Fremdgehen ist es für mich nicht, eher eine Flucht nach vorne, die mich aus der Fassung bringt und zugleich erdet.

Es ist eine kurze Affäre, ein einmaliges Ding, mehr nicht, sagt die, deren Namen ich nicht weiß, streng. Ich müsse alles für mich behalten.

Wie heißt du?, frage ich.

Du darfst mich Lucia nennen, sagt sie.

Und hat das Gänsetuch, wie auch immer sie daran gekommen ist, parat, legt es sich unter den Podex, liegt steif wie ein Brett rücklings, unbeteiligt auf der Matratze. Du musst über die Sache hinwegkommen, sagt sie. Woher weiß sie das mit dem Tuch und den Gänsen?

Von Lucretia, sagt sie. Irgendjemand hat es ihr erzählt. So geht das. Wir sollen den Geschlechtsakt zwischen mir und Eris nachspielen. Learning by Doing, sagt sie. Ich kann das nicht, sage ich. Du musst, fordert sie und lacht kurz darauf hell auf, wirft das Gänsehandtuch weg. Sie wird mit mir bestimmte Handhabungen durchgehen, mich in gewisse Techniken der Stimulation einführen. Kleine Griffe mit großer Wirkung. Sie sitzt dann breitbeinig auf mir, redet von Ritt und Reitkunst, wie man daran Gefallen hat, was ich zum Ritt beitragen kann. Und reitet mich dann, bis wir beide zu schwitzen beginnen und schwer atmen, uns schweißnass umschlingen, zueinander unnachgiebig grob werden. Alles wie sie es mir abverlangt, während sie mir mit heißem Atem schweinische Worte ins Ohr keucht, die ich mir merken müsse. Ich bräuchte nicht aufzupassen, sie nähme Antibabypillen. Und beginnt heftiger auszureiten, mit ihren Pobacken auf meinen Schenkeln zu schmatzen, zu piepsen, zu stöhnen, lustvoller zu keuchen. Und sinkt dann mit klatschnassem Haar verausgabt und selig auf meinen Körper nieder, dass ich ihre weichen Brüste fühle, sich ihre Haare mir über Nase und Mund legen, mich zu ersticken drohen und ich pruste und huste. Und liegt dann so eine Weile an mich geschmiegt, beißt in meine Schulter, meinen Hals, das Kinn, die beiden Wangen. Und richtet sich auf, schaut mich mit zufriedenen Augen an, steigt ab, kuschelt sich ein, atmet sanft, spricht irgendwann von der Genialität unserer Genitalien. Und so ermüden wir zeitgleich, schlafen ein.

Am Morgen bin ich mit mir allein in meiner Koje.

Kein Zettel, kein sonstiger Hinweis darauf, dass ein lebendiges Wesen hier gewesen ist. Nur dieses schöne Durcheinander meiner Kleidungsstücke ums Messingbett herum. Hat sich fortgeschlichen, während ich fest schlief. Die Mohrin, die ihre Pflicht getan hat. Es ist früher Nachmittag. Ich habe einige Stunden mehr als gewöhnlich geschlafen. Mein Kopf brummt. Ich höre eine Stimme singen: Nun wird es zwischen Eris und mir gut werden, lautet der Refrain des Liedes, das in mir singt. Ich muss die erlernten Techniken nur in unser Geschlechtsleben integrieren, die Sache mit dem Handtuch zum Thema machen.

Und dann kündigt der Professor meiner Kunstschule in Weißensee ein neues Aktmodell an, das seinen Worten nach die Sache heute zum ersten Mal absolviert, genierlich ist, uns ungelenk erscheinen mag. Alle fangen wir einmal an. Nehmt sie bitte wie eine Professionelle in eurer Mitte auf, sagt er. Und als die Tür aufgeht, erscheint meine alte Lucretia in einem unschuldig weißen Bademantel, nicht die Spur klemmig und unsicher, als unser neues Modell wie auf einem Laufsteg. Löst, am Podest angekommen, den Knoten vom Bademantel, setzt sich, die rechte Schulter angewinkelt, das linke Bein nach vorne geschoben. Blickt einmal demonstrativ in die Runde, dann auf ihren Fuß herunter. Hinter jeder Staffelei ein Mann mit dem Gedanken: Was für ein lustansaugendes Modell ist uns denn da beschert worden? Wo kommt dieses Zauberwesen nur her?

Ihr Erscheinen der absolute Hammer. Ihre gesamte Haltung ein Triumph. Mit allem, nicht aber mit diesem

Auftritt hatte ich gerechnet. Pure Einmischung ist dies, in mein Leben, denke ich und kann einfach nicht zu ihr hinblicken. Ich bin getroffen, verwirrt und nicht mehr bei der Sache, was dem Zeichenmeister sofort auffällt. Er steht an meiner Staffelei, befasst sich mit mir, empfiehlt, genauer hinzusehen. An unserem Modell wäre alles so herrlich eingerichtet und jede Faser zur Muskulatur, jeder Knochenverlauf fein zu studieren. Er nennt ihre Schulter markant erhöht, den Schlüsselbeinbereich besonders klassisch. Man müsse das Modell nur lange und intensiv anschauen, das Bild male sich dann fast von alleine. Ich solle den Raum zwischen Brust und Knie zeichnerisch mit der Umgebung kommunizieren lassen, die Zehenspitze ruhig etwas überzogener zeichnen, mich mehr ins Zeug legen, ein bisschen wie Egon Schiele zeichnen, das wunderschöne Modell ruhig krasser und überzeichnet auf meine Leinwand bannen, den Körper in stechenden Farben lebendig werden lassen und nicht so hilflos auf dem Papier rumkritzeln.

Beginnen Sie sich in die Körperlichkeit zu versenken.

Gehen Sie dem Modell unter die Haut.

Geben Sie seine ureigene Weiblichkeit wieder.

Und redet mich dabei so laut an, dass die anderen Studenten mit dem Zeichnen auf- und ihm zuhören, während ich Lucretias spöttischen Blick erhasche und den Kohlestift hinwerfe, aus dem Zeichensaal stürme, mich auf die Toilette flüchte, dort einschließe, mit den Nerven fertig und wütend. Und das ist mein Dilemma. Lucretia macht mich verrückt. Ich will mit ihr nichts zu tun haben, weil ich mit Eris zusammen bin. Ich schaffe es nicht. Es ist wie mit der Echse, die bei einer Grundsteinlegung in Amerika mit in die Box getan wurde. Und als nach drei Jahrzehnten ein Neubau notwendig wurde und man die Box öffnete, sieh an, da ist die Echse immer noch da und schläft weiter. Als der Redner sie aus der Box holt und in seiner warmen Hand hält, zuckt sie mit den Beinchen. Und das Wunder ist perfekt. So geht es mir mit Lucretia. Ist sie nicht in meiner Nähe, vergesse ich sie. Taucht sie urplötzlich auf, vergesse ich mich, egal in welcher Beziehung ich gerade stecke – ich vergesse mich, meinen Anstand, die guten Manieren. Ich vergesse Eris, das Baby, das in ihrem Bauch heranwächst, den Haushalt, Termine, Verabredungen, Versprechen, die Arbeit, die Ehe. Ich kenne dann einfach keine Verwandten mehr und will nur noch mit Lucretia zusammen sein. Aber wie sollte es mir auch anders ergehen – schickte sie mir doch gerade Lucia vorbei: um mich vor den Gänsen zu retten. Als hätte sie Zugriff auf meine geheimsten Gedanken. Ich erliege ihr, sobald sie auftaucht.

DER MEXIKANER

Lucretia hat inzwischen viel erlebt. Von den Geschichten, die sie mir erzählt, sticht die mit dem Mexikaner hervor. Sie ist wie bei unserer Tramperei immer noch wie ein Hippie in bunten, flatternden Kleidern und Tüchern unterwegs, beide Unterarme voller Armbänder aus allen erdenklichen Materialien von Bindfaden bis Wacholderholz, das betörend duftet. Janis Joplin ist ihr großes Vorbild. Sie redet, als wäre sie live in Woodstock dabei gewesen, obwohl sie nur bis Ungarn auf ein Popfestival kam und dort das erste Mal von Hendrix gehört hat. Ihre Augen glühen, spricht sie von Hendrix und Woodstock. Sie redet sich in Rage. Das herrlich unkomplizierte Leben. Die freie Liebe. Sie kennt das Love&Peace-Festival in- und auswendig, jeden einzelnen Musiker, alle Bands, die dabei waren. Sie tut so, als wäre sie genauso bekifft und nackt, knutschend und wild um sich vögelnd unterwegs gewesen. Woodstock, wie sie es sich angelesen hat. Sie raucht Karo, trinkt den Wein aus der Flasche, schimpft auf das Establishment, ein so schickes Wort, dass es sich ihr im Munde querlegt und einen Lispeleffekt auslöst, sie rot werden lässt und wütend macht. Obwohl ich mich von ihr angezogen fühle, bin ich doch etwas überrascht, ja fast befremdet. Es ist, als wäre sie im Teenageralter stecken geblieben. Es reicht ihr nicht aus, wie ein Hippie gekleidet zu sein, sie redet auch dieses Zeug, ein mentales Gemisch aus Schamanentum und Bibel, ein bisschen Vietnam und Zitate von Allen Ginsberg. Sie steht auf wilde afrikanische Rhythmen und seltene Sternkonstellationen, folgt den Mondphasen, will keine Kinder haben, die sich vom Staat beeinflusst zu Mitläufern entwickeln. So ist Lucretia drauf, als sie in Weißensee Akt steht, eine Woodstocker Hippieliesel. Da ist einer während der Woodstocker Tage gestorben, Kleiner. Kann man sich einen besseren Tod vorstellen? Ist so einer nicht der überglücklichste Tote der ganzen Welt? Sie nennt mich Kleiner. Das wird sich hoffentlich wieder verlieren, denke ich, wenn sie kein Hippie mehr ist.

Und dann erzählt sie mir vom Mexikaner, der in Wirklichkeit ein Ungar, Rumäne oder Bulgare gewesen sein muss. Und dieser leere, große Raum, in ihm nichts weiter als ein großes Bett in die Mitte gerückt, von dem sie berichtet und in dem sie und ihr Mexikaner es heftig treiben, so heftig, dass sie beide dann splitternackt auf große bunte Fliesen fallen und er sie über den Fliesenfußboden bis in die Zimmerecke schiebt, ist reine Erfindung, denke ich. Dass er sie in dieser Ecke gigantisch stößt und mit Liebkosungen verwöhnt, ihr Schnaps in den Mund schüttet, der über ihre Wangen, Brust und Bauch in den Schoß rinnt, ist genauso erfunden. Ihre Körper pitschnass, in Schweiß gebadet beide.

Warum sie mir das erzählt, wo sie genau weiß, wie wenig mich derartige intime Berichterstattungen interessieren? Will sie mich provozieren, aus der Reserve locken, wissen, wie weit sie gehen kann? Will sie sehen, ob mich ihre Geschichte eifersüchtig macht?

Und zückt dann auch noch zum Beweis ihrer Berichterstattung eine Flasche Mescal, in Zacatecas produziert. Spricht die beiden komplizierten Worte wie einstudiert fehlerfrei und ohne zu lispeln aus. Aus dem Herzen der Agave, geerntet, bevor sie blüht. Zu einem Brei zerkocht in eigens dafür ausgehobenen Gruben im Erdboden. Mit Steinen ausgelegt, die lange, lange nachglühen. Von Palmenwedeln bedeckt, tagelang gereift. Sie spricht von Holzfass, Destillat, implizit, explizit. Aegiale hesperiaris oder agavis gusano. Bekommt die lateinischen Bezeichnungen hin. Redet vom Agavenwurm, dem roten, der dem Schnaps seinen typischen Geschmack verleiht. Und entkorkt die Flasche: Hier, riech mal das Aroma, den Geruch nach Rauch. Und sieh doch nur, was für eine herrlich anzusehende Flaschenform.

Und setzt die Flasche an ihre Unterlippe, hält sie hinter der Öffnung mit ihrer linken Hand, hebt den Flaschenboden mit ausgestreckten Daumen, Zeige- und Mittelfinger an, etwas zu ruckartig, was zur Folge hat, dass der Schnaps ihr auf die Bluse tropft. Wie man die Flasche richtig in der Hand hält und du weniger umständlich aus ihr trinkst, sage ich zu ihr, hätte dir dein Mexikaner schon beibringen sollen. Zitronen?, frage ich, schon einmal was von Zitronen gehört? Ich und Zitronen, antwortet sie kühl.

Ich laufe davon. Ich breche das Studium ab. Ich will jetzt nur noch malochen. Das ist die Zeit, in der ich denke, Lucretia taucht absichtlich auf, um meine Pläne zu durchkreuzen. Sie weiß, dass ich ihr hilflos verfalle, wenn sie es will. Selbst als dieses Hippiegirl haut sie mich um. Dass ich die Ehe zu Eris sausen lasse und mich einen Dreck um Eris und mein Kind schere, lockt sie mich nur mit dem Zeigefinger und weist mit ihrer gebieterischen Hand in die neue Richtung. Wir stammen aus einer verlorenen Zeit, sind in einer einsamen Gegend groß geworden. Das verbindet uns, bis dass der Tod entscheidet, wer zuerst geht. Es gibt niemanden sonst auf dieser Welt, bei dem ich so zu Hause bin.

AN DER LANGEN LEINE

Gedankenschwer und selbstverloren, von Lucretia wieder einmal ins Chaos gestürzt, krank gemacht und deswegen orientierungslos, was meine Gefühle anbelangt, reise ich zu meinem Opa, mich bei ihm auszuheulen, neu zu ordnen und zu verorten. Er tröstet mich, so schlicht und schlecht er kann, und ist dabei keineswegs zu mitfühlend. Er wäscht mir den Kopf, indem er den seinen schüttelt. Er fragt mich, was ich mit Lucretia nur für eine Komödie am Laufen habe, warum sie mir so viel bedeutet. Das Leben ist zu kurz, um ein langes Gesicht zu machen, sagt er. Sprächen die Menschen nur von Dingen, von denen sie etwas verstehen, die Stille wäre unerträglich. Und schimpft, dass ich an ihrer Seite zum Dummkopf mutiere, nie vergessen soll, wie oft sie mich erniedrigt, gedemütigt, vor anderen Leuten kleingemacht hat. Nennt mich Schafsnase, Nulpe, Armleuchter, Rhinozeros, Flitzpiepe, Tölpel, sie Hexe, Kratzbürste, Xanthippe. Schimpft wie ein Rohrspatz, meine Hummelflüge zu stoppen. Wenn du dich nicht von Lucretia löst, wirst du nie frei sein wie das Tier im Wald. Du musst sie wegstoßen, Abstand zu ihr halten. Eris oder Lucretia, so sieht es aus.

Er sagt viel zu oft: Es geht mich ja nichts an, aber.

Und legt dann los und lässt kein gutes Haar an ihr. Du wirst es wieder nicht können. Ich sehe es dir an. Sie wird weiter zu dir kommen, wann sie will, dir dein Hirn umrühren, dich ins Unglück ziehen. Und abhauen, ohne dass du sagen könntest, was sie mit dir im Schilde führt. Es gibt zerstörerische Wesen auf dieser Erdkugel. Du hast dir eines davon eingehandelt, das du streicheln willst. Es beißt dich, während es sich zeitgleich an dich schmiegt. So eine ist das, Junge. Einem gezähmten Tiger gleich führt sie dich an ihrer langen Leine im Kreisrund der Manege umher. Eine Zirkusnummer bist du. Nichts weiter. Und ich begleite den Zorn meines Opas mit dem Lied: Die Erdkugel war mir zuwider, die Berge lagen auf mir, der Himmel war mir zu nieder. Ich sehnte mich nach dir, nach dir, Liebmädel, wie schlecht bist du. Und alle Liebeswunden brachen auf in mir, als ich dich gefunden, lebte und starb ich in dir, vor deiner Tür die hell gestirnte Nacht liebeskrank durchwacht, Mädchen du, wie schlecht bist du zu mir. Ich ging nicht zum Fest. Ich trank nicht den edlen Wein, ertrug den Spott der Leute, um nah bei dir zu sein. Bin zitternd zu dir gekommen, als wärst du ein Jungfräulein, hab ich dich in den Arm genommen, als wärst du mein allein, allein. Wie schlecht du gewesen bist, vergaß ich liebend, erblindete, vergab dir herzlich, dir, Liebmädel, wie schlecht bist du. Du vergiftetest mein Leben, meine Herzlaute ward krank, so krank, Liebmädel, bergab bin ich gegangen mit dir zu jener Stund, so stramm an dir gehangen, hinab mit dir zu Grund, o Liebmädel, wie schlecht bist du.

Das Meer hilft mir, wenn ich bei meinem Opa bin, es

steht mir bei. Ich blicke aufs Meer, es blickt zu mir und verhält sich zunehmend unterkühlt und abweisend mir gegenüber, rede ich von Lucretia. Über die Jahre ist das Meer ein anderes geworden. Es schenkt mir die Traumbilder zurück. Gestärkt verlasse ich Opas Paradieshaus am Meer in der festen Überzeugung, Lucretia hinter mich zu bringen. Fest entschlossen, meiner dauerhaften Zerstörerin abzusagen und zu Eris zurückzufinden, reise ich ab. Und weiß, dass ich es nicht schaffen werde, dass alles sich ändern wird und nichts bleibt wie es ist. Mein Hut, der hat drei Ecken, drei Ecken hat mein Leben. Und hätte der Hut nicht drei Ecken, so wär er nicht mein Hut.

Claudio rät mir, ein guter Vater zu werden, mich aufs Kind zu konzentrieren, es besser zu betreuen, als man uns im Heim bekümmert hat. Ich würde damit auch mich heilen und therapieren. Und ich soll das Buchstabenreihen nicht vergessen. Claudio ist mein guter alter Freund. Ich höre auf ihn. Ich soll im Inneren frei bleiben, sagt er, mich auf den Eiertanz nicht einlassen, dabei den inneren Zwiespalt akzeptieren. Du liebst Lucretia, bist ihr verfallen. Darüber musst du dir klar sein. Doch Sehnsucht und Realität sind in der Welt zwei grundverschiedene Dinge wie Blut und Blumen, Erdkugel und Räucheraal. Wegen meiner ewigen großen Flatter für Lucretia wäre ich nie vollends in eine Frau verknallt. Keine der Frauen, mit denen du zusammen bist, wird je von dir hundertprozentig geliebt. Du bist eine zweigeteilte Person. Verhältst dich deswegen oft genug fehl. Die Ehe mit Eris rangiere hinter der unerfüllten

Liebesgeschichte mit Lucretia. Ich solle mich aber ja nicht auf Lucretia einlassen. Ihr ständiges Kommen, Weglaufen und Wieder-da-Sein, als wäre nichts gewesen, habe System. Was in der Zwischenzeit mit ihr los gewesen sei, wo sie untergekommen ist, wer sie umhegt hat, sage sie nicht, sie tische mir stattdessen Märchen auf. Treue sei ihr Ding nun einmal nicht. Es gab vielleicht einen Zeitpunkt, da hätten wir uns füreinander entscheiden sollen. Zwei Segel, erhellend die tiefblaue Bucht. Zwei Segel, sich schwellend zu ruhiger Flucht. Wie eins in den Winden sich wölbt und bewegt, wird auch das Empfinden des andren erregt. Unsere Innigkeit wäre den Kinderschuhen längst entwachsen. Ich würde sie immer noch wie einen Edelstein in der Schatulle anbeten, für etwas so Tolles halten wie einst meine kleine Tänzerin auf ihrer Spiegeltanzfläche in Opas Spieldose. Eine abgeschlossene Sache zum Anstaunen und Von-Herzen-froh-Sein müsste die Beziehung für uns beide lange schon geworden sein. Kein Traumpaar seien wir, ein Trauerpaar. Ein Film im Stundenkinofilm mit Längen und sich ständig wiederholenden Szenen sei, was wir miteinander hätten. Sie darf nicht mehr so in dein Leben hineinplatzen! Ihr geht es nicht um dein Glück. Sie will andere Lebewesen und deren Leben ins Wanken bringen!

Und tatsächlich ist der Boden in meinem Leben schon am Wegrutschen: Eris verdächtigt mich, es mit Lucretia zu treiben. Lucretia und ich seien Freunde, Leidensgefährten, einem Heim entsprungen, versuche ich sie zu beschwichtigen. Meine Entgegnungen aber sind schwachbeinig und überzeugen Eris nicht. Die

Schleichwege zu der Geliebten sind kurz, sind sie erst einmal entdeckt, heißt es bei den Isländern. Eris spürt, dass jemand zwischen ihr und mir steht. Sie bezichtigt mich der Lüge. Ich versuche, mich ihr zu nähern, doch sie zettelt Psychofallen während des Vorspiels zum eigentlichen Akt an. Ich soll erst gestehen. Ich gestehe nicht. Es kommt nicht zum Äußersten. Es kommt zum Wortgefecht. Sie bekommt diesen Ausdruck in ihrem Gesicht, diesen unnahbaren Zug. Wut meine ich zu sehen. Wir sind dann Kampfhähne, die Federn fliegen, der Kamm schwillt an, mit spitzen Schnäbeln hacken wir und bluten. Anders ist es nicht zu beschreiben. Der ärgste Feind für den Mann ist eine zornige Frau, sagt mein Opa. Der ärgste Feind für mich ist meine Sehnsucht.

RAMPENWART

Ich hänge mein Studium an den Nagel und schreibe mich in jener Zeit von meinen Liebeswirren frei, als würde es für mich nur die Schreibkunst geben. Ich halte sogar bald schon die ersten richtigen Lesungen ab. Nach solch einer Lesung gelange ich unrühmlich in die Westnachrichten. Ich muss dazu erwähnen, dass ich nach Lesungen immer lautlos von der Bildfläche verschwinde. Ich kann einfach nicht länger anwesend sein und ertrage anschließende Gespräche, Fragen, Deutungen und Vergleiche nicht. Ich lese nicht, um mich hinterher analysieren zu lassen und mir sofort anhören zu müssen, was am Auftritt gut, am Text erbärmlich und sonst wie prima, schlimm, toll und billig war. Ich komme dem zuvor, bin lieber schnell weg und in meiner Lieblingskneipe mit Freunden zusammen, die nichts von Lesungen und meinen Texten wissen, einfach nur Taxifahrer, Handwerker, Postboten, Lebenskünstler sind.

Was ich also an diesem Abend nicht mitbekomme, ist ein Polizeieinsatz in der Kirche, kurz nach meiner Lesung durchgeführt, bei dem der Laden gestürmt, alle gefilzt und ein paar Macher mit aufs Revier gezwungen werden, während ich mit Claudio zusammen bin, trinke und am Ende zu ihm nach Hause wanke, den Rausch auszuschlafen. Pünktlich erwacht und in die nach Rauch riechenden Sachen der Nacht geschlüpft, steige ich in die Bahn Richtung Arbeitsplatz. Seit einem halben Jahr bestücke ich im Werk für Fernsehelektronik in Oberschöneweide das Fließband mit Bildröhren. Dort herrscht Aufregung, und es heißt, ich soll sofort zum Chef kommen. Der sagt zu mir kurz und trocken: Regimekritiker mögen wir nicht, kannst gleich wieder nach Hause gehen.

Gesagt und getan, erfahre ich dort, was vorgefallen sein soll in jenen Stunden, in denen ich um die Häuser zog und bei Claudio schlief. In einer Frühstückssendung im Westfernsehen wird mein Bild gezeigt und behauptet, ich sei nach der Polizeiaktion spurlos verschwunden, wahrscheinlich verhaftet und eingelocht worden. Eris fragt mich, was ich da nur angerichtet hätte und wieso ich plötzlich ein Regimegegner sei, was ich um Himmels willen in den Frühnachrichten des Westens zu suchen hätte: Was ist mit dir los? Wie kannst du mir und dem Kind so etwas antun? Denkst du denn nie an die Zukunft unseres Kindes?

Ich komme nicht dazu, mich zu erklären. Sie glaubt mir nicht, was ich ihr über verschiedene Formen von Zersetzung sage, derer sich der Staatssicherheitsdienst gern bedient, ausgeklügelt, mit dem Ziel, dass wir uns beschimpfen und auseinanderdividieren.

Und dann stellt sich bald heraus, was wirklich geschehen ist und warum von meiner Verhaftung in den Frühnachrichten die Rede war. Ein schreibender Kollege hatte durchs Schlüsselloch der Arbeitsbude einen umgekippten Stuhl in meinem kleinen Flur liegen sehen, der von mir beim Verlassen der Wohnung in der Hektik umgerissen worden war. Und hat kombiniert: Stuhl umgekippt, Kampf stattgefunden, Verschleppung in die Zellen des Staatssicherheitsdienstes. Die Sache klärt sich am gleichen Tag auf, der Irrtum wird revidiert. Ich werde wieder eingestellt, und alles ist gut, nur eben bei Eris nicht, die vom Schrecken faselt, der in sie gefahren ist, der Angst, die sie durchlebt hat.

Eris ist dann auch bald schon zum zweiten Mal schwanger, ohne dass ich es mir so recht erklären kann.

Die nächsten Schritte sind harte Schnitte und Stiche ins eigene Fleisch. Wir ziehen in eine größere Wohnung um. Ein Bekannter von Eris hat uns den Tipp gegeben. Ich muss jetzt hauptsächlich Geld verdienen und schufte weiter in dieser Fabrik als Fließbandarbeiter. Ich wechsle deswegen sogar in den besser bezahlten, aber auch miesesten Job und stehe fortan am Säurebecken bei gleichbleibenden achtundzwanzig Grad Dauertemperatur, wie ein Stahlarbeiter gekleidet mit schwerer Schürze bis über die Gummistiefel hinweg, mit einer Latzhose aus Gummi. Die Handschuhe aus Hartgummi, kaum mit den Fingern zu bewegen. Im Becken Salz- und Flusssäure. Acht Stunden lang atme ich die bösartige Mixtur ein, bekomme Sonderrationen an Milch, Bananen und ähnliches Geben-wir-gern-Dazu.

Rote Kirschen esse ich gern, schwarze noch viel lieber, fahre mit der Extrapost, und wenn es tausend Taler kost, tausend Taler ist kein Geld, wenn es meinem Schatz gefällt. Schätzchen hier, Schätzchen da, Schätzchen in Amerika. Ich verdiene ganz gut dafür, dass ich meine Gesundheit ruiniere. Ich bin jetzt der Großverdiener in der Familie. Ich sorge dafür, dass wir Geld haben, und stehe morgens kurz nach vier Uhr auf, um schnell geduscht und fit gemacht mit diesem Haufen aus lauter anderen Frühaufstehern die Bahn zu füllen und zu verlassen und umzusteigen in eine andere Bahn, um, an der Station angekommen, mit allen auszusteigen und mitten unter ihnen im Trott zum Betrieb hin unterwegs zu sein, an all den anderen Betrieben in dem Betriebsgebiet vorbei, bis vors Betriebstor, bis an den Spind, vor dem sie alle aus ihren Klamotten steigen und ich als Einziger in mein Gummizeug schlüpfe, um dann an dieses Becken zu treten und mit ganz unhandlichen großen Bildschirmkolben zu hantieren, als wäre ich ein Bühnenstar und Jongleur und ganz verliebt in den Takt des Fließbandes.

Danach gehe ich mit den Arbeitern in ihren Stampen, die Leute reden, was sie reden, es kommen Frauen hinzu. Manche, die man kennt und lustig findet, manche, die man kennt und vor denen man sich besser in Acht nimmt. Manche, die man zum ersten Mal sieht, und alle werden sie in der Kneipe unruhig, rutschen mit ihren Hintern auf den Stühlen herum, stehen auf, recken die Brust, winkeln die Arme ab, wenn sie zum Klo marschieren, und lachen gekünstelter und lauter als sonst. Dann redet man mit der Neuen, gewinnt vielleicht ihr Herz und hat Sex mit ihr die Nacht hindurch. Am nächsten Tag ist der Zauber vorbei, denn die Frau ist gar nicht so schön, wie sie unter Einfluss von Bier und Kneipenlicht am Abend noch war. Ich bin natürlich brav, ich rühre keine an. Ich bin Familienvater.

Ich will diesmal bei der Geburt dabei sein und sehe mir den Lehrfilm zur Entbindung mit anderen werdenden Vätern in einem Schulungsraum an, dass wir Bescheid wissen, was auf uns zukommt. Die Bildqualität ist schlecht, die dunkelvioletten, venenblauen Farben lassen alles gelblich tot aussehen. Die Schwangere, ihr Gesicht, ihr Bauch, die Schenkel, Schamhaare, Scheide, alles sieht abstoßend aus. Der Kopf des Kindes schiebt sich aus einem schimmelig aussehenden Kleister als ein rostig wirkender Bolzen heraus. Ich halte die Vorführung nicht aus und stürze hinaus aufs Klo, wo ich mich übergebe. Später in der Kneipe braucht es einige Runden Schnaps, ehe ich Claudio von dem Erlebnis ohne Schwindelanfälle berichten kann.

Weil wir mit dem zweiten gleich ein drittes Kind, also Zwillinge, bekommen werden, sehe ich überall nur Zwillinge aller Altersstufen. Zwillinge im Kinderwagen, auf den Spielplätzen, in den Bahnen, sogar im Kino, vor meinem Lieblingslokal, auf dem Weihnachtsmarkt, im Theater, im Fernsehen sowieso, wo sie, wie mir scheint, recht häufig über Zwillingstreffen im Lande berichten. Im Betrieb nennen sie mich einen Stier. Oho, rufen die Kumpels. Kaum zu sehen, der kleine Kerl, aber im Bett die absolute Bombe, womöglich. Ich versuche ihnen vergeblich den Quark auszureden, bemühe die Wissenschaft und wie es sich verhält, dass das weibliche Ei entscheidet, von welcher Spermazelle es sich befruchten lässt und wie viele Kinder dabei herauskommen. Sie bleiben dabei: Ein Vieh bist du, red nicht dagegen.

Und dann ist es so weit, die Geburtswehen setzen früher ein als gedacht. Ich bin nicht zu Hause, sondern sitze gerade mit Lucretia traut in meiner Schreibbude beisammen. Wir reden über das schlimme Filmerlebnis und darüber, wie man mit heutiger Technik einen Lehrfilm drehen sollte. Wir hören Musik, diskutieren und reden offenbar zu laut. Draußen schneit es sanft in die Nacht hinein. Vor dem Haus, in dem ich meine Schreibbude etabliert habe, müht sich Claudio durch stürmisches Klingeln und mit Minischneebällen, die er gegen die Fensterscheibe wirft, vergeblich ab, mich aufzuscheuchen und in die Klinik zu bewegen.

Ich bin also bei der Doppelgeburt abwesend und sehe mir die Kinder erst später hinter einer großen Scheibe an. Ich registriere die trockenen Lippen der Mutter, ihr abgekämpftes, müdes Lächeln im Gesicht. Es gibt Schwierigkeiten. Ein Baby ist untergewichtig, es muss in den Brutkasten, und Eris muss ihren Aufenthalt unfreiwillig verlängern. Kurz darauf schwebe ich dann voller Stolz mit ordentlich Luft unter meinen Füßen über die Bürgersteige, Straßen und Plätze in meine Bude zu Lucretia zurück. Die Erdkugel verliert an Schwerkraft. Ich verliere die Erdhaftung. Ich schaue nicht auf die Uhr, meine innere Freude ist kaum zu beschreiben. Und alle Zeit, die ich nicht haben darf, bekommt Lucretia, meine Seelenliebe, reichlich von mir für sich gespendet. Dann kehrt Eris mit den beiden Neulingen heim. Ich lebe mit ihr nur zusammen, weil Lucretia sagt, ich solle nach Hause gehen. Petkowitsch, du solltest dich nun um die Familie kümmern. Nur um Lucretia zufriedenzustellen, gehe ich zu Eris und meinen Kindern und führe in vielerlei Hinsicht ein Doppelleben.

Schon bei Eris ist alles doppelt: doppeltes Kinderwagenschieben, doppelte Mahlzeiten, verdoppelt kürzere freie Zeiten, kaum Raum zum Schreiben. Wir sind nur noch für die Zwillinge da und leben uns dabei endgültig auseinander. Ich hab mir mein Weizen am Berg gesät, Berg gesät, hat mir der böhmische Wind verweht, Wind verweht. Der Apfel ist sauer, ich mag ihn nicht, 's Mädel ist falsch, ich trau ihr nicht, ist falsch, trau ihr nicht.

Die Wochen verschwinden einfach so. Ich arbeite weiter am Säurebecken, strenge mich an, lasse mich zurechtweisen, bin arbeitswillig. Eine Maschine im Takt. Wie konnte ich da nur hineingeraten? Ich gehe in die Wirtschaft, schlafe daheim bei Eris und den Kindern oder allein in der Schreibbude. Und manchmal ist Lucretia da. Ich gehe zur Arbeit, und alles fängt von vorne an. Ein Jahr ist aufgebraucht, ehe man es auf der Zunge gespürt hat. Und bald schon ist alles dahin. Es gibt keine Notizen darüber. Ich habe nicht Tagebuch geführt zu den Zeiten, in denen ich es hätte aufschreiben müssen. Wie es mir ging, wenn ich wochenlang nichts anderes tat, als schweigsam am Fließband zu stehen. Kurze Formeln austauschen mit der Arbeiterschaft, auf das Notwendigste reduziert.

Der Unfall wird kommen. Es wird passieren, dass ich mich verätze. Dafür bekomme ich ja dieses hohe Gehalt, sage ich mir, dass ich meine Gesundheit aufs Spiel setze, das Risiko in Kauf nehme, mich habe kaufen lassen. Die Kolben sind alle aus Glas. Es wird einer von ihnen einmal zerreißen und splittern und meinen Gummihandschuh aufschlitzen, während ich beide

Gummiarme tief in der Säure bade. Ich werde mich irgendwann ins Gummihandschuhfleisch schneiden. Es ist nicht zu vermeiden. Die Säuren werden sich über meine Finger hermachen, sie verätzen. Es ist bekannt, ich bin unterrichtet worden, ich weiß, dass die Flusssäure sich durch mein Fleisch bis zur Knochenhaut fressen wird. Ich durchbreche den Takt, ich schmeiße den Job und die Gummisachen hin, lasse mich krankschreiben und suche mir etwas anderes. Ich wechsele in die Tischlerbranche, bin dann dreimal vierundzwanzigstunden die Woche Lehrling und zweimal vierundzwanzigstunden als Kraftfahrer auf Fahrten für die Firma hinterm Lenkrad unterwegs.

Zum Wochenende hin stehen Privattouren mit dem Chef an, der mit antiken Möbeln für eine übergeordnete Institution dealt, die sich Schoko, Toto, Voco oder so ähnlich nennt und am Rand der Großstadt hinter einem hohen Bretterverschlag auf einem Bauernhof ihren Sitz hat. Ein gigantisches Depot, in ihm Generationen von Möbelstücken gehortet, von überallher zusammengetragen, für den Direktverkauf in den Westen. Und ich werde ein Mittäter bei diesem Ausverkauf von Kommoden, Vitrinen, seltenen Sitzmöbeln, Nähtischen, Sofas, Beistellkram, Aufsätzen, Eckschränken, Rokoko, Barock, Biedermeier, Gründerzeit, Jugendstil, Kirsche, Nussbaum, Eiche, edlen Harthölzern, alles, womit sich Valuta machen lässt. Mein Chef sammelt gezielt alte Gläser. Sein untrüglicher Blick gilt minimalen Luftblasen. Ihm entgeht keine dieser gläsernen Raritäten. Was seine Begierde erregt, luchst er den Leuten nebenbei ab, die nichts wissen von dem Wert. Er

entsorge sie für umsonst, sagt er zu den Übertölpelten, gibt ihnen wie in einem schlechten Film lächer-
liche Handgelder. Er sieht einen Garderobenständer,
Schirmhalter, ein Kaminbesteck im Jugendstil und
spricht von Plunder, den er mit auf den Wagen und auf
den Müllberg werfe. Und die Übertölpelten lassen es
geschehen, bedanken sich noch für den feisten Raub.
Mir geht das gegen den Strich, ich steige dann doch irgendwann aus und werde Hausmeister.

DER AUSREISEANTRAG

In jener Zeit, unsere Zwillinge sind noch kein Jahr alt, gibt es eine regelrechte Ausreisewelle, eine Menge Leute werden aus der DDR entlassen. Ich kenne so einige Wohnungen in der Stadt, in denen sich eine unheimliche Stille breitmacht, der leise Nachhall von einstigem Leben, das hier stattgefunden hat. Menschenleer sind sie, nur die Möbel warten noch auf irgendwas und irgendwen. Die Menschen reisen aus und sind dann einfach nicht mehr da. Man muss sich immer öfter von Freunden verabschieden, die traurig sind, aber überschwänglich von Zukunft und Glück sprechen. Das Land zu verlassen und in ein neues überzuwechseln würde mir nicht viel abverlangen, wenn ich, dort angekommen, an einem Schreibtisch sitzen und weiter schreiben kann, denke ich. Es kann sich alles um mich herum wandeln, ich bleibe, der ich bin.

Auch wir stellen irgendwann einen Ausreiseantrag. Die Idee dazu kommt von Eris. Sie will einfach nur noch weg, sagt sie. Wir haben Glück, man will uns offenbar so schnell wie möglich ziehen lassen. Wir bekommen die Genehmigung plus einen Termin für den Umzug mit allem Drum und Dran in wenigen Wochen. Heute bin ich überzeugt, dass der Staatssicherheitsdienst damals die Regie führte. Der große Transporter und die Garantie, unser Hab und Gut zwischenzulagern, bis alle Behördengänge im Westen abgeschlossen seien und eine passende Wohnung gefunden wäre für uns und die drei Kinder, die schnelle Bewilligung – alles viel zu irre schön und gut. Plötzlich aber, und ich fürchte, auch das gehörte zum Plan, will Eris nicht mehr ausreisen, sondern bleiben, wo wir sind. Ich teile das der Behörde mit. Die fragt mich: Was wollen Sie denn noch hier in unserem Land? Wenn Ihre Frau nicht will, dann gehen Sie doch allein rüber! Man gibt uns beiden drei Tage frei, uns auf die Ausreise zu besinnen. Und sie reden nach den drei Tagen Sonderfrist mit mir ganz kumpelhaft über die Möglichkeit der Schnellscheidung. Eine halbe Stunde und die Sache sei abgehandelt, die Ehe geschieden: Also, was ist? Gehen Sie drauf ein! Reisen Sie aus! Die Kinder bleiben natürlich bei der Mutter.

Welche Rolle Eris beim Hin und Her um unsere Ausreise spielte, weiß ich nicht. Man steckt selbst in einem so nahen Menschen nie ganz drin. Die Stasi spielte wahrscheinlich ihr mieses Zersetzungsspiel und schürte bei Eris Angst um die Zukunft ihrer Kinder. Vielleicht drohten sie ihr mit Kinderheim und ertrotzten so ihre Mitarbeit? Die Ausreise ist also genehmigt, doch Eris will nicht mehr ausreisen. Sie sagt und wirkt dabei wie ferngesteuert, sie habe einfach zu viele entsetzliche Dinge in der Presse über unser Ankunftsland gelesen und werde dorthin auf keinen Fall mit den Kindern umziehen. Ich könne ihr für die Zukunft zudem nichts weiter anbieten als die Idee, an meinen Manuskripten zu arbeiten und irgendwann den großen Roman zu schreiben. Wer weiß, wann das sei. Und also ziehen wir den Antrag zurück, und Eris zückt ihre Trumpf-karte aus dem Handgelenk, indem sie nun von sich meint, durch die Zurücknahme des Antrages automatisch eine gute Staatsbürgerin geworden zu sein. Wie im Märchen die Isebill von ihrem Mann, dem Fischer, Unmögliches verlangt, fordert sie vom Staat eine Neu-bauwohnung für uns, mit Warmwasser aus der Wand. Und siehe da, die Forderung wird erfüllt. Eben noch als landesflüchtige Personen verschrien, werden wir mit einer Topwohnung aus dem Sonderfonds belohnt. Für Eris das große Glück, für mich nichts weiter als ein eckiger Kastenbau, mehrere Etagen hoch, in einem Neubaugebiet, das von Bauwagen, Steinhaufen, Abfall-holz, Sandhaufen, Fahrrinnen durchzogen ist und nur über provisorisch ausgelegte Bretter erreichbar.

Ein Heer von in den Boden gerammten Wäschestan-gen mit Wäscheleinen ohne Wäschestücke erblicke ich. Am offenen Fenster sitzen alte Leutchen mit Sitzkis-sen für die Arme. Und Fahnen sehe ich daneben ein-geklemmt. All das ist nicht meine Vorstellung vom Le-ben. Ich bin dann in der Neubauwohnung auch nur ein Zaungast. Ich will nicht endversorgt und weggeschlos-sen wie im Bauch eines U-Boots existieren, geschluckt und lebendig in Wohnbeton begraben.

Das Arbeitszimmer, das Eris für mich vorgesehen hat, will ich auf keinen Fall beziehen. Ich lasse mich auf nichts ein, mich bekommt niemand in so ein Wohnsilo gelockt. Ich meide den Bau, wie ich nur kann, und lebe weiterhin in dem mir vertrauten Bezirk der Künstler und Arbeiter. Ich liebe meine gute alte Schreibbude, stehe mehr als zuvor auf ihren abgewirtschafteten Zustand. Das marode Waschbecken, Wasserflecken vom letzten Wasserrohrbruch, kaputte Stromdosen, schüttere Fensterbretter, den unbrauchbaren Kachelofen, seltsame Rohrverwinklungen.

Tagsüber arbeite ich nun im Neubaugebiet gleich ums Eck, wo Eris mit unseren drei Kindern wohnt, als Rampenwart für eine Komplexeinrichtung aus Kaufhalle, Friseurladen und Restaurant. Die einzige frei gewordene Arbeitsstelle vor Ort. Ich fühle vom ersten Arbeitstag an, dass ich tief gesunken bin. Der Job, den ich einzig und allein mache, um in der Nähe meiner verlorenen Familie zu sein, ist die reine Demütigung. Zwischen Abfall und stinkenden Lachen stehe ich an der Lieferrampe, alles Mögliche zu entladen. Ich komme mir dabei wie eine Kanalratte vor. Mir knallt die Sicherung durch, ich kündige den Scheißjob. Und dann pappe ich die eckige Stube, die Eris in diesem Neubauloch für mich bestimmt hat, mit den Zeitungsseiten aus dem Neuen Deutschland zu, in denen sie gelesen hat, wie lausig es um den Westen bestellt ist. Seite um Seite mit Schleim beklatscht, bedecke ich die rohen Betonwände, hülle Schreibtisch, Schreibtischstuhl, Bücherregal, selbst die Leselampe in klebrige Zeitungsblätter ein. Was für eine wunderschöne Stube ich da geschaffen habe. Auf jeder Kunstausstellung würde das Werk zum Publikumsmagneten werden.

Mit den Frauen ist es wie mit diesem Holzstück, sagt mein Opa in seiner staubigen Werkstatt, in der nichts läuft. Er ist alt geworden und sieht schlecht. Steht aber dennoch morgens auf, schuftet, ohne etwas zustande zu bekommen. Was aus einem Versprechen füreinander werden soll, muss man sich vorher überlegen. Du musst den Scheit vorher wenden und wenden, dir die richtigen Gedanken zu ihm machen, sagt er. An der Liebe scheitern heißt nicht, dass man im Leben ein Gescheiterter ist. Scherbe, tanz auf diesem Plan, auf der spiegelglatten Bahn, oft und öfter, hoppa hopp und hopsassa, oft und immer öfter.

Ich rangiere für die Wächter des Sozialismus fortan unter der Rubrik: nicht sesshaft, asozial. Ich bin einfach nicht zu fassen, so oft wie ich die Orte wechsle. Ich werde ein schreibender Wanderbursche, ziehe von Bude zu Bude, wohne da und dort. Ich fühle mich mitten in Ostberlin nahezu staatenlos. Ich liebe es umherzuziehen, die Kisten aus- und wieder einzupacken. Ich liebe den leeren Raum, mag ihn mit einfachen Möbeln und Büchern bestückt, bin mit übergroßer Lust auch dabei, ihn wieder leer zu räumen und mich zu verabschieden.

ZUSAMMENBRÜCHE

Unsere Freunde meinen nach der Trennung von Eris und mir, wir wären ein schönes Paar gewesen. Es hätte nach außen große Harmonie zwischen uns geherrscht. Nach außen mag das auch so erschienen sein, erkläre ich dann, im Inneren aber war unsere Situation völlig verfahren. Vor allem die Umstände hätten es in sich gehabt. Der unmögliche Spagat zwischen Leben, Lieben, Schreiben.

Was für mich denn Liebe ist, werde ich manchmal gefragt. Liebe richtig betrieben, antworte ich dann, fordert mir gleich viel ab wie das Schreiben. Beides werde von mir allerdings gleichrangig betrieben und komme so nur halb und halb oder eins zu eins zum Zuge. Für welche Hälfte ich mich auch entscheide, stets ist die Entscheidung ein Schlag ins Gesicht der anderen Hälfte. Schreiben und lieben sind wie zwei Hälften, die nicht zusammenpassen wollen. Ich muss mich stets entscheiden, ob ich lieben will oder schreiben. Liebst du *und* schreibst, betreibst du beides nebenbei. Ich hätte mich damit abfinden müssen, weder richtig zu lieben noch richtig zu schreiben. Die Frau, die Kinder, das Schreiben, es kommt da keine Gleichberechtigung auf. Es ist kein Gleichklang zwischen Können und Tun, Handeln und Wünschen. Es ist immer zu wenig Zeit vorhanden, sich mehr Zeit für eins von den wichtigen Dingen zu nehmen.

Familie bedeutet Helle, die Arbeit am Text ist eher umschattet, dämmrig, nächtig. Die Buden, in denen ich schreibe, taugen als Wohnung nicht, sind marode und ohne den geringsten Komfort. Zwei Dutzend Mal bin ich in dieser Stadt umhergezogen, mir diese zwielichtigen Refugien mit Außenklo und Wänden voller Patina zu ermöglichen. Auf Wasserflecken und Schimmelecken starre ich, den baulichen Zerfall um mich herum.

Ich sorge mich nicht, komme zurecht. Als Familie leben wir in lichtdurchfluteten, freundlichen Räumen, immer weiß gehalten und ohne Gardinen. Luminöse Tage also unter nahezu wolkenlosen Bedingungen. Ich wechsle wie das Bäumchen aus dem Lichten ins Schummrige. Zwischen mir und Eris kommt es schon vor dem großen Knall zu Disharmonien und Zerwürfnissen, während das Schreiben mich mehr und mehr erfüllt. Es sind nicht allein die Rahmenbedingungen, die das eine gut gedeihen und das andere den Bach hinuntergehen lassen. Ich habe beides halten, mich nicht entscheiden wollen. Eris hat das Schreiben nie anerkannt. Ich habe es nebenbei betrieben. Aber ich habe auch die Ehe nur nebenher betrieben. Somit bin ich zuerst schuld daran, dass die Ehe über sieben Jahre andauerte. Dieser ständige Zank zum Schluss hin. Diese vielen Wortgefechte. Es hat viel zu lange gedauert, ehe wir uns voneinander befreien konnten.

Wichtige Dinge werden einem im Leben oft genug

erst sehr viel später bewusst. Die Zeiger der Uhr können wir nicht anhalten. Es regnet und regnet. Ich drohe nach dem Familienbankrott im Meer der Vorwürfe und Verletzungen zu ertrinken. Mein Schreibtalent droht zu versiegen. Die beiden Worte Kreis und Krise sind aus den gleichen Buchstaben gebildet. Aus dem Wort Kreis musst du dir nur das e aus der Mitte greifen und ans Wortende setzen, schon steckst du in der Krise, wo eben noch alles um dich herum einen festen Schutzkreis gebildet hat. Ich sah mich von den Anforderungen, die das Familienleben an mich stellte, von Frau und Kindern eingekreist. Ich bekam die doppelte Existenz nicht in den Griff. Ich lebte doppelbödig ohne Gurt und Halterung und wurde also zwangsläufig aus dem Karussell herausgeschleudert. Aus dem Familienkreis in die Schaffenskrise. Denn natürlich hinterlässt die persönliche Niederlage Wunden, die erst einmal überwunden werden müssen.

Ich ziehe in meiner Verzweiflung für eine gewisse Zeit bei meinem Opa ein. Ich muss mich kurieren. Ich brauche verlässliche, alte Kreise um mich, in die ich eintauche. Es ist bei meinem Opa wieder alles wie früher. Die Zeit steht. Nichts scheint vorgefallen zu sein. Als hätte ich mich nie in die Stadt aufgemacht, bin ich wieder jung und denke, dass alles noch gut werden kann.

Mit: Mach hier nicht den Trauerkloß, begrüßt mein Opa mich. Sag am besten nichts. Tu was. Du weißt ja noch, wo alles steht.

Besonders glücklich wirke ich wohl nicht auf ihn. Er sieht darüber hinweg, als ginge ihn meine Bauchlandung nichts an. Obwohl er mich grob behandelt, fühle ich mich geborgen bei ihm. Wir steigen die Sprossen hoch zu seinem Baumhochsitz, der direkt an der Steilküste steht, und schauen aufs Meer. Jeder hängt seinen Gedanken zur Welt nach, wie gut oder schlecht sie eingerichtet worden ist. Vergessen sind die Häuser in den Städten, in denen man lebt. Nun ist man ein Meermensch, wähnt sich im Wald dahinter geboren, unter Waldtieren aufgewachsen und meint, man krieche auf allen vieren durchs Leben. Ein sehr geeigneter Platz, um miteinander zu schweigen. Ein ach immer noch ganz wundersamer Ort, an dem wir da mundverschlossen hocken. Die Welt umarmen könnte ich, meinen Opa knutschen. Das ewig Gleichbleibende ist das Allerbeste.

Wir reden nicht viel miteinander und sparen das Thema Trennung vorerst aus. Das empfinde ich als angenehm, nach all dem Wortschwall und Gezeter in der Endphase meiner Ehe. Immer bin ich derjenige, welcher seine Lippen zuerst auseinanderbekommt. Erst rede ich zu mir selbst. Irgendwann klinkt er sich mit den für ihn typischen mecklenburgischen Formeln wie Tschä und Ichsachmalso ein. Und dann packe ich die Gelegenheit beim Schopfe und öffne alle Schleusen, erzähle, was vorgefallen ist. Und habe ich mich ausgegossen, muss ich ihm jedes Wort einzeln auspressen, um eine Einschätzung, gar einen Ratschlag zu bekommen oder wenigstens so etwas wie ein Ich-an-deiner-Stelle. Das wäre ein guter Beginn, und ich müsste dann nur noch verhindern, dass er den Mund wieder schließt und wie gewohnt weiter schweigt.

Du kannst ihn bedrängen, wie du willst: Heraus mit

der Sprache, zu ihm sagen. Der rührt sich nicht. Der ist eisern. Der murrt und knurrt nicht. Das ist ein Neutrum, denkt man, wenn man ihn nicht zu nehmen weiß. Man sieht den Staub auch erst im Sonnenstrahl wirbeln. Der schweigsame Opa ist in Gedankenstaub gehüllt. Alle möglichen Reden, Zurechtweisungen, Antworten umschweben ihn. Zwischen uns ist eine beredsame Dunstwolke, die nur nach außen hin wie Schweigen wirkt. Er schlägt seine Beine übereinander, klopft seine Finger gegen das Hochsitzholz. Er sieht unbeirrt aufs Meer und redet doch ununterbrochen im ganz ruhigen Ton auf mich ein. Und wird bei seinen Ausführungen so poetisch, wie ich ihn nur in wenigen Momenten reden höre: Unterm Gestrüpp aus Erinnerungszweigen sprießt ein kleiner Trieb, der ist nur mit einem bunten Blatt behangen, das umhüllt zart eine vertrocknete Knospe, die einst verführerisch geduftet hat.

Wenn er so dasitzt und so zu mir spricht, dann weiß ich von meinem Opa, dass er an die einzige Frau in seinem Leben denkt, die er wie sie ihn geliebt hat. Einmal gesehen und gewusst, das ist sie. Kurz entschlossen dann bei ihren Eltern vorstellig geworden und um ihre Hand angehalten. Ein wenig jünger als er selbst war sie. Schönes dunkles Haar trug sie. Von der Figur her gerade richtig, der Körperbau kräftig, die Schultern rundlich, ein schönes breites Becken. Für die Feldarbeit wichtig wie für das Kinderkriegen. Ach, schrittest du durch den Garten noch einmal im raschen Gang, wie gern wollt ich warten, warten stundenlang, summt er vor sich hin.

Ich tue nichts weiter, als ihm zuzuhören und mir die

Worte einzuprägen, auch wenn ich nicht die leiseste Ahnung davon habe, was sie mir sagen und bei mir bewirken sollen. Das große Schweigen hier oben ist reich an Worten und Sätzen. Ich nehme das Schweigen schicksalhaft an. Ich erinnere mich daran, was wir früher beredet haben, er zu mir gesagt hat. Und ich werde zurück in seine Sprachwelt geführt. Er hat ja einen großen, immer wieder überraschenden Schatz an Gedichten, Weisheiten und Sprüchen. Ich erinnere mich an all die Lieder, Reime, Zeilen aus seinem Mund und dass ich nie aufgehört habe, ihm zu lauschen. Wer sonst als mein Opa sollte das Leben, die Liebe besser kennen, auch wenn er nur kurze Zeit mit einer Frau zusammen war und danach nie mehr.

Die ist mir gestorben, stöhnt er. Ich höre zu seinen Worten das Meer rauschen, Wasservögel schreien aus großer Entfernung. Und was er in diesem Augenblick nicht sagt, sondern schweigt, leuchtet mit Strahlkraft. So einfach ist das auszudrücken, so simpel erklärt und in seinem Lieblingsgedicht von Heinrich Heine aufgebahrt. Wenn ich in deine Augen seh, so schwindet all mein Leid und Weh; Doch wenn ich küsse deinen Mund, so werd ich ganz und gar gesund. Wenn ich mich lehn an deine Brust, kommt's über mich wie Himmelslust; Doch wenn du sprichst: Ich liebe dich!, so muss ich weinen bitterlich. Und dabei huscht schieres bloßes Glück über sein Gesicht, die Augen leuchten und hellen mein Gemüt auf.

Wir haben genug Meer gesehen, steigen vom Hochsitz herunter und wandern nun wieder wie früher am Strand entlang. Ausgedehnte Spaziergänge, wie ich sie als Junge schon so sehr gemocht habe. Und damals wie heute kehren wir beim Räucherfischer ein, seinem guten alten Freund, mit dem er über alles schnacken kann. Ich meine, viel reden die zwei nun auch nicht. Das Wichtigste ist doch längst besprochen zwischen uns, sagen sie. Nun reden sie nur noch übers Schnapsbrennen, Fischausnehmen, Kalträuchern, über Wassertemperaturen, Fangverbotszeiten, neue Rezepte und bewährte Techniken. Und manchmal verirren sie sich in Politik, Wirtschaft, Finanzen, Sport. Nee, nee, das wird alles nichts mehr, sagt der Fischer zu meinem Opa. Wie soll das denn auch gehen, wenn die nur noch Pfusch auf schnellschnell fabrizieren? Und damit sind dann der Fortschritt und die Zukunft umrissen und abgetan. Sie lassen die weiteren aktuellen Themen untern Tisch fallen und trinken selbst gemachten Schnaps.

Quitte.

Ich weiß.

Wie Zitronen.

Viel schöner noch.

Knochenharte Dinger.

Sehen aber stolz und erhaben aus.

Solche Gespräche führen sie. Und ich stehe neben meinem Opa, der am Tisch sitzt, und sehe ihn auf dem Klotz im Schuppen, wo er auch das Winterholz spaltet, die Quitten zerhacken. Er mengt immer Saft von Äpfeln bei, die entlang der Straße wild wachsen und die er aufliest und, warum auch immer, streunende kleine Biester nennt. Stocksaure Dinger sind das, sagt der Räuchermann, schüttelt sich. Geben aber einen guten Most her, sagt mein Opa mit erhobenem Zeigefinger.

Er schaut der Maische beim Reifen zu, tätschelt die Tonne im Vorbeigehen jedes Mal wie den Bauch einer Schwangeren, grüßt den Quittenbaum wie ein gutes Mütterlein, das viele prächtige Kinder in die Welt gesetzt hat.

Auf dem Rückweg halten wir einander bei den Händen fest. Wie Hänsel und Gretel, die unsicheren Kinder, gehen wir Hand in Hand den wunderschönen Weg zurück zum Haus, durch diesen schmalen Streifen Wald, den ich seit meiner Kindheit kenne. Was reimt sich auf lieben, ruft mein Opa. Und ich antworte: Sieben, als wäre ich sein Echo. Wir sind glücklich, und ich sehe mich als Jungen die nicht sehr hohe Steilküste hinab zum Strand springen, auf den Sand niederknien, um mit meinen Händen ein großes Loch zu graben, bis der Sand feucht wird, Grundwasser sich mit ihm vermischt und ich Kleckerburgen bauen kann.

Lange her, dass wir so spazieren gegangen sind, gluckst mein Opa, sitzt auf einem angespülten Baumstamm, schaut mir zu, raucht, schüttelt sein Haupt. Ich sammle Ostseesteine ein, schleudere sie gegen die großen Felsen, dass sie zerplatzen und in gefährlichen Stücken durch die Luft schießen und mein Opa sich vor ihnen ducken muss, dass ihn kein Splitter trifft. Und fühle mich danach wohler, pflanze mich erschöpft an seine Seite, um dieses Wohlgefühl mit ihm auszuleben.

Genau im richtigen Augenblick sagt mein Opa das Richtige zu mir, nämlich: Was der Bauer nicht erkennt, schwächt das Hänschen und hilft dann dem Hans nimmermehr. Wirst nimmer schlau, Junge. Bist die Kerze mit Docht, der es nur immer um den Docht geht.

Abschneiden müsste man ihn dir. So aber entzündet dich Lucretia immer wieder und brennt dich am Ende nieder. Wirst es erleben. Bist der Fisch im Teich, der nur nach dem Haken ihrer Angel schnappt und sich widerstandslos an Land ziehen lässt. Die Eule ist am Tag blind, der Rabe sieht in der Nacht nicht einmal sein schwarzes Federkleid. Wie oft ich auch zu dir sage: Lasse ab von Lucretia, sie bringt nur Unheil über dich, jedes Mal nickst du und hörst getreu darüber hinweg.

Wie kommt er nur auf Lucretia, frage ich mich.

Musst dich nicht befragen, sagt er. Ich lese all deine Gedanken.

Es seien nicht die Umstände, die mich und Eris auseinandergerissen und zu unserer Trennung geführt hätten, Lucretia stecke hinter alldem und führe eine denkbar schlechte Regie. Die Gefühle sollen Achterbahn fahren. Dir sollte schlecht werden. Du solltest taumeln und wanken, die Nase voll haben. Darum lieb ich alles, was so grün ist, weil mein Schatz eine Jägerin ist. Rot, rot sind alle meine grünen Kleider, rot, blau, weiß ist alles, was ich lieb, weil mein Schatz ein Bundschuh ist. Blau, weiß, rot hüllst du dich ein, wenn sie blau, gelb, lila gekleidet ist. Eine schwarze Schornsteinfegerin ist sie, Junge, sieh es endlich ein, mach dich los von ihr. Es ist zu spät, schreien die Möwen, die sonst immer auf seiner Seite sind.

Wir verabschieden uns voneinander, ich kehre in die Unglücksstadt zurück, verkrieche mich in meine Schreibbude, in der ich sicher bin. Alleweil ein gutes Glas mit Wein/kann ja g'wiß schlimm nicht seyn. Nichts ist sicher damals. Alles bleibt unverbindlich. Sie sagen, ich könne hier lang zubringen und ungestört arbeiten, aber dann ist es nicht an dem. Aus lebenslang wird ein Kurzaufenthalt. Ich werde die Buden los, muss eilends zusammenpacken, ausziehen, umziehen, vorübergehend woanders unterkommen, mich um einen neuen Ort bemühen, dort dann für länger einziehen. Etliche übereilte Auszüge kommen da zusammen. Eine Menge Kram landet bei den Umzugsaktionen bei Freunden und Bekannten, die in schönen Wohnungen wohnen und Platz dafür haben. Wann ich und ob ich davon je wieder etwas zurückholen werde, ist ungewiss. Und doch entstehen unter dieser Zerrissenheit und Erschwernis in jenen unsicheren Bruchbuden gute Texte.

Mitten in der Nacht erwache ich und muss festhalten, was mir in meinen Träumen widerfährt. Von den Bäumen der Erinnerung fallen Kirschen, Blüten und Blätter zu Boden, die ich zwischen die Seiten meines Buches presse. Wegen solcher Sätze stehe ich auf und finde danach keinen Schlaf mehr. Lauter nächtliche Notizen zu Fakten und Ereignissen. In Scheiben geschnittene Erlebnisse, wie getrocknete Pilze auf Zwirn gefädelt. Sich damit die Nächte um die Ohren zu schlagen, ist jedem Schreiberling als Bürde auferlegt. Mein Leben lang sehe ich mich nichts anderes tun, als Wörter aneinanderzureihen, ohne daran den Gedanken zu verschwenden, was ich in der gleichen Zeit auf dem Gebiet der Liebe hätte anstellen können.

Mir hilft über Sinnkrisen, mich von Zeit zu Zeit in den vier Wänden meiner Schreibbude richtig auszutoben, laute Musik zu hören und wild dazu zu tanzen. Ich tanze den Höhlenmenschen, tanze den Neandertaler, Inka, Russen, Punk. Ich tanze den Beginn der Menschwerdung, tanze die Antike, das Mittelalter, die Weltwirtschaftskrise, den schwarzen Freitag, Aufschwung, die Inflation, den Mauerbau. Ich ringe meinen Unmut mit Alkohol nieder, ganz wie es der Hauptdarsteller von *Apocalypse Now* zur Musik von The Doors tut. Ich zucke und strauchele. Ich torkle, taumle, kippe zur Seite. Ich saufe, ich qualme, ich treibe es auf die Spitze, ziehe mir Wunden, Beulen, Blutergüsse, blau geschlagene Augen zu. Der Rest ist alleweil ein wenig g'schrieben/Taback gerieben/ein wen'g in Dinten dupft/Taback g'schnupft/allzeit so so/bald studiert im Buch/ bald wieder g'nug/schau zum Fenster 'naus/was gibt's da draus/klopf an der Wand/alleweil d'Fuchtel in die Hand/alleweil kein Sünd/ein wenig lustig g'schwind erleide ich derartige Anfälle, die zu immer neueren Ausfällen führen.

Sie sagen mitunter über mich: Von wegen schreiben, dass wir nicht lachen, gehe ich an ihnen vorbei, sehe ich durch sie hindurch mit stierem Blick. Sie verhöhnen mich, schwanke ich an ihnen vorbei und erkenne sie nicht. Sie stoßen ihre Fäuste gegen meine Stirn. Saufen tust du und nicht zu knapp, stinkst aus allen Poren, siehst richtig scheiße aus, kannst uns nichts vormachen, bist durchschaut, Mann, Schnapsnase. Wird nichts mehr aus dir. Bist erledigt. Kommst nicht mehr heraus aus dem Schlamassel. Versager, Nichtsnutz.

Habe ich mich ausgetobt und genügend verletzt, setze ich mich an den Schreibtisch und komme dann schreibend über die verbliebene missliche Lage hinweg. Alle sich aus meiner hilflosen Wut ergebenden Zustände und Krisen schreibe ich weg. Schreiben ist das einzige Handwerk, das mich befähigt, dem Alltag zu entfliehen und nicht in ihm zu versinken. Das Schreiben meint es gut mit mir. Wir sind so lange schon zwei gute Freunde. Das Lesen von Büchern hat mir stets Linderung verschafft. Und es begann bei mir alles schon sehr früh. Bei meinem Opa auf dem Bücherdachboden habe ich meine Rettung erfahren. Seit ich in der Stadt lebe, pilgere ich zu allen möglichen Lesungen und verschlinge Bücher, um zu überleben. Sie sind meine Rettungsringe. Sie haben mich für das Leben fit gemacht. Das Bücherlesen nimmt mich aus der Welt heraus und macht mich für die Welt mutiger, weiser, lebenstüchtiger.

Jede Liebe ist unstillbare Neugierde bis zur Obsession. Man möchte zu zweit, aber auch man selbst sein. Ich denke, ich komme ohne eine Frau an meiner Seite zurecht, und belüge mich, wie jeder sich belügt, der ähnlich redet. Mein Scheitern in der Liebe setze ich mit Fledermäusen gleich, die kopfüber an der Decke in ihren Höhlen hängen. In meiner Schreibhöhle bin ich eine Fledermaus, überstehe dunkle Phasen kopfüber hängend und gelassen. Ich sehe mich auch gern als einen erkalteten, bis zu seinem Rand mit Sehnsucht nach Liebe gefüllten Vulkan. Wie ein poröser Deckel ist mein Schädel über die böse brodelnde Einsamkeit gestülpt. Er kann jederzeit zerplatzen, wenn es mir nicht gelingt, die Glut zu dämmen. Es hat keinen Sinn, die Welt weiter zu verfluchen, sie mit kochenden Worten zu übergießen.

Als hätte ich den Fall der Mauer und den Zusammen-
bruch der DDR vorausgeahnt, entscheide ich mich für
den Versuch einer freiberuflichen Existenz. Mein Traum
ist einfach. Ich möchte nur von meiner Schriftstellerei
leben. Im Grunde bin ich ja immer schon der Auffas-
sung gewesen, einzig und allein für die Schriftstellerei
geschaffen zu sein, und ich möchte Lesungen abhalten,
die zum Ereignis werden, traue mich aber nicht, allein
so eine Lesereise durchzuziehen. In Halle an der Saale,
sagt einer zu mir, gibt es einen Typen, der wäre etwas
für dich. Ihr würdet echt gut zueinanderpassen. Einen
langen Lulatsch treffe ich dort an, dürre, charismatisch,
verrückt. Ich wirke im Vergleich zu ihm noch kleiner,
untersetzter als so schon. Ich muss ihn ein wenig überreden, eindringlich schildern, was ich vorhabe und was
das für uns beide bedeutet. Dann bekommt er kurz
darauf den Einberufungsbefehl, hat absolut keine Lust
auf den Dienst bei der NVA. Und flieht nach Berlin.
Ich überlasse ihm meine Schreibbude. Er wohnt dort
schwarz unter meinem Namen und hält sich tagsüber,
aus Angst, erkannt und erwischt zu werden, in ihr auf,
um erst bei Nacht aus seinem Bau zu schleichen. Ich
finde in der gleichen Straße eine neue Schreibbude. Sie
wird mir von einem entfernten Kumpel überlassen. Ich
bewohne die zwei Räume als sein Untermieter, um sie
für ihn als Wohnort zu erhalten, derweil er sein Glück
woanders zu finden hofft.

Wir starten ziemlich gut durch. Anfangs teile ich mir
mit ihm noch meine paar Termine, wechsle mich mit
ihm auf den Lesungen ab. Aber bald schon sind wir
als Duo begeistert angenommen und werden immer

häufiger gemeinsam zu weiteren Veranstaltungen eingeladen. Die Mischung ist unser Geheimnis. Der ellenlange und dürre Kerl und seine avantgardistischen Zuckungen zu der Dichtung, die er alle aus dem Kopf hersagt und regelrecht aufführt, und ich dazu, der stuckig kleine, untersetzte Mecklenburger, der seine Texte wie ein Pianist vom Blatt abliest. Als Pat und Patachon aus dem Künstlerbezirk bringen wir mit meinen leicht verlegen vorgetragenen Prosastücken zu seiner drastischen Vortragskunst die Leute zum Lachen und werden oft genug mit frenetischem Beifall verabschiedet und zu den anschließenden Partys eingeladen, wo wir immer wieder Zugaben geben, bis wir hackevoll sind. Der Punk, der von dem hallischen Dichter ausgeht, zieht vor allem die Frauen an. Sie fürchten ihn und fühlen sich gleichzeitig zu ihm hingezogen. Sie halten ihn für geistesgestört und absolut liebenswert. Er umschmeichelt die Frauen und springt auf, um an sie verwirrende Botschaften zu richten, die sie einsaugen und inhalieren. Er gibt sich nach außen wie ein harter Typ, ist aber innen ein ganz sanftmütiger Charakter. Hat Angst, der Arme, vorm Straßenverkehr. Geht nie allein über die Straße, sondern wartet ab, bis mehrere Leute beisammen sind, mit denen er anhänglich wie ein Kind die böse Fahrbahn überwinden kann.

Wir kommen im ganzen untergehenden Land herum, fahren von dort nach hier, sind in größeren Städten zu Gast, in kleinen Kaffs auf dem Lande die Sensation. Wir mischen bei frühmorgendlichen Matineen mit, treten auf richtigen Bühnen auf, blasen in verrauchten Kneipen den Affen Zucker in ihre Hintern, sind in Museen wie auf Hinterhöfen und auf Dachböden aktiv und werden gern zu Ausstellungseröffnungen oder als Vorprogramm für wilde Konzerte eingeladen. Immer öfter sind wir zufrieden mit dem, was wir an Handgeldern ausgezahlt bekommen.

Obwohl oder weil unsere Auftritte stets weit von Berlin entfernt stattfinden, genießen wir durch sie und das, was über unsere Aktionen so berichtet, auch dazugedichtet wird, so etwas wie einen Kultstatus. Es heißt, wir wären zu zweit unschlagbar, besser als alles Sonstige im Lande, legendär. Wir sind immer häufiger die Attraktion auf so vielen Festen, die ausnahmslos in Besäufnisse ausarten. Jeden Tag erwachen wir aus dem Alkoholkoma und trinken weiter, kaum dass wir aus unseren Augen sehen können. Montag, Dienstag, Mittwoch setzen wir die Sauferei in den Kneipen von Berlin fort, wo sie uns nach den Auftritten und dem ganzen spektakulären Drumherum ausfragen, was von dem, das so zu hören war, denn stimme. Und weil wir gut ausschmücken und übertreiben können, werden die Abende muntere bis ausschweifende.

Wir sind so gut im Geschäft und bekommen reichlich spendiert, dass es ruhig so noch ein paar Jährchen hätte weitergehen können. Es lässt sich bei solch einem chaotischen Treiben leicht die Ehezeit mit Eris vergessen, und auch Lucretia spielt keine große Rolle. Die Kinder tun mir manchmal leid, dass sie so auf ihren Vater verzichten müssen.

Das Seltsame an meinem Werdegang ist, dass die Gesellschaft ebenso betroffen ist und in die Knie geht. Die

Mauern stürzen ein. Berlin und das Land vergrößern sich zu einem Land und seiner Hauptstadt. Unsere gemütlichen Nischen werden in einer Nacht zerstört. Da hocken wir wieder einmal in unserer Stammkneipe, und alles beginnt irgendwie nicht normal, schon direkt außergewöhnlich. Erst geht das Radio nicht mehr. Wir können nicht wie oftmals gehabt dumme Schlagermusik trällern oder die anderen im Raum um Ruhe bitten, wenn eine scheinbar sehr wichtige Nachricht gesendet wird. Dann ist das Bier alle, der Wirt verkündet Ausschankschluss. Und dann kommt ein Bekannter an unseren Tisch, sagt, er werde jetzt in den Westen gehen, dort ein Bier nach dem Reinheitsgebot trinken. Der Beton sei passé, man könne jetzt durch die Mauer schlüpfen. Wir murren und sagen dem, dass er uns schon früher hätte informieren können darüber, einen Ausreiseantrag gestellt zu haben. Genehmigung, höhnt der, alle dürfen jetzt rübermachen! Nennt uns Hinterwäldler, ist dann verschwunden.

Als wir dann auf der Straße sind, ist da alles wie sonst. So tapsen wir denn Richtung Bahnhof Friedrichstraße, vorbei an der Ständigen Vertretung, und halten das Ganze für eine Finte. Am Tränenpalast steht ein klägliches Grüppchen, trampelt auf der Stelle. Die Volkspolizei steht stumm und still. Eine tätowierte Frau mit Berliner Schnauze motzt die Polizisten an, sie sollen machen, uns durchlassen, ihr Bruder sei bereits drüben. Sie habe man zurückgewiesen, weil sie keinen Ausweis dabeigehabt hätte. Hier sei nun der Ausweis, nun aber hurtig, tönt sie lauthals, nennt die Polizisten Polypen, sagt, dass es jetzt aus sei mit dem Scheißstaat.

Und dann geht die Uhr auf Mitternacht zu. Ein untersetzter Polizist steigt auf ein Podest. Er ruft: Bürgerinnen und Bürger. Sie werden nun abgefertigt. Ein Volkspolizist, der Bürgerinnen sagt, sagen wir uns, das ist neu an der Sache. Und so beschließen wir, mit den Leuten mitzugehen, zu schauen, zu schnuppern. Auf dass wir späteren Generationen unsere persönlichen Eindrücke vom historischen Ereignis mitteilen können. Wir halten unsere Ausweise hin, der Stempelmann drückt seinen Stempel hinein, schon wechseln wir von Ost nach West. Besser gesagt, wir werden mitgerissen, wie Wurstmasse durch den schmalen Grenzdarm. Treppen hoch, Treppen herunter, über Bahnsteige, in die S-Bahn, wo wir eng an eng mit all den Leuten stehen. Die Bahn ruckt an. In die Ungewissheit fahren wir, in den Westen. Und kommen dort an. Und finden, der Westen sieht gar nicht nach Westen, sondern eher wie der Osten aus. Im Tunnel keine Werbung, nur Kacheln. Und auch kein Geruch nach Apfelsine, Westpaket und Kaugummi. Die Treppe hoch, steht da ein DDR-Motorrad Marke Simson am Ausgang.

Wir sind im Freien und vom Trubel erschrocken. Klinken uns sofort aus, suchen uns seitlich weg von allen Massen zu schlagen. Weg, nur weg vom Jubelvolk. Und geraten nach Kreuzberg. Da sind wir also im Westen der Stadt, sagen wir uns. Und befürchten, dass alles ein Hinterhalt ist, man uns vorsätzlich ins Niemandsland gelockt hat. Von böser Ahnung geleitet, holen wir unsere Ausweise hervor, vergleichen die Stempel und stellen fest, dass man dem Punktdichter ein grünes Stempelauge ins Passbildgesicht gedrückt hat. Ein Brandmal. So viel steht fest. Ein Zeichen. Eine Art Sondierung gegen lästige Personen, um tätig werden zu können gegen Subjekte und Abtrünnige. Wir sind in die Falle gelaufen. Von uns kommt zumindest einer nicht mehr ungeschoren nach Hause zurück. Der hat das Recht auf Aufenthalt im Osten verwirkt. Der Schock sitzt tief. Wir kommen an einem Kino vorbei. Ich habe Westgeld dabei, hole Flaschenbier. Sechzehn Mark fordert die Tresenfrau. Dann enttarnt sie uns als Ossis, ruft: Meine ersten Ossis. Wir kriegen das Bier umsonst. Den Geschmack der Freiheit, sagt sie, werden wir allzeit auf der Zunge haben. Und dann stoßen wir an. Auf die Freiheit, den neuen Zusammenhalt, die Freude darüber, dass Berlin wieder eine Stadt ist, Deutsche Deutsche sind und nicht mehr in Ost oder West unterteilt.

Wir fühlen uns auf der anderen Seite des Mondes und kehren bei einem Griechen ein. Der steht mit ein paar Freunden am Tresen. Alle blicken sie auf die Drehscheiben des Glücksspielautomaten. Dann hält der Wirt mit seinen beiden Händen den Ausguck zu. Man hört nur noch die Scheiben rotieren. Im Lokal ist es mucksmäuschenstill. Der Wirt nimmt die Hände vom Automatenglas, und dann ist hier der Teufel los. Der Wirt führt einen Solotanz wie Alexis Sorbas auf. Alle jubeln. Man tanzt mit ausgestreckten Armen und ist dann an unserem Tisch. Wir sind für ihn richtige Glücksbringer, sagt der Wirt, spricht von einem Höchstgewinn, gibt Griechenschnaps aus, stellt uns griechische Köstlichkeiten hin, bis wir davon satt und am Ende reichlich angetrunken sind.

Draußen vor der Tür sitzen wir dann zwischen einem Ostauto und einer Westlimousine auf dem Bordstein und wollen zu einem Freund gehen, der eine Riesenwohnung sein Eigen nennt. Der ist Jahre zuvor bereits ausgereist und hat geschrieben, dass ein Döner für drei Tage reicht. Wir finden die Wohnung irgendwie. Sie ist mit Menschen gefüllt, die um einen tragbaren Farbfernseher hocken. Mauerfall gucken. Wir sind zu betrunken dafür, fragen nach Schlafgelegenheiten, legen uns hin und werden, kaum dass wir ausgeschlafen haben, aus dem Schlaf gerissen. Wir sollen uns beeilen, zwei Mitmieter unseres Freundes kämen gleich von der Arbeit. Das Zimmer ist Teil einer WG dreier Männer. Von der Riesenwohnung gehört ihm nur ein Zimmer. Also schälen wir uns unter den Decken hervor und wanken ohne Körperpflege durch die befremdliche Stadt, die immer noch von nimmermüden Jubelrotten okkupiert ist. Die Uhren stehen. Ich kaufe eine Tageszeitung. Auf dem Titelbild sind Leute zu sehen, die stehen am Brandenburger Tor oben auf der Mauer. Ob das echt ist, frage ich die Verkäuferin, oder nur eine gut gemachte Montage. Und ob das echt ist! Das macht man jetzt so! Wir treiben uns herum, die Stadt ist voller hysterischer Menschen. Alle sind unterwegs, laufen kreuz und quer. Man wird umarmt, gegriffen, herumgeschleudert. Und dann sind wir gegenüber einer Stadtzeitung in einem Café, hängen dort ab. Drei Colas bringt uns die Kellnerin, weist auf eine nickende ältere Dame, sehr schick angezogen.

Wohl bekomme es, die Herren, ruft die Dame uns zu. Wir stoßen auf ihr Wohl an und danken herzlich und wollen uns bei der Lady gern revanchieren, bloß fehlt uns dafür das Geld. Justament in dieser bedauerlichen Lage fällt mir ein, dass ich für die Zeitung dort drüben auf der anderen Seite der Straße hin und wieder Artikel geschrieben habe. Jungs, sage ich, ich habe das Gefühl, dass dort Geld auf mich wartet, und mache mich auf. In den Redaktionsräumen ist die Hölle los, ich werde von da nach dort geschickt, bis sich schließlich eine Frau in Westernstiefeln, die sie extra für mich vom Schreibtisch nimmt, mit vielen Dus statt Sies meiner annimmt. Ach, dann bist du das. Herzlich willkommen. Da musst du hier unterschreiben, und ich gebe dir einen Zettel, ja, mit dem gehst du in die dritte Etage, heißt es bei euch Stock? Egal, du gehst zur Kasse zwei Treppen hoch, und die zahlen dich dann aus.

Zweihundertzehn Mark stecken kurz darauf in meiner Hosentasche. Das Gefühl kann ich nicht beschreiben. Die Sparkasse neben dem Zeitungshaus schiebt Sonderschichten. Vor ihr zwei lange Schlangen. Menschen aus dem Osten wie wir, die für das Begrüßungsgeld anstehen. Da werde ich tollkühn, lasse mir von den beiden Jungs den Ausweis geben, gehe mit dem Geld von der Zeitung an all den Schlangestehenden vorbei in die Sparkasse an einen freien Schalter.

Ich möchte ein Konto einrichten, Sparkassenkunde werden, sage ich.

Das geht in Ordnung, heißt es.

Ich möchte hundert Mark einzahlen. Gesagt, getan, mir wird entsprochen.

Halt, stopp, frage ich. Das Begrüßungsgeld, das kann man mir doch auch gleich auszahlen?

Jaja. Und für meine beiden Freunde doch auch? Hier sind ihre Ausweise.

Jesses, was soll ich sagen. Ich bekomme zusätzlich dreimal hundert Mark Begrüßungssold ausgezahlt, zahle meinen Hunderter ein und bin dann, ohne Schlange gestanden zu haben, erstens ein Kontoinhaber, zweitens mit je einem Hunderter zu den beiden Freunden unterwegs. Und schon laden wir die Rentnerin ein, die uns aus Freude über den Mauerfall zum Colatrunk animiert hat. Apfelstrudel, sagt sie zur Kellnerin. Schön warm und mit viel Vanillesoße. Ihr Wunsch wird erfüllt. Sie bekommt, was sie am liebsten hat, und bittet uns zu sich an den Tisch. Erzählen Sie doch, wie es Ihnen so geht und was Sie sonst so machen. Und als wir ansetzen, von uns und unseren Gefühlen zu reden, unterbricht sie uns mit einem strengen Hören Sie. Achtundzwanzig Jahre, sagt sie, waren wir doch umzingelt und in Westberlin eingeschlossen, Gefangene. Jetzt wird das anders, ist sie sich sicher. Wird gemacht, versprechen wir der Frau und gehen denselben Weg zurück. Man lässt uns trotz des grünen Stempels auf dem Passbild des hallischen Dichters wieder in die DDR hinein. Wir gehen auseinander. Wollen die Ereignisse erst einmal überschlafen.

Vor seiner Haustür fegt Claudio, als wäre nichts geschehen, die Bürgersteige von Laub, Papier, Unrat und Hundekot frei, um sich mit dem verdienten Geld den Traum vom eigenen Auto zu erfüllen. Fegt da in stoischer Ruhe weiter die Bürgersteige. Sagt, er stünde in keinerlei Beziehung zu den erregten Leuten, die da im Westen wild herumsprängen. Er möge diese

So-ein-Tag-so-wunderschön-wie-heute-Chorsänger nicht. Er möge diese frenetischen, überglücklichen, wilden Horden nicht, all die von Ost nach West stürmenden Volksmassen, die den Westteil der Stadt mit ihren Rufen, ihrem Gedrängel, Gehupe und Autoqualm belasten. Ihn widere die so offen zur Schau gestellte Freude an, das Volk von Fahnenschwenkern. Ihm reiche vollkommen aus, was er so über sein kleines Radiogerät gehört habe. Er werde sich, vom Straßenfegen ermüdet, erst einmal zu Bett legen und ausschlafen. Und dann könne es vielleicht passieren, dass auch er einmal kurz in den Westen ginge.

An einer Bushaltestelle, berichte ich rasch, hätten wir uns zu den Pennern in ein Wartehäuschen gesetzt. Und die Penner hätten uns erzählt, dass sie gestern allesamt ihre Unterkunft nicht verlassen hätten, sondern vorm Fernseher geblieben wären, um sich das Spektakel anzusehen. Und sie hätten sich der Tränen nicht erwehren können und sich ihrer auch nicht geschämt. Wenn Penner nicht einmal mehr hinausgehen wollen, sondern fernsehen, sage ich zu Claudio, dann muss da wirklich etwas ganz Entscheidendes geschehen sein!

Viel schneller, als wir es je gewünscht hätten, geht das Land, aus dem wir rechtzeitig hätten noch fliehen können, unter; einfach so. Nicht sang- und klanglos, nein, sondern unanständig laut mit absurdem Hurragebrüll und diesem abstoßenden Hymnenschmettern. Wer bringt die schönen Tage, jene Tage der ersten Liebe, ach, wer bringt eine Sekunde zurück. Einsam nähre ich meine Wunde, und mit stets erneuter Klage trauere ich ums verlorne Glück. Ach, wer bringt die schönen Tage, jene holde Zeit zurück.

Reichlich was los zu dieser Zeit, es gibt genügend Ablenkung. Die Zeit, in der wir nun alle leben, ist groß und historisch, vor allem aber verrückt. Die Häuser erhalten untenherum neue Fassadenfarben und wirken dadurch zumindest bis zum ersten Stock wie neu belebt. Vor den Kneipen werden Bänke, Stühle, Tische im Freien aufgestellt. Eine Gaststätte neben der anderen macht auf. Alle sehen sie sich ähnlich. Wässrig wirkende Wandfarben sind der Hit. Überall diese gebogenen Rohre aus der Wand ragend, die Lampen sind. Die Leute trinken Bier, essen gebratene Nudeln mit Spinat vermengt. Man geht von einem Restaurant zum nächsten. Es herrscht eine gemütliche Anarchie. Überall Reisebusse, voll mit Neugierigen, die in die hintersten Nischen dringen, um zu glotzen und zu fotografieren, um ein wenig von der Stimmung der irren Zwischenzeit einzufangen, die nach dem Mauerfall anhebt. Rückwärts gehende Uhren sind in Mode und ein Zeichen dafür, dass nicht alle Uhren vorwärts gehen müssen. Jedermann ist ein Widerstandsheld und Mauerbrecher. Einstige Dulder und Mitläufer geben sich als Regimegegner aus. Lüge und Selbstbetrug gewinnen die Oberhand.

Die es vorher nicht durften, reisen nun überallhin. Und kehren zurück von ihren Weltausflügen. Und sitzen dann am großen Tisch zusammen. Doch niemand will den Anfang machen, von seiner Tour um die Erdkugel berichten. Monate vorher, mitten in den Zeiten, als wir nicht reisen konnten, musste einer von uns nur in der Mongolei gewesen sein, um mehrere Diaabende abzuhalten. Die Leute wurden nicht satt, die Bilder anzusehen und dem Mongolei-Besucher zu lauschen. Sie klatschten Beifall und wollten die Geschichten und Dias noch einmal erzählt und gezeigt bekommen und dann gemeinsam ins Träumen geraten. Nun sind wir nach Indien unterwegs, halten uns in Genf, Neuseeland, Paris, Kanada, Irland, Südafrika oder weit entfernt in Tonga auf, und jeder denkt von seiner Reise, sie wäre nicht so spektakulär wie die der anderen am Tisch. Alles verändert sich. Alle schaffen sie sich Dinge an, auf die sie verzichten mussten, auch wenn man sie deswegen als spießig erachtet. Geld wird wichtig. Das alte Leben gerät aus den Fugen.

MEINE FRANZÖSIN

Ihr westenartiger weißer, plüschiger Pullover ist flächendeckend mit Perlen besetzt, im schönen Abstand zueinander an halbrunden steifen Fäden baumeln sie über den Oberkörper verteilt, dass man dauernd hinsehen muss. Dazu trägt sie eine Sonnenbrille, die eine Spur zu groß ausfällt, aber auffällt. Dunkle Gläser, die nach unten hin durchsichtiger werden, was seinen Reiz hat und an Filmdiva denken lässt. Wer versucht ist, ihre Augen hinterm Glas zu finden, bekommt sie nur aus einem bestimmten, seitlich-unteren Blickwinkel zu sehen, wenn sie steht und man sitzend zu ihr hochschaut. Ihre Augen sind sofort schöne Augen. Den Kopf trägt sie ein wenig erhobener als früher, was an der Dimension ihrer Brille liegen kann, der Angst, sie könnte ihr verrutschen. Ganz unbenommen hat sie an der Kopfhaltung gearbeitet, sich an den Models orientiert, in der Meinung, sie passe so besser in die neue Zeit und werde als französisch empfunden.

Welche Diva meinst du, Petkowitsch?

Sophia Loren natürlich.

Die doch nicht, nein.

Dann die Deneuve.

Schon besser.

Weil sie Französin ist?

Vielleicht, mon petit charmeur.

Lucretia behauptet, von den Ländern, die man jetzt bereisen könne, würde Frankreich am besten zu ihr passen, die französische Lebensweise liege ihr am nächsten. Frankreich würde ihren Ansprüchen am ehesten gerecht werden und böte tout particulièrement Annehmlichkeiten. Sie verspüre eine Seelenverwandtschaft mit den Franzosen, die viel zu lange unterdrückt worden sei. Und nun helfe sie sich aus der einengenden Hülle heraus und lebe nur noch für dieses Land. In Paris ginge die Frau spazieren, um sich bestaunen zu lassen. Sie müsse sich in der Stadt der Liebe nicht groß verändern, könne dort am sichersten sie selbst sein und wäre längst schon wohnhaft dort. Hätte sie nur das nötige les sous dafür, sagt sie und stuckt ihren Finger gegen meine Nasenspitze. Warum wir beide nur nicht in Frankreich geboren worden sind. Wir wären dort sicher besser ohne Eltern aufgewachsen. Warum bist du nur nicht reich, Petkowitsch? Mit dir würde ich so gern ein Vermögen, das du nicht hast, ausgeben. Ich sage zu ihr, dass ich lieber hierbleiben will, wo jetzt so viel los ist und halb Frankreich nach Berlin kommt, nach dem grandiosen Mauerfall. Ich bin von der Fremde nicht überzeugt genug. Wo ich auch wäre in dieser Welt, ich würde aufatmen, wenn es hieße, morgen geht es nach Hause, und dann sind wir wieder daheim. Am Ende meiner Lebensreise möchte ich dorthin zurückkehren, woher ich komme, wo wir beide aufgewachsen sind, an die Ostsee, dass sich mein Lebenskreis schließt. Aber darüber will ich jetzt nicht weiter erzählen, eher darüber, wie meine kleine Französin auf Männer wirkt und wie es mich häufig in betretener Ratlosigkeit hinterlässt. Wo wir auftauchen, starren Männeraugen sie an, klappen Kinnladen herunter. Es wird auf den Partys von uns beiden geredet. Hausherren, Gastgeber, Präsidenten und andere wichtige Männer kommen auf uns zu, sprechen sie an, wollen sich mit ihr verabreden. Ich stehe wie ein Garderobenständer daneben. Lucretia ist bei mir eingehakt, drückt meinen Ellenbogen an ihre Hüfte. Mach dir nichts draus, zischelt sie mir zu. So sind die Kerle eben.

Man bedenkt sie mit rechtslinksrechts dreimal innigen Wangenküssen, weil das so Sitte sei in Frankreich. Man hat ihnen erzählt, es ist ihnen zu Ohren gekommen, es hat sich bis hierher herumgesprochen, dass die Gnädigste Französin ist. Bien sur. Viele Dinge sind in der Tat schon besser in Frankreich. Und sie redet von der Seine, dem Montmartre, Paris, den Bauwerken dort, dem Centre Pompidou, überhaupt wäre jedes Gebäude dort wie ein Musikstück komponiert. Notre-Dame sei eine gebaute Komposition, aus vielen Melodienbögen errichtet, der Eiffelturm bestünde neben der Musik von Debussy, Berlioz, Ravel und Erik Satie. Ich bin sicher, viel mehr andere französische Komponisten kennt sie einfach nicht. Sie hat auch aufgehört, für die lateinamerikanische Literatur zu schwärmen. Vergessen und zugeschlagen ist das Kapitel *Hundert Jahre Einsamkeit*, jetzt spricht sie mit Begeisterung von Diderot, Hugo, Proust, Camus, Saint-Exupéry, Gide, Sartre, Breton, Cocteau und wie sie alle heißen mögen. Und kommt sich keineswegs lächerlich vor. Warum auch. Man nimmt ihr ab, was sie so behauptet. Allein wohl schon, weil sie, auch das ist neu, in ihre Plaudereien sehr viele französische Worte hineinflicht. Die reichen von Affront über Bredouille, Courage, Contenance, Esprit bis hin zu so verrückten Begriffen wie Protegé, Sujet, Tristesse, anstatt dafür deutsche Worte zu wählen.

Sie sagt chéri und behauptet, sobald sie nur ein paar Zuhörer um sich geschart hat, kein Land koche besser, kein Volk habe einen feineren Gaumen für das Gute, Ritterliche, Edle; Michelin-Sterne stehen nun einmal nur am französischen Himmelszelt. Sie sagt coccinelle, wenn sie vom Marienkäfer spricht, und nennt so auch den VW Käfer. Und dauernd jubelt sie rocambolesque, weil so viel in Frankreich unglaublich wunderbar ist. Mit ihrem Lieblingswort rocambolesque plaudert sie über die Normandie, als wäre die Normandie eine Großtante von ihr, und spricht über die rocambolesque Chanel wie über ihre beste Freundin. Die Reaktionen der Männer darauf sind fast schon besorgniserregend. Mag sein, dass ich befangen, ja ganz sicher eifersüchtig bin. Doch für mich fühlt es sich wie im Zirkus an. Man rezitiert ihr zuliebe französische Lyrik und wirft nur so mit französischen Themen um sich. Man geht davon aus, dass sie über bestimmte Dinge viel besser Bescheid weiß, und bittet um Entschuldigung, wenn etwas nicht korrekt wiedergegeben wird. Sie ist in Mecklenburg geboren, wo es keinen einzigen Französisch sprechenden Einwohner zu vermelden gibt, sage ich. Wen interessiert das?, bekomme ich zur Antwort. Und sie ist aber auch überzeugend. Ich gestehe es ein. Der einzige Makel bei aller Bewunderung für sie und ihre lockere Konversation ist ihr Lispeln. Sie will Authentizität sagen und weiß in dem Moment, dass sie Autenzität sagen wird, und verwendet das verflixte Wort trotzdem, weil es schick ist und sie hofft, es dieses Mal zu meistern. Doch dann klappt es damit nicht, und es ist ihr so oberpeinlich, dass sie sofort rot wird im Gesicht. Genauso wie ihr das Wort partizipieren gefällt und nicht recht über die Zunge kommen will, sondern klemmt und sich sperrt, sie heillos stammeln lässt. Die vielen französischen Worte, die sie aussucht, sind für sie nicht alle so leicht auszusprechen. Und wenn sie das Lispeln bei sich entdeckt, gerät sie durcheinander und dermaßen von der Rolle, dass der Gesprächsfaden reißt und sie nicht weiterweiß. Ich bleibe ernst, sie aber gerät außer sich und in Wut und lispelt dann liebliche Verfluchungen gegen mich. Du amüsierst dich, sagt sie, est-ce que vous vous moquez de moi?

Warum sie nicht einfach schwierige Worte auslässt und dafür weniger komplizierte Worte verwendet, frage ich sie. Sie beantwortet die Frage nicht, sondern trinkt französischen Wein, um mit ihm die nicht ganz französische Zunge in ihrem Mund zu lockern.

Lucretias Lispeln ist kein angeborenes Lispeln. Sie hat es sich zugezogen, als sie sich zum ersten Mal ihrer Elternlosigkeit bewusst geworden ist und begreifen musste, von Vater und Mutter verlassen worden zu sein. Das Zischen beim Sprechen rührt bei ihr also nicht von den zwei etwas größeren Schneidezähnen her, wie die Erzieher ihr einzureden suchten, sondern ist eine hörbare Folge davon, dass sie von ihren leiblichen Eltern zur Vollwaise gemacht wurde. Diesem Makel ist mit keiner Zahnspange beizukommen. Solch ein Lispeln wirst du im Leben nicht mehr los. Unglück vermeidest du nicht, indem du es von dir fernzuhalten suchst, sondern indem du dir offen eingestehst, dass es dich ereilt hat und nicht mehr von deiner Seite weichen wird, sagt mein Opa.

Zum neuen Lebensgefühl fährt Lucretia ein französisches Auto, liebevoll Ente genannt. Das Entchen sei allzeit zeitgemäß und Kult. Sie fühle sich in ihm wie eine ewige Studentin. Das Verdeck ist leicht aufzurollen. Ein absoluter Hingucker und weiteres Gesprächsthema auf den Partys. Sie spricht von ihrem treuen Schatz, weist auf mich und sagt: Nur Petkowitsch habe ich noch viel lieber. Und alle lächeln dazu, finden ihr Liebesbekenntnis zu mir magnifique und vertiefen sich in immer dieselben Details: Der Name Citroën 2CV stehe für zwei Pferde. Zwei Pferde sind in Frankreich eine Ente, scherzt sie dann, und alle lachen. Auf hundert Kilometer um die sechs, sieben Liter Benzin, innen Platz genug für zwei gemütliche Bauern in Dreckstiefeln, zwei Kartoffelsäcke, zwei Weinfässer. Wieder Heiterkeit und Zustimmung. Ihr Modell heiße Charleston wie der Tanz, weinrot und schwarz wäre es in der Farbgebung Original, die verchromten Scheinwerfer ebenso. Und schon leitet sie geschickt zu Hans Christian Andersen, seiner Geschichte vom hässlichen Entlein über, damit ihr die Zuhörer gewogen bleiben und sie nicht weiter über Unterbrecher, Nockenwelle, Rückleuchten, Schalthebel, schlichten Komfort und die Nickneigung bei diesem Fahrzeug reden muss.

Die Ente ist zweifellos ein Bekenntnis zur französischen Lebensweise, wie andere von Gänsepastete, Dessous, französischem Gebäck und Käse schwärmen. Sie fährt mit ihrer Ente auf ausgesuchten Bauernhöfen in Brandenburg vor, um dort frische Kräuter einzukaufen. Sie bestellt sich im Internet französische Gewürze und schreibt in das Gästebuch der Ladenkette: Lucretia M.: Alles sehr gut organisiert und zuverlässig. Bestelle nur hier, weil neben den Gewürzen auch Fleisch und Marmeladen einfach superb zu nennen sind.

Sie isst ausschließlich Baguette und trinkt zu allen Mahlzeiten roten Wein aus kleinen Extragläsern. Ihr Weinkonsum kann sich mit dem der besseren Franzosen messen, weit über die sieben Flaschen pro Woche leert sie. Pinot, Bordeaux, Burgunder trinkt sie wie Wasser, aber eben sehr kultiviert. Es geht um Stil, mein Lieber.

Ihre Frankomanie mit all den Flirts, Verführungstechniken, ihr Schwärmen für außereheliche Affären und Dreierbeziehungen hob in der Zeit an, als sie sich für französische Filme begeisterte, in denen es um das Experimentieren mit weniger geläufigen Partnerbindungen ging. Schinken aus den Siebzigern, die sich mit dem Aushebeln spießbürgerlicher Gesellschaftsmodelle befassten und für den befreiten Sex, die glückliche Dreieckskonstellation plädierten; die freie Balz, wie das mein Opa nennt.

In diesen Filmen wird langatmig über die Liebe geredet, um die Wette gelaufen und vollständig bekleidet von der Brücke aus in den Fluss gesprungen. Juhu. Man siezt sich aus purer Lust am Spaß. Man wirft alle Möbel aus dem Haus und lebt in den leeren Räumen.

Man streicht den Fußboden weiß, die Wände schwarz und redet, redet, redet. Ich kann die Filme überhaupt nicht leiden. Sie ist von ihnen begeistert. *Jules und Jim* muss ich mit ihr immer wieder ansehen, François Truffaut als Schauspieler ertragen, der sich wie sein Freund in eine Catherine verliebt, die unverschämt jung und gut aussehend ist, sich aber für keinen von den beiden Jungs entscheiden will, sie gleich lieb hat, aber dann mit einem steif wirkenden Tennislehrer geht. Die zwei Gockel flattern um sie herum und versuchen ihr zu imponieren. Der eine klimpert auf dem Piano, der andere belustigt alle drei am einsamen Strand mit ausgesuchten gestelzten Worten und etwas Turnereien. Es kommt zu Wort und Gegenwort darüber, ob man sein Leben lang jung und verliebt bleiben und gleichzeitig ein sexuell unbelastetes, kindlich anmutendes, freies Geschlechtsleben führen kann, ob nun lesbisch oder schwul, nur eben nicht monogam.

Lucretia nimmt die Ideen der sexuellen Freiheit aus den Sechzigern, Siebzigern für sich an, setzt sie ein paar Jahrzehnte zu spät um. Da sind wir bei einem Komponisten zu Gast auf dem Land, um ihm bei der Heueinfuhr behilflich zu sein. Lucretia und ich sind auf einem Zimmer im Speicher untergebracht. Wir gelten dort als Pärchen und sitzen traut am Pool, einem ehemaligen Löschteich. Und dann taucht dieser Schlagerfuzzi auf, dem Hof und auch ein Reitstall weiter hinten gehören. Reitstall, wau, ich liebe Pferde, jubelt Lucretia ihm entgegen. Der zwängt sich mit einer Flasche in der Hand zwischen uns beide, um umgehend Lucretia zu bezirzen, mit Klischees, im sicheren Ton und mit geübter

Stimme vorgetragen. Einer, der sich seiner Wirkung bewusst ist. Und geht, nachdem sie die Flasche zusammen gepichelt haben, mit ihr im Schlepp zum Haupthaus, eine zweite Flasche des guten Rebensaftes aus dem Keller zu holen. Lucretia kreuzt erst am nächsten Tag wieder auf. Sie bewegt sich, als sei daran nichts ungewöhnlich. Kein Wort, nur dieses stumme Nachglühen und stille Schwärmen im Blick und Hüftschwung.

Das Mischpult, Petkowitsch, sagt sie später nebenbei, das hätte dir gefallen.

Und redet von schönen Pferden, englischen Jagdhunden, die der Sänger besitzt. Ein Pferdedoktor wäre bei ihm zu Besuch, der Hunde apportieren lassen könne. Sie liest mir die Frage danach, ob sie Geschlechtsverkehr hatte, von den geschlossenen Lippen ab und posaunt ungefragt: Petkowitsch, wir hatten gigantischen Sex, die ganze Nacht hindurch. Das willst du doch wohl hören, oder?

Und wir gehen zur Scheune, erledigen dies und das im Stall und auf dem Hof. Sie packt kräftig mit an. Die Bluse Höhe Bauchnabel mit nur einem Knoten versehen, ist beim Bücken nach vorn ihr ganzer nackter Oberkörper einzusehen. Sie schenkt den Jungs tiefe Einblicke. Ist beim Heuschlagen vorneweg dabei, fast schon die Schlagtaktführerin der jungen Burschenschaft, und drischt auf das Heu ein, als ginge es um Auspeitschung.

Wir essen zusammen Abendbrot, unterhalten uns mit den anderen, trinken dazu Wein und gehen dann gemeinsam auf unser Zimmer zu Bett, schlüpfen unter die große Bettdecke. Weiter passiert nichts mehr, außer dass die Tür mitten in der Nacht rüde aufgestoßen wird und dieser Hüne von Pferdedoktor mit drei gezielten Polterschritten an unserem Bett ist und, ohne viel Federlesen zu veranstalten, seine beiden starken Arme wie die stählernen Zinken eines Gabelstaplers unter Lucretia schiebt, sie anhebt und mit ihr abrückt wie ein Roboter, die uns beiden gehörende Bettdecke hinter sich herziehend. Ein unfassbarer Spuk, der, ehe ich es recht begreife, schon wieder vorbei ist. Es kommt kein Mucks von ihr, nicht einmal ein leiser Hilfeschrei, dass ich hätte einschreiten können. Ich bleibe allein zurück und liege schließlich vollständig angekleidet auf dem leeren, kalten Laken, die schlaflose lange Nacht hindurch.

Es ist ein Spiel, Petkowitsch, versucht sie mich später zu trösten. Ich probe mich euch Männern anzupassen, klärt sie mich auf. Die Schule des Lebens, die Schule des Liebens. Ist einer behindert, spiele ich diejenige, die mit seiner Behinderung zurechtkommt. Für den Frauenhasser bin ich die eine Frau, der er verfällt und nicht widerstehen kann. Verzweifelt einer an der Welt, begebe ich mich in seine Düsternis, leuchte sie aus, dass er in seiner Verzweiflung mich als rettendes Lichtwesen sieht. Sie erfülle auf Erden so etwas wie eine therapeutische Aufgabe, sei die weiße Witwe, die ihre Opfer nicht zu Tode bringe, sondern zu neuem Leben erwecke. Petkowitsch, du brauchst meine Hilfe nicht.

Mit dem Mauerfall ist alles schrankenlos. Du kannst etwas schaffen oder in den Sand setzen, was möglich ist, wird prompt ausprobiert. Die Leute gründen Firmen, bauen Existenzen auf und verzetteln sich, setzen sich in die Nesseln, scheitern bitterlich. Was sofort klappt und wahrhaft grassiert, ist das Partyleben. Es verbraucht eine Menge an menschlicher Lebenszeit und ist sehr energieraubend. Lucretia muss keine Existenz aufbauen, sie sichert sie sich, indem sie auffällt und angesprochen, in separate Kreise gebeten und zu gehobenen Events eingeladen wird, auf denen sie Männerbekanntschaften macht. Lauter wichtige Leute, angesehene Rechtsanwälte, Hochschullehrer, Ärzte, bekannte Künstler und Spezialisten auf besonderen Gebieten. Sie muss nur sein, wie sie ist. Ihre französische Attitüde ist gar nicht nötig. Es bedarf bei ihr keiner aufwendigen Frisur. Ihr schwarzes Haar schmiegt sich glatt und glänzend an ihren wohlgeformten Kopf. Der Pony, den sie über ihre Augenbrauen legt und der ihre Stirn bedeckt, gibt ihr etwas Edles. Vom Körperbau her schlank, passt sie ins klassische kleine Schwarze, das sie zu den Anlässen trägt. Im Secondhandladen gefunden, die hauchdünne Uniform der Frau von Welt, sagt sie. Es wird zu ihrem Markenzeichen. Es lässt sie schlicht mondän erscheinen. Sie wirkt elegant und bewegt sich grazil in ihm. Sie trägt nichts weiter als das Kleid über die nackte Haut gestreift, vom Slip ist kaum etwas zu sehen, er zeichnet sich nur schwach ab. Sie trägt ein dünnes Bändchen lose ums Handgelenk gebunden und einen schmalen Ring am Finger, an der Angelschnur um ihren Hals befindet sich eine einzige silberne Perle. Man denkt an die Piaf oder Marlene Dietrich, bewegt sie sich auf dem Parkett. Das kleine Schwarze entfaltet Zauberkräfte. Aschenputtel hat den

Leinensack abgeworfen und wird zu Rita Hayworth. Sie hebt sich mit ihrem Minimalismus von den anderen weiblichen Partygästen ab und löst bei vielen Männern erotische Träume aus.

Auch ihre Gesprächsführung hat Stil. Sie reduziert ihre Beteiligung an Gesprächen so sehr, dass man sie gern direkt anspricht und bittet, ihre Meinung kundzutun. Dem kommt sie gern nach, indem sie darüber spricht, dass sie bestimmte Dinge am liebsten aus dem Blickwinkel der Segelfliegerin betrachtet. Niemand fragt die kleine Münchhausin, wie es kommt, dass sie eine Segelfliegerin ist, wo doch bekannt ist, dass sie bis zu ihrem achtzehnten Geburtstag in einem Kinderheim aufgewachsen ist. Und falls doch, würde sie die Frage mit einer noch tolleren Story parieren, indem sie erzählt, wie ihr ein zunächst unbekannter älterer Herr die Flugstunden geschenkt und sie mit seinem Chauffeur jedes Mal hin- und zurückgefahren habe. Sie will unberechenbar erscheinen und etwas Besonderes sein und stattet sich deswegen immer wieder mit allerlei Geheimnissen aus. Sie erfindet Tortenstücke zu einer Biografie, die geradezu fantastisch sind. Sie sagt niemals, dass sie Segelfliegerin war, sie begnügt sich damit, dass es die Leute glauben, kurz aufhorchen und zugeben, die Dinge noch nie von dieser Warte aus betrachtet zu haben. Und dann ist sie eben plötzlich eine Segelfliegerin.

Hat sie Fuß gefasst und sich für einen Gesprächspartner entschieden, sondert sie sich mit ihm von den anderen ab, um im separaten Eckchen mit ihm privat zu werden. Man erlebt sie dabei aus der Ferne aufgekratzt bis hin zur Verquatschtheit. Die anstrengende kluge Konversation lässt sie hinter sich und redet freiweg über bestimmte Bücher, Filme, Theaterstücke, Nachrichten, Ereignisse, die auf sie gewirkt haben. Sie führt aus, woran sie sich erinnert, an welche Szenen, Aussagen, Sprüche, Zitate. Und achtet bei allem Redefluss auf Pausen zwischen den einzelnen Sätzen, trennt manchmal ganz bewusst zwei Worte voneinander, die hintereinander ausgesprochen gehören, um so gekonnt die Spannung zu erhöhen.

HEIMATLOS

Und dann ist Lucretia wieder mal verschwunden, ohne eine Nachricht zu hinterlassen. Es vergeht einige Zeit, ehe sich das Gerücht zu mir durchfrisst und ich aus sicherer Quelle den Wink erhalte, sie lebe in der Schweiz, hätte dort ihr Glück gefunden. Man spielt mir die Adresse zu, legt eine Landkarte bei, auf ihr die Route eingezeichnet, die mich sicher über die Berge bringt. Denn es ist Winter und bald Weihnachten, und man weiß, mir sind die Berge sehr suspekt. Ich liebe die Klarheit an der Küste, die freie Sicht auf den Horizont und dass am Meer noch die Jahreszeiten einander brav ablösen, dem Herbst der Winter, das Frühjahr, der Sommer folgen, jede Jahreszeit nach sich selbst ausschaut, der Staffelstab an die nächste Periode weitergereicht wird, während in den Bergen mitten im allerbesten Monat Mai noch Wintereis unter den Brücken zu entdecken ist.

Es ist das erste Mal, dass ich mich aufmache, sie zu besuchen, bisher war es umgekehrt. Es ist ein ungutes Gefühl, das mir befiehlt, nicht lange zu überlegen, sondern augenblicklich zu ihr zu fahren. Ich finde sie in Basel, wo ich zuvor den ersten und letzten Burger meines Lebens esse. Der Biss geht ungebremst durch alle Schichten, und meine Zähne prallen aufeinander, dass es zum

Gebissunglück kommt, ich von Glück reden kann, mir nicht alle Zähne zerbrochen zu haben. Ich stelle meinen Wagen direkt vor Lucretias Haus unter ihrem Fenster ab, dass kein Strauch und Baum den Blick auf ihn stört. Als ich klingle, dauert es eine Weile, ehe sich hinter der Tür etwas regt und mir aufgeschlossen wird. Die Überraschung ist gelungen, Lucretias Freude echt. Der Mann, mit dem sie zusammen ist, ein Kirchenmann in schwarzer Robe, lächelt mich devot heilig an und schüttelt mir die Hand, als würde er mich sogleich in seine Gemeinde aufnehmen wollen. Er müsse in die Kirche zu seinen Schäfchen eilen, entschuldigt er sich sogleich. Wir kennen uns, sagt er im Weghuschen. Woher, sagt er nicht. Ich muss dann auch, sagt Lucretia. Komm einfach mit, schau es dir an, höre mir zu.

Wir sind dann in der Kirche gleich hinterm Haus. Ein paar Leute sind gekommen. Ich kann mit den pendelnden Gefäßen und dem Weihrauch nichts anfangen. Lucretia sitzt artig neben dem Altar an einer Tretorgel, spielt, wenn er ihr zunickt, ausgesucht artige Weisen; weit von jenen Ekstasen entfernt, in denen ich sie noch vor einem Jahr auf den Partys am Klavier erlebt habe. Ich spiele die kleine Kirchenorgel so gern, sagt sie danach im Garten, während er sich seiner Robe entledigt und in Freizeitkleidung zu uns stößt. Kurze Hosen sehen bei Männern immer würdelos aus. Sie habe durch ihn fürs Orgelspiel zum ersten Mal in ihrem Leben den nötigen Ehrgeiz entwickelt, behauptet sie. Von der Dramaturgie her gefiele es mir besser, er würde Sachen erwähnen, die er von ihr gelernt hat. Die Konversation mit mir klemmt bei beiden. Er steht mitunter auf, läuft im Zimmer herum, steht am Regal, fragt sich laut: Ja, wo habe ich das Büchlein nur versteckt? Er findet es, schlägt es auf, geht zu ihrem Stuhl. Eine Hand gebieterisch auf ihre Schulter gelegt, beginnt er neben ihrem Stuhl, die Stelle vorzulesen, die er gesucht und gefunden hat. Ihre Schulter wird mehrfach väterlich von ihm getätschelt und beklopft, als wäre sie ein lederner Buchrücken. Kennengelernt hätten sie sich in Basel bei Nacht. Er habe mitten auf der Straße gestanden und, von ihr sehr weit entfernt, aber ihr zugewandt, breitbeinig stehend für sie allein ein Jazzstück gespielt. John Coltrane, *I Want To Talk About You,* sagt er, ehe sie es sagen kann.

Sollten wir nicht vielleicht gemeinsam ein Lied für unseren Gast spielen, fragt er sie mit aufgesetzt schmachtendem Blick. Mag sein, er muss sie nur so ansehen und schon lässt sie sich von ihm zu allem überreden. Er spielt die Tretorgel. Sie singt dazu. Und versingt sich. Er unterbricht das Spiel und herrscht sie freundlich an: So geht das nicht, der Ton ist an dieser Stelle länger zu halten. Sie brechen die Gesangsvorführung ab, und ich bin mir sicher, dass stimmt, was ich die ganze Zeit schon vermute, nämlich dass es so reibungslos, wie sie sich vorzugeben mühen, nicht zwischen den beiden läuft.

Und dann sind wir in der Küche. Er hat am Herd denselben herrschenden Tonfall drauf wie zuvor an der Orgel. Er hat die Rhetorik aller Küchenherren dieser Welt, die sich für die Besten halten und die Frau an ihrer Seite spüren lassen, was für eine Null sie in der Küche ist. Eier kann sie immerhin kochen, und ihre Salate sind was Feines. Solche Sachen sagt er in ihrem Beisein und

sieht sie dabei großherzig an, als wäre sie seine Latein-
schülerin. Lucretia kocht innerlich vor Wut. Ich sehe es
ihr an. Zum Glück muss er, während sein Hackfleisch
gart, rasch zur Kirche hinüber und Vorbereitungen für
die Abendmesse treffen.

Ist das dein Wagen?, fragt sie.

Ich antworte mit einem ungenierten: Ja.

Sie sagt, dass die Ente nicht mehr ist. Dann schweigen wir, und Lucretia fragt, wie es zu Hause aussieht.
Ich weiß nicht, von welchem Zuhause sie spricht, und
frage deshalb nach, was genau sie interessiert. Alles,
sagt sie. Und ich lege los, ihr reinen Wein einzuschen-
ken, die Wahrheit zu erzählen.

Nun ja, sage ich, die meisten von uns sind wie du
weggezogen. Neue sind hinzugekommen. Ist nicht
mehr, wie wir ihn noch kannten, der alte Stadtbezirk.
Ist alles ein bisschen anders am Platz geworden, wo wir
gelebt haben. Sind befremdliche Leute in die Häuser
eingezogen. Haben den Stadtbezirk auf ihr Heimat-
niveau getrimmt mit ihren Verhaltensnormen, Läden,
Klamotten, der ignoranten Abgehobenheit. Ist eine
aufgeblasene Gegend geworden. Gestylt, versnobt,
großspurig, eitel, selbstgefällig. Viele Attribute lassen
sich auflisten für die Menschen, die in den Cafés sitzen
und mich deprimieren.

Also nicht viel anders als in dieser Provinz, sagt sie.
Komme ich gut mit zurecht.

Oh ja, sage ich. Du findest dich problemlos hinein.
Wir beide, hebe ich an zu sagen, und sie unterbricht
mich sofort mit: Die Zeit bleibt allzeit unsere Zeit, basta
Bastard. Schön, dass sie basta Bastard sagt. Das stammt

noch aus der Ära, als wir Che-Guevara-Fans waren. Wir lieben es, ihn zu zitieren: Seien wir realistisch, versuchen wir das Unmögliche. Um etwas zu lieben, muss man bis zur Verrücktheit daran glauben. Auf die Situation gemünzt, kontere ich mit meinem Lieblingszitat, leicht abgewandelt: Eine Lüge ist, ganz gleich, wie gut sie auch aufgeführt sein mag, immer schlechter als die Wahrheit, die hinter ihr steckt. Lucretia hält dagegen. Die Wahrheit ist was für Idioten, Johnny-Boy, aus *Being John Malkovich.*

Wir lachen, und die Stimmung ist wie früher. Ich weise durch die Fensterscheibe auf meinen Wagen vor der Tür und sage in ruhigem Ton: Lass uns türmen, Lucretia, zwei Bremer Stadtmusikanten sein. Es ist allemal draußen in der Welt besser, als hier den Tod zu leben. Soll der Kirchenmann doch zusehen, wie er ohne dich zurechtkommt. Kochen kann er, sich also selbst versorgen. Lucretia schüttelt den Kopf und schaut mich entsetzt an:

Wie stellst du dir das vor, Petkowitsch?

Ganz einfach. Nichts wie raus hier, ab durch die Mitte.

Petkowitsch, Petkowitsch, deine Flausen im Kopf, sagt sie und weiter nichts, wendet sich kopfschüttelnd ab von mir, geht hinaus, lässt mich ratlos in der Küche zurück, um nach einer gar nicht allzu langen Weile reisefertig angezogen vor mir zu stehen, den Rucksack triumphierend auf den Rücken geschnallt, in ihm das Nötigste, wie sie sagt. Gibt es nicht genug Kaffee für alle, gibt es Kaffee für keinen, zitiert sie noch einmal Guevara und fordert mich dann auf:

Denn mal los, Petkowitsch, bevor mein Gatte aus der Kirche zurückkehrt.

Wohin soll die Reise gehen?, frage ich im Wagen.

Gen Italien, sagt sie. Mailand wäre schön. Jedenfalls hoffe ich das sehr.

In Mailand beginnt es mit unserer Ankunft zu schneien. Lucretia ist nervös. Was fährst du denn für einen Stil?, erregt sie sich. Blinkst rechts, biegst links ab. Warum hältst du bei Grün? Wieso nimmst du diese Spur, wo es doch gradeaus ins Centro geht? He, entgegne ich. Ich fahre den Italienern nach, die nun einmal bei Grün stoppen und die anderen durchlassen, weiß ich, warum, die dorthin anzeigen und woanders abfahren. Es ist Schneetreiben, wie du siehst, das kommt hier nicht so oft vor, Katastrophe. Glaube mir, die wollen alle ins Zentrum, auf dem kürzesten Weg, sehen, was der Schnee bei ihnen anrichtet. Und wie es im Leben an der Seite von Lucretia oft ist, sie raucht eine Zigarette nach der anderen, verliert sich in tausend Worte, während ich hinterm Lenkrad schwitze und durch die Scheibenwischer luge und irgendwann doch im Zentrum lande, direkt an der Scala. Es ist spielfreie Zeit. Ich stelle den Wagen seitlich ab, wo Besucher parken können. Sie steigt aus, als wäre nichts gewesen. Ganz Dame von Welt, geht sie mir voran auf die Glashalle zu, hält mir die Tür, gibt mir einen Kuss auf die Wange und sagt völlig entspannt: Jetzt aber einen Espresso, einen doppelten.

Draußen stürmen die Menschen auf die Straße, jagen den Flocken nach. Kinder, Frauen, Männer haschen nach den Eiskristallen, stehen ergeben still und lassen sich vom Flockenfall einfach nur berieseln. So dezent und unaufdringlich tanzen die Flocken zu Boden. Die Mailänder wandeln Mondsüchtigen gleich, um nach dem Himmelsstaub zu haschen. Sie beugen ihre Köpfe in den Nacken, lassen die Flocken auf Stirn, Nase, Wangen herniedersinken. Ein leiser schöner Schneefall, den wir da als die Überraschung des Tages mit den Mailändern zusammen teilen. Mailand ist angefüllt mit diesem eigenen, fraulich-frischen Wintergeruch, der zu den wohl erregendsten Gerüchen dieser Welt gezählt werden darf. Ananas und Blaubeere, erklärt Lucretia und sieht mir dabei so tief in die Augen, dass ich mich in ihren Pupillen spiegle. Bilder, längst verwittert, tauchen auf. Was ist in deiner Stimme, das mich so tief erschüttert? Sag nicht, dass du mich liebst. Ich weiß das Schönste auf Erden, der Frühling und die Liebe, es muss zuschanden werden. Sag nicht, dass du mich liebst! Schweige und lächle, wenn ich dir morgen die welken Rosen zeige.

Wir wandeln etwas in Mailands Gassen und übernachten wie Geschwister eng beisammen im Auto auf der großen Matratze liegend. Wir kuscheln nach dem Erwachen miteinander, weiter passiert nichts. Wir statten auf der Rückfahrt noch Turin einen kurzen Besuch ab, damit es nicht sofort wieder retour zu Lucretias Kirchenmann geht. Wir gehen auch dort ein wenig spazieren, kaufen eckige harte Süßigkeitsstangen, bewundern den Piazza Lagrange nahe dem Bahnhof und die schnurgraden Gassen, die sternförmig von ihm ausgehen. Es bleibt noch Zeit, in einen Bau hineinzugehen, von dem es heißt, die Bauarbeiten wären abgebrochen worden, weil ein Arbeiter zu Tode stürzte, und Schinkel hätte dann den Bau vollendet, das Dach obendrauf gesetzt. Wir fahren mit einem Fahrstuhl, dessen Boden eine milchgraue Glasscheibe ist, was bei mir einige kleine Schwindelschübe auslöst, und oben angekommen, kann ich nicht hinuntersehen, weil mich sonst die Höhenangst packen und lähmen würde. Ein Rundgang, der Lucretia entspricht. Die kühle Luft, die klare weite Sicht, der Rausch der Höhe, dass wir hier oben die einzigen Besucher sind, all das begeistert sie.

ELF TAGE

Wieder aus Basel zurückgekehrt, wo sie den Kirchenmann samt Tretorgel hat sitzen lassen, sagt Lucretia eines Tages zu mir: Ich möchte mit dir zusammen sein, um im Leben zu überlieben. Sie erobert mich mit den einfachsten Mitteln. Ich bin für sie durchsichtig. Sie kann mich allzeit einplanen, in Besitz nehmen, mir den Platz zuweisen, der von mir eingenommen wird. Ich unterliege ihrem Charme. Ich lasse mich auf ihre Vorstellung gern ein. Ich sage mir, jetzt wird es endlich gut mit ihr und mir, und wir werden jetzt das Paar sein, das wir schon immer sind.

Wir ziehen zusammen in eine helle Wohnung, nahe dem Wasserturm gelegen. Ein rundliches stolzes Bauwerk ist es. Wir haben es zum Küchenfenster hinaus immer vor Augen. Die Straße, in der wir wohnen, liegt an einem Platz mit ein paar Bäumen, einem Kinderspielplatz und dem Bildnis der Käthe Kollwitz. Auf der Plastik von Gustav Seitz klettern die Kinder gern herum.

Elf Tage leben wir unter einer Decke beisammen, mit allem, was wir über unsere Liebe hinaus zu bieten haben. Ich richte mir mit meinen Schreibutensilien in dem kleineren Zimmer ein Eckchen ein, obwohl da auch eine

Rabenstimme um mich herum ist, die nervend krächzt: Das kann nicht gut ausgehen. Nevermore. Es währt so lange, wie es eben gut geht, antworte ich ihr. Ich lebe in dem kleineren von beiden Zimmern, in dem größeren, auch fast leeren Raum, sie. In jedem Raum ist nichts weiter als eine Matratze unters Fenster geschoben und der Schreibtisch Marke Eigenbau. Eine Konstruktion aus zwei stabilen Holzböcken, auf ihnen bei mir eine Holzplatte, bei ihr die schwere Glasplatte, die sie sich hat anfertigen lassen und die selbst ein Mann nicht anheben, geschweige denn bewegen kann. Die Oberfläche ist sanft angeraut. Es kann auf ihr nichts ins Rutschen geraten. Dann ist da noch eine Buckeltruhe voller Wäschestücke aus Omas Zeiten, früher Aussteuer genannt, zu erwähnen. Feines Tuch, steife Tischdecken, Leinenlaken, bedruckte Stoffe, manche davon bestickt oder mit Klöppelei verziert, einige tragen Signaturen.

Als Textilzeichner kennst du dich da ja bestens aus, sagt sie manchmal, wenn sie den riesigen Stapel aus der alten Buckeltruhe gehoben und vor sich auf dem Parkettboden liegen hat, um sich jedes Stück einzeln anzuschauen. Sie geht mit den Exemplaren liebevoll um, streicht mit der flachen Hand drüber hinweg. Sie legt einzelne Wäschestücke in voller Größe aus, faltet sie wieder zusammen, drückt sie an ihre Wange, versenkt mitunter ihr Gesicht in sie hinein und verharrt in dieser Pose. Wenn sie dann aus der Wäsche guckt, sieht sie überglücklich aus. Ich soll mich an ihre Seite setzen, mich der Wäschestücke annehmen, die sie mir hinreicht. Die Qualität der Stoffe einschätzen, ihr etwas zu den Farben sagen, wie man Glanz und Steifheit erzeugt.

Ganz zum Schluss der bewundernden Betrachtung hält sie ein Brauthäubchen mit lila Stickereien in ihren Händen, zieht es sich kurz über ihren Kopf, was ihr ein leicht russisches Aussehen verleiht. Dann gibt sie Stück für Stück an die Truhe zurück, bis diese wieder randvoll gefüllt ist. Und nimmt mich bei der Hand, zieht mich dicht an sich heran, steht andächtig vor dem Wäschesarg und sagt: Sieh doch nur, wie schön er ist. Und meint damit den Wäschehaufen in der Holzkiste. Die Wäschestücke sind immer gut zu mir. Die Wäschestücke werden mich niemals enttäuschen. Und erobert in diesem Moment mein Herz von Neuem. Denn ich mag die schlichte Einfachheit, mit der sie sich so selbstverständlich und bescheiden umgibt. Ich mag, dass sie keinen Fernseher besitzt, nur Radio hört, vor allem Hörspiele, klassische Konzerte.

Elf Tage sind wir unter einem Dach vereint. Man lernt sich im Zusammenleben besser kennen. Ich hätte nie gedacht, dass mir so viel an ihr neu sein würde. Ich mag ihre ganz bestimmte Sorte Zigaretten, die sie raucht und Meinemarke nennt. Nur in diesem einen Tabakladen der Stadt zu bekommen, den sie Meinladen nennt. Ich mag sie ganz besonders, steckt sie eine von denen in das lange Mundstück. Es lässt sie wie eine Frau aus den wilden Zwanzigern aussehen. Sie spart nicht. Sie hat keinen Besitz und braucht so herzlich wenig für sich, außer den paar wenigen Gegenständen, die sie Meinehabe nennt. Ein Korkenzieher zum Beispiel gehört vornweg dazu, der bei ihr ständig auf dem Tisch liegt. Nichts weiter als ein breites Rohr ist er, eine Art Bohrturm. Jedes Mal begeistert sie sich an dem Einzelstück, wie unkompliziert es erdacht worden ist. Genau so hat sie sich als kleines Mädchen einst für den klobigen Zigarrenschneider meines Opas erwärmt, der sie damals noch alle seine Zigarren schneiden ließ.

Elf Tage, sprich elf mal vierundzwanzig Stunden lang, sind Lucretia und ich der Schöngeist und die Papiertigerin. Die Liebe, die Kunst, das Leben. Der warnende Rabe behält recht. Denn siehe, am elften Tag fragt Lucretia zum elften Mal ihren Petkowitsch, was er den lieben langen Tag denn sonst noch anderes verrichte, als dazusitzen und zu sinnen. Schreiben soll das sein? Dass ich nicht lache. Soll ich dir sagen, was ich sehe? Einen Mann herumhocken und Luftlöcher in die Gegend starren. Zum elften Mal verweise ich darauf, dass ich in den Stunden zuvor fleißig geschrieben habe, das Schreiben abbreche, sobald sie in meinem Eckchen auftaucht. Und belehre sie darüber, dass Rumsitzen und Luftlöcherstarren für jede Schreibarbeit eine gute Grundlage bildet. Nachsinnen, in sich hinein hören, das Erdachte eine Weile im Hirn kreisen zu lassen, ihm Zeit gewähren, dass es sich setzen kann und nachhallt, ist beim Schreiben so wichtig, wie man sein Rennpferd bis zum Rennen auf Stroh bettet und verwöhnen soll.

Elf Tage lang kann ich sie nicht im Geringsten davon überzeugen. Sie hört nicht hin. Für mich muss sich keiner unterbrechen, spottet sie, greift an jenem unglücklichen elften Tag den Packen Manuskriptseiten auf meinem kleinen Ecktischchen, geht mit ihm zum offenen Fenster, wirft ihn auf die Straße herunter, ruft triumphierend: Sieh nur her, wie sie fliegen. Dreihundertzwölf Manuskriptseiten insgesamt flattern vor meinen Augen wie große eckige Papierflocken zu Boden und verschwirren sich in die gesamte Gegend, denn es herrscht ein gar kräftiger Wind an diesem Tag. Der nimmt sich ihrer an, wirbelt die Seiten ordentlich durcheinander, weht sie in alle Richtungen.

Ich setze ihnen nach, die Treppenstufen hinunter, lese sie mithilfe von Passanten wieder auf. Dreihundertdrei von ihnen fangen und sammeln wir mühselig wieder ein, die restlichen neun hängen in den Ästen und wollen erst einmal von den Zweigen gepflückt sein. Pflücken und glücken. Mit Hocker, Besenstiel, Räuberleiter und gezielten Steinwürfen bekommen wir schließlich den Stapel wieder vollständig zusammen. Einzelne Seiten haben sehr leiden müssen, das Manuskript sieht ramponiert aus. Lucretia schaut dem Treiben gelassen rauchend vom Fenster aus zu, wie eine Schiedsrichterin beim Tennis von ihrem erhöhten Schiedssitz. Sie verfolgt das Spiel. Einer der unbekannten Helfer hält inne: So ein feuriges Weib aber auch, mein Lieber! So einen Feuerstuhl hätte ich liebend gern.

Dann wirft sie wie zuvor die Manuskriptseiten auch mich hinaus, und ich komme nach elf Mal vierundzwanzig glücklichen Stunden vorübergehend in der Bleibe meines Verlegers unter.

Lebt so der Mensch?, frage ich alle Leute, die in meiner Straße leben. Ist das zu verstehen?, brülle ich die Fassaden an. Warum nur lasse ich so mit mir umgehen? Und gehe hart mit mir ins Gericht, verordne mir, ab sofort Lucretia nur noch besuchsweise zu besuchen, will auch nur noch auf der Besucherliege schlafen. Manchmal bittet sie mich, mich zu ihr zu legen, bis sie eingeschlafen ist. Sie kuschelt sich dann in meine Bauchhöhle ein, legt meine Hände an die Stellen, die ihr wichtig dafür dünken, lutscht Daumen, wiegt ihren Körper, bis er davon erschöpft ist und sie wegtritt. Und ich widerstehe jedes Mal der Versuchung, länger bei ihr zu liegen. Es ist dieses ständige Geben, das unseren Liebeskahn einseitig belastet. Irgendwann ist es zu viel damit, die Arche bricht, der Krug fällt nicht weit vom Stamm in den Brunnen, die Liebe rostet vor dem Abend, eine Hand wäscht die nächste Scherbe seines Glückes, sage ich mir mit Worten, die aus dem Munde meines Opas stammen könnten.

Der Elf-Tage-Versuch hält elf Tage an. Das bittersüße Fazit dieser Zeitspanne: Wir bleiben wie gehabt zwei Einzelexistenzen. Keiner wächst wirklich über sich hinaus. Schön, es ausprobiert zu haben. Nun wissen wir wenigstens Bescheid über uns. Alte Bäume finden keinen Deckel, quäle den Geist der Liebsten nicht, denn er könnte dich zerbeißen. Ich komme mir so dumm wie gutmütig, so wohlwollend wie ungut behandelt vor. Statt klarer zu sehen, rede ich mir zarte Bande ein, die weiterbestehen, und sage mir, jede Liebe ist surreal.

GEMEINSAM VERREISEN

Irgendwann, ich bin gerade einmal wieder zu Besuch bei ihr, schlägt Lucretia vor, gemeinsam zu verreisen. Die Welt, was wissen wir schon von ihr? Lass uns Urlaub machen, Petkowitsch! Urlaub machen wäre schön. Alle Paare fahren mit ihrer Liebe in den Urlaub. Ich bin gerührt. Hat sie tatsächlich von Liebe gesprochen? Mallorca wäre schön! Mallorca, entfährt es mir, diese Rentnerinsel? Lucretia rückt dicht an mich heran, kommt mit ihrem Gesicht dem meinen so nah, dass sie nur noch hauchen muss: weil wir zwei nach Mallorca gehören. Und unsere alte Liebe auch. Weil wir es jetzt tun werden. Es gibt nur das eine Leben, und das findet jetzt auf Mallorca statt.

Der Ort heißt Cala Milor. Sechs Wochen kommen wir in einer großen Hotelanlage unter.

Doch auch im Hotel offenbart sich wieder, wer wir sind: völlig verschiedene Urlauber! Wir kommen nur schwer auf einen Nenner. Urlaub heißt für mich vieles zusammen machen. Für Lucretia bedeutet es im Gegenteil vor allem, dass jeder seins tut. Ich erwache früh und bin sofort auf den Beinen. Lucretia schläft mühelos zehn, elf Stunden in den lieben Tag hinein. Urlaub heißt bei mir Aktion, kurz frühstücken und hinaus in die Gegend mit dem Rad, dem Auto, zu Fuß, egal. Lange Spaziergänge, Museumsbesuche, Abenteuer erleben, an die man sich nach dem Urlaub erinnert. Sie dagegen liegt am liebsten am Strand und geht die Tage entspannt an.

Also bin ich früh ganz ohne sie unterwegs, fahre nach dem Aufstehen mit dem weißen Leihwagen herum und denke Leihurlaub, Leihdenszeit bis zum nächsten Leihort mit wunderschönen Leihaussichten. Kehre ich von meinen Ausflügen zurück, kann ich ihr gar nicht vermitteln, wie toll es war, denn sie leiht meinen Berichten ihr Ohr einfach nicht. Mach mal Urlaub im Urlaub, fordert sie mich mürrisch auf. Verschone mich bitte mit zu vielen Details. Du deins, ich meins.

Also verschweige ich ihr, wo ich mittlerweile am liebsten weile. Ich steuere, seit ich dort zum ersten Mal saß, einen Küstenabschnitt an, ihm gegenüber eine kleine Insel, die zuverlässig in einem ewigen Dunst liegt, Cabrera genannt, die Ziegeninsel. Hannibal soll auf ihr geboren worden sein. Lange Zeit sei sie ein Internierungslager für französische Gefangene gewesen, wird gesagt. Zu Tausenden dorthin verbracht, durchlebten sie unvorstellbare Qualen, es gab kaum Trinkwasser dort, die medizinische Versorgung war ein tödlicher Witz. Verschwommen, so nah wie fern erlebe ich die Insel, und als unbewohnten Ort. Ich siedle auf ihr meine Hoffnungen, Wünsche, Sehnsüchte an.

Die schroffen Felsen schimmern matt und weich vor meinen Augen. Alles ist sanfter anzusehen, als es sich wirklich verhält. Das Meer geht bis an den Rand der Insel, es ist klar und tiefblau. Die geisterhafte Insel wird zu einem menschlichen Wesen, so sanft und schön wie Schneewittchen unter dem Glasdeckel ihres Sarges. Ich sehe mich außerstande, den Vorhang je herunterzureißen. Ich muss sie in ihrem Zustand von nebliger Trübung belassen. Ich erliege dem Reiz der Insel im Dunst. Und denke an Lucretia. Fiele die Hülle eines Tages, wäre der Zauber wie weggeblasen. Ich sähe die harten, scharfen Felsen in all ihrer bedrückenden Gewalt. Ich blicke auf all ihre Vorsprünge, Ausbuchtungen, Höhen, Tiefen und uneinnehmbaren Zonen. Wenn ich lange genug meiner Insel gegenübersitze und über Lucretia nachgrübele, wird mir klar, dass ich niemals erkennen werde, wer sie für mich ist.

Ich fahre ins Hotel zurück. Wie war es, Petkowitsch? Erzähle rasch. Was hast du erlebt? Wie sehr würde ich sie für ihre Neugierde lieben. Doch die Felsen sind still und kantig. Ihre Haare noch vom Schlaf zerwühlt und ungekämmt. Sie raucht gerade voller innerer Zufriedenheit ihre erste Zigarette und kommt auch im Urlaub nicht ohne Kaffee in den Tag. Der frühe Vogel, der ich bin, sitzt still auf seiner Stange und wartet ab, bis sie den Kaffee gebrüht hat, ihn trinkt und mit ihrem Tagesbeginn zufrieden ist. Der ersten Zigarette folgt die zweite nach. Viel mehr unternehmen wir nicht bis zur Mittagsstunde auf Mallorca. Danach gibt es ein paar kurze gemeinsame Spaziergänge zu einem nahen Hügel. Wir gehen ins dortige Weinlokal, wo wir viel Zeit damit verbringen, einfach nur herumzusitzen und uns schon nachmittags einen anzutrinken. Und dann wackeln wir zurück in die Hotelanlage. Sie amüsiert sich an der Bar der Hotelanlage. Ich breche zum zweiten Mal auf und erkunde die unmittelbare Umgebung zu Fuß. Zum Abend hin sind wir wieder beisammen. Wir essen etwas und sitzen am Strand, das Meer vor Augen. Meist trinken wir roten Wein aus der gemeinsamen Flasche, palavern ein wenig Belangloses, bis wir beschwipst sind. Ich falle müde ins Bett und schlafe sofort ein.

Lucretia hält sich jeden zweiten Tag am Badestrand auf, um dort sonnenzubaden, hin und wieder ins Wasser zu hüpfen, jauchzend zu schwimmen, wie sie sagt. Ich bin ihr dankbar, dass sie mich nicht dazu nötigt, neben ihr zu liegen. Obwohl am Meer geboren, bin ich kein Strandbelagerer und auch kein echter Badender. Ich halte mich nicht gern am Strand auf, wenn es nur darum geht herumzuliegen. Ich bin vollkommen unfähig, im Liegen klar zu denken. Ich kann nicht einfach so daliegen und dösen. Schon gar nicht brutzle ich in der Sonne. Es ist eine Strafe für mich, auch nur einen halben Tag lang am Strand sein zu müssen, wenn ich mich nicht bewegen kann. Leben heißt für mich Energie aufwenden, vorwärtsstreben. Das ist für mich ein ganz fundamentaler Teil des Lebenssinns, und ich komme mir in diesem Moment dort nicht nur überflüssig, sondern lebensuntüchtig vor.

Ein Beispiel rasch dem Ganzen beigefügt. Ich bin mit Lucretia auf ihren Wunsch hin in diese einsame, ach so angepriesene Bucht aufgebrochen. Man hat sie ihr so herzlich empfohlen. Wir werden von einem Hotelboot dort hingebracht und erst abends wieder abgeholt. Eine einsame Idylle nur für uns beide. Der Mann an der

Rezeption flüsterte mir was von Tipp und von Liebespaaren bevorzugt ins Ohr. Er könne mir Geschichten erzählen. Ich solle die drei Ks nicht vergessen, Kekse weiß ich und Kondome, das dritte K sei Küssen. Wir sind dann in dieser verdammten Badebucht, die Lucretia ausnehmend gut gefällt. Was mich betrifft, so bin ich nach einer Stunde und einigen Malen den Strand hoch-, den Strand wieder herunterwandern am Ende meiner Nerven. Für mich gibt es dort nichts zu bestaunen, nicht eine Muschel zu finden, nichts als Meer und Sand an diesem Strand. Kein Zipfel von einem vertrockneten Seestern. Kein Fetzen Seetang, nicht einmal ein Stück kugelrund aufgedunsener Qualle, an Bernstein nicht zu denken. Nur dieser Himmel dauerblau und diese Sonne, unter deren glühender Kuppel Lucretia brät und mich hin und wieder anlächelt.

Es gibt dort keinen nennenswerten Schatten, in den ich mich verkriechen kann. Ich gehe am goldenen oder silbernen Strand weiter auf und ab, hin und her. Ich kann die Langweile nicht verscheuchen. Ich fühle mich wie in einem Gefängnishof zum Hofgang unterwegs. Mir wäre lieb, ein Gefängniswärter käme mit der Trillerpfeife und beendete die Tortur. Mir ist die breite Bucht zu eng. Ich müsste Anlauf nehmen und ins Wasser springen, wie Papillon dem Käfig schwimmend zu entkommen. Stattdessen sehe ich Lucretia auf dem Bauch in einem Buch lesend. Bauch, Buch, Bucht, Buchrücken. Wenn sie nicht im Wasser ist, sehe ich sie in der Sonne baden oder zum Wasser laufen und in ihm planschen.

Gegen Mittag erscheint zum Programm ein kleines

Motorboot mit Erfrischungen, etwas Imbiss, Melone in Stücke geschnitten, Eisgetränke. Ich bin nahe dran, zu den Männern ins rettende Boot zu springen und von dieser Liebesbucht abzuhauen. Mach doch, scheint Lucretia zu sagen. Ich bleibe. Wir essen etwas, ich ohne jeden rechten Appetit. Nachdem sie sich an den Speisen gelabt hat, liegt sie wieder nur da und dreht sich langsam um ihre Körperachse, wie man am Spieß das kleine Ferkelchen über der Glut dreht, damit es rundum gleichmäßig braun und gut durchgebraten wird. Ich ziehe mir einen ordentlichen Sonnenbrand zu, doch bevor er mich voll erwischt, kommt Rettung, das Wetter schlägt um. Der Himmel bedeckt sich. Lucretia friert ein wenig. Ihr Urlaub ist nicht vollkommen in Gefahr. Wir gehen beide am Ufer hin und her. Wir beobachten den Himmel, die Wolken, das Meer, bis uns dann das Hotelboot abholt und zurück zum Hotel bringt.

An einem Mittwoch sind wir zum Markt im Inselinneren unterwegs. Der Ort heißt Petra. Die Häuser sind aus rötlichem Stein gebaut. Die Kinder der Einwohner sehen uns an und wissen nicht, wohin sie uns stecken sollen. Urlauber, sagt man dort zu uns, kommen hier nicht her. Urlauber verbleiben am Rand der Insel, wie die Härchen an Pantoffeltierchen als dichter Saum. Im großen Gemeinschaftscafé tollen Kinder und tanzen. Die Einheimischen klatschen den Rhythmus mit ihren Händen und singen ihre Lieder dazu. Lucretia ist von alldem sehr begeistert, sie lässt sich von ihnen die Tanzschritte beibringen und tanzt dann mit den Kindern. Es ist so schön, mit Lucretia auf Tour zu sein. Wäre sie doch nur wie ich ein Frühaufsteher und öfter an meiner Seite.

Wir sind nach dem Markterlebnis im gebirgigen Teil von Mallorca unterwegs. Die Straße empor fahren wir wie auf dem Rücken einer Asphaltschlange. Wir mühen uns mit dem Auto die steilen Serpentinen hoch. Wir sind heiter gestimmt, geradezu albern und legen uns johlend in jede Kurve, als würden wir hundertachtzig Stundenkilometer in einem James-Bond-Film draufhaben, verfolgt werden und nicht dieses Schneckentempo fahren. Und sind dann irgendwann an diesem oft fotografierten Steinstrand, der jedes Urlaubsheft schmückt: schöne große, herrlich abgerundete Steine, die gesamte Bucht mit ihnen ausgelegt und übersät. Und aus dem Wasser ragen zwei Felsen, die wie Wächter ausschauen. Wir sitzen nur da und schauen uns alles schweigend an. Unsere Gesichtsausdrücke sind vermutlich identisch.

Am nächsten Tag treffe ich wieder auf meine Nebelinsel. Um die Mittagszeit herum passiert etwas, womit man bei Lucretia immer rechnen muss. Sie erhebt sich urplötzlich am Frühstückstisch und sitzt, ehe ich mich's versehe, im Mietwagen vor der Tür, gibt Vollgas und dreht im wilden Rückwärtsgang eine volle Runde, dass die Leute auf der Frühstücksveranda aufschrecken. Dreht in Staub gehüllt eine weitere Runde, pflügt dabei den Parkplatz um und entsteigt dem Wagen mit diesem unbekümmerten Ausdruck im Gesicht, als müsste das alles so sein. Rückt sich nur kurz die verrutschte Sonnenbrille zurecht und fragt mich, an den Frühstückstisch zurückgekehrt: Wieso stehen hier keine Frühstückseier für dich und mich bereit? In ihr brodelt ein Vulkan.

Jede Liebe ist auch eine Wanderung durch Wind und Sturm. Man geht in ihr nicht wie zur Schule hin, wo der Unterricht pünktlich beginnt, sage ich mir und stelle keinerlei Fragen zum Vorfall. Ich sehe sie an. Vielleicht will sie, dass ich sie mir zur Brust nehme und in die Schranken weise? Es ist schwer, ihren Blick zu deuten. Ihre Augen wehren sich nicht gegen meinen inneren Unmut. Ihre gesamte Körpersprache hält mich auf Abstand. Sie sagt, ohne mit mir zu sprechen: Meine Güte, was schaust du so genervt, ist doch nur ein Mietwagen! Dreht euch nicht um, der Plumpsack geht herum. Wer sich umdreht oder lacht, der kriegt den Buckel vollgemacht.

Die nächsten Tage verstreichen ereignislos. Wenn wir zusammen sind, schweigen wir uns an. Wir schweigen beim Spazierengehen über den Marktplatz und im Eiscafé. Wir schweigen am Strand. In ihrem Schweigen ruht eine Unberechenbarkeit, die ich an ihr fürchte. Scheinbar mit sich und allem zufrieden, ist sie im Handumdrehen von allem enttäuscht. Ein Ausflug wird abgebrochen. Was wir uns vorgenommen haben, findet nicht statt. Sie ist verstimmt. Sie hält mich nicht aus. Sie will allein sein, den Tag ohne mich verbringen. Sie fühlt sich schlecht, auf Mallorca festgenagelt. Dass sie schon bald die erstbeste Gelegenheit beim Schopfe packen wird und sich auf die Flucht begibt, weiß sie selbst am wenigsten. Und steht doch von einer Minute auf die andere reisefertig vor mir, verabschiedet sich mit nur diesem einen Blick.

Mag sein, die Meister haben recht, wenn sie behaupten, dass jede Liebe einzigartig wie ein Fingerabdruck ist. Ich sage, die Liebe ist vor allem ein großes Versteckspiel mit unklaren Spielregeln. Sie zischt mit nichts weiter als einer angedeuteten Abschiedsgeste ab. Aus der Ferne ein Handkuss. Sie schnappt sich das Auto und düst davon. Und ich bin nicht einmal überrascht. Dass wir uns am Flughafen wiedersehen, ist eher nicht anzunehmen.

Sieben Tage bin ich dann also allein auf der Insel, im Hotel, am Frühstückstisch, im Auto, das ich neu anmiete, um beweglich zu bleiben. Als hätten wir es beide so dicke, ist jeder nunmehr in seinem Auto auf der Insel unterwegs. Ich frage mich nicht, was sie so ohne mich treibt, ob sie mit anderen Männern verabredet ist. In unserem speziellen Fall darf ja nicht einmal von Untreue und Fremdgehen geredet werden. Wir sind nicht verheiratet. Und wären wir es, würde das für sie keinen Hinderungsgrund darstellen. Und so verbringe ich die restlichen Tage allein mit mir, so gut, wie es nur geht. Ich denke nicht weiter drüber nach, wie es wäre. Es gibt in der Liebe kein Aber, Wenn und Das-möchte-ich-mir-fein-Denken. Ich fahre den gesamten Küstenstreifen ab und komme immer wieder an meinen Lieblingsort, die Ziegeninsel, zurück. Einzig der zähe Wacholder gedeiht dort gut. Beeren so schwarz wie Lucretias Haar.

Ein Goldwäscher bin ich, wasche mit meinem Sieb den Schutt unserer Tage aus, um Staubpartikel einzufangen, sie zu einem Ganzen zu vereinen. Das komplizierte Puzzle, ich mache das Beste draus. Aus vielen kleinen Nuggets lasse ich die elf Tage unseres

Zusammenlebens in Glanz erstrahlen. Mallorca wird zur Insel der Gerechten. Ist ein wenig wie Archäologie, was ich betreibe. Wenn ich Sicht für Sicht, Schicht um Schicht unser beider Leben freilege, finden sich winzige Splitter, die in meiner Haut stecken.

Nach unserem Urlaub bleibe ich auf der Flucht vor ihr in meinen Schreibbuden gut verwahrt. Eine wilde Ehe wollten wir eingehen. Sie hat uns nicht gutgetan. Doch ohne sie würde es das Kind nicht geben, das in dieser Zeit entstanden ist. Drei Wochen nach meiner einsamen Rückkehr aus Mallorca erzählt Lucretia mir, dass sie schwanger ist.

UNTER INDIANERN

Trotz unseres verunglückten Mallorca-Ausflugs will Lucretia unbedingt mit mir vor der Geburt noch einmal wegfahren, dieses Mal ganz weit weg, nach Amerika. Wir haben Amerika nicht wirklich lieb, sage ich leicht widerborstig, obwohl ich mich freue. Wir machen uns oft genug über Amerika lustig, trinken keine Coca-Cola und finden den American Way of Life einen Bluff und Betrug an der gesamten Menschheit. Was soll diese plötzliche Amerika-Freundlichkeit? Zu meiner Überraschung rät mein Opa mir zu. Fliegt nur dorthin! Besucht deine Brüder hinterm großen Teich. Nennt mich Inzman, was schon lange Zeit keiner mehr tat. Werde du dir dort endlich bewusst, dass du ein Indianer bist! Und außerdem: Vielleicht gewöhnt die Begegnung mit dem großen Geist der Inzmänner Lucretia endlich die Flausen ab, und dir verrät er, wie du mit ihr klarkommen kannst, ihr wollt immerhin ein Kind großziehen. Macht euch auf nach dem besseren Amerika. Howgh, sagt er, ich habe gesprochen.

Wir verlassen Deutschland mit seinem ausdrücklichen Wohlwollen und landen mit unserem Kind im Bauch auf dem neuen, unbekannten Kontinent, in meiner Heimat, Inzmanland. Von Phönix aus fahren wir mit dem Mietwagen direkt in die Reservate. In Camp Verde grüßt uns die große, gelbe tanzende Figur, ein sich nach vorn krümmender Trötenspieler, Kokopelli genannt. In Flagstaff verschlingt Lucretia im irren Heißhungeranfall allein ein ganzes Hühnchen und sagt danach: Was für ein verfressenes Kind wir da nur haben!

Wir sind bald auch schon bei den Hopis und ganz allein auf weiter Flur. Kein Haus, kein Mensch, nicht einmal ein Vogel am Himmel zu sehen. Absolutes Fotografierverbot, selbst für Wiese, Busch und einzelne Steine, alles ist tabu. Die schönsten Bilder entstehen im Kopf, sagt sie und ist sich sicher, dass, wer sich gegen die Regeln vergeht, von den Geistern der Hopi-Indianer lebenslänglich gepiesackt werde. Sie achtet streng darauf, dass wir uns an die Regeln der Indianer halten. Ich muss meine Kamera an sie aushändigen.

Eine Kachina-Puppe wollen wir erwerben, sie dem Kind daheim, wenn es geschlüpft ist, in die Wiege legen, dass der große Geist der Hopi es beschütze und vor Schaden bewahre. Vor uns liegt das riesige Colorado-Plateau. Eine Weite, wie der Beginn der Unendlichkeit. Zwei glückliche Bleichgesichter sind wir, fahren über die leere lange Straße durch unveränderlich erscheinende Landschaft. Bis wir zu dem Ort gelangen, von dem Lucretia sicher weiß, dass wir in ihm die Puppe für unser Kind finden werden. Zwischen übereinandergestapelten Autowracks, Zivilisationsmüll und Gerümpel sitzt da wie herbeigezaubert eine bunt angekleidete Indianerfrau auf einem Hocker vor ihrem Steinhaus. Etliche Kachina-Puppen liegen in ihrem Rock. Sie sind aus blassem Holz geformt, das von Sand und Wellen rund gerieben, von der Sonne gebleicht an Land geworfen wurde. Bleichfiguren also. Die Puppe, für die sich Lucretia entscheidet, schaut wie von Kinderhand gefertigt aus. Eine freche Puppe mit Kulleraugen. Der Mund ist aus dicken Strichen geformt, der Kopf rechts und links von zwei knallroten Ohren geschmückt. Das Püppchen für unser Kind trägt weiche Daunenfedern und Schafwollfetzen anstelle von Haar und süße kleine indianische Kleidungsstücke, von hauchdünnen Lederfäden zusammengehalten. Die Beinchen stecken in geringelten Leinensäckchen. Perfekt. Zum Verlieben schön. Lucretia küsst die Puppe. Wir kaufen sie für den dreifachen Preis, den die Indianerin uns nennt. Für unser Kind ist uns nichts zu teuer. Ich glaube, wir sind auch deswegen so freigiebig, weil die schlaue Schamanin zu Lucretia gesagt hat, wir würden ein Leben zusammenbleiben. Den Blick fest auf einen Punkt am Horizont gerichtet, murmelte sie einen rhythmischen Sprechgesang. Das muss den Ausschlag gegeben haben. Lucretia ist von ihrer Weissagung beeindruckt. Das sagt die schlaue Indianerfrau zu allen Paaren, die wie wir in froher Erwartung sind, wende ich ein, obwohl ich es zu gerne glauben möchte. Auf der Weiterfahrt besteht sie darauf: Doch, doch. Sie hat in dir den Inzman erkannt, Petkowitsch, wer hätte das gedacht! Das sagt sie weichgestimmt wie unter Droge. Sie hat diesen Hippieblick von früher in ihren Augen. Wir sollten gleich morgen zum heiligen Felsen gehen und für das Kind eine Zeichnung erstellen, sagt sie.

Was für ein Tier, meinst du, würden wir beide im Tierreich sein?

Ein Rabe, antworte ich.

Der ist doch so dunkel und laut.

Eben drum.

Spinne wäre ich gern.

Fliegen fangen, im Netz hocken?

Im Altweibersommer meine Haare wie Fäden durch die Gegend flattern lassen.

Spinne passt zu dir.

Wenn ich Pech habe, werde ich ein Regenwurm und lande an deinem Angelhaken.

Solche Sachen bereden wir, während wir durch Amerika fahren. Mir fällt auf, wie wenig neu und befremdlich ich die Landschaft empfinde, in der ich noch nie zuvor gewesen bin. Mir ist, als hätte ich das alles schon oft im Traum vorgefunden, ich fühle mich angekommen. Was wir sehen, kommt mir nicht wie zum ersten Mal geschaut vor.

Das Fremde spielt in der Fremde keine Rolle, Petkowitsch. Es ist uns vertraut. Es gibt das Fremde am Neuen nicht. Man erlebt am Neuen immer nur, was anders ist. Fremde heißt doch nichts weiter, als dass ich woanders mit Dingen konfrontiert werde, die ich so noch nicht gesehen und zuvor auch nicht erlebt habe. Man sagt immer, das Unbekannte ist dem Menschen nicht wirklich unbekannt. Er setzt nur demonstrativ auf Befremdung, um an die Heimat gebunden zu bleiben. Man kann Manhattan anhand der Containeranlage in Hamburg recht genau beschreiben. Man findet für die Pariser Architektur entsprechende Ecken in Wien, Budapest, Berlin. Die sandig-hügelige Landschaft von Hiddensee ist mit Islands moosüberzogener

Lavagesteinswelt zu beschreiben. Man setzt Städte zuerst mit Städten gleich, wie man Frauen zusammenfasst, um sich dann darüber bewusst zu werden, wie unterschiedlich sie sind. Wenn du ihre konkreten Namen kennst, kannst du sie voneinander unterscheiden. Der Mensch, in welcher Hautfarbe er steckt, ist zuerst einmal ein Mensch. König, Eskimo, Kind oder Indianer, alle werden sie nackt geboren. Wir sterben in nichts als unserer nackten Haut. Alle Formen von so-sind-wir-so-seid-ihr sind Ausgrenzungen, und jeder Heimatbund ist doch etwas unheimlich Heimisches. Die Fremdheit ist künstlich erstellt worden, um mit der Abgrenzung Zündstoff für Kriege zu schaffen. Der Mensch hat sich nur an die unterschiedlichen Bedingungen auf der Erdkugel angepasst. Ihn deswegen als einen Fremden zu beschimpfen, ist unfair und dumm. Er hat sein Menschsein nicht verändert, nur sein Aussehen.

Wir plaudern auf unserer Reise ungewohnt entspannt miteinander. Sie sitzt im Wagen hinter mir. Ich bin ihr Chauffeur. Vor uns die eintönige Landschaft. Im Rückspiegel Lucretia in der Sitzhaltung, die sie auch zu Hause auf der Liege einnimmt. Sieht konzentriert und glücklich aus, während sie an der Babydecke für unser Kind häkelt. Eine Menge Wollknäuel um sich herum verteilt, lässt sie sich von der Landschaft inspirieren, dass der Große Geist zwischen die Maschen gerät. Ich bin von diesem Anblick gerührt. Was uns unterscheidet, ist unsere natürliche Funktion, erklärt sie. Ich trage das Kind aus und werde es mit meiner Brust ernähren. Ansonsten aber werden du und ich gleichermaßen tun, wonach uns ist. Das Kind wird uns kein Klotz am Bein sein. Wir werden es uns gegenseitig zuschieben, hörst du. Belastet es mich, kümmerst du dich darum. Du arbeitest ja zum Glück daheim an deinem Werk. Das Kind soll lieber unter deinem Dach leben. Ich gehe ein und aus. So machen wir es. Ist das Beste so, glaube mir nur.

Die Sentimentalität verfliegt. Ich stehe wieder breitbeinig auf dem Boden der Realität. Die Landschaft versetzt uns beide in tiefes Schweigen, das sich am Grandview Point angesichts der unermesslichen Weite des gigantischen Areals verstärkt. Schweigend blicken wir vom Rand her in eine riesige Landschaftsschale. Wir umarmen uns, halten aneinander lange innig fest, bevor wir wieder ins Auto einsteigen. Übrigens, unterbreche ich das Schweigen, rede zu ihr nach hinten, sehe sie im Rückspiegel an, wenn ich schreibe, knüpfe ich meine Erzählfäden zusammen, wie du deine Wollfäden zu einer Decke häkelst. Meine Texte sind wie ein Netz. Ich trage einen Kescher in meinem Kopf, mit dem ich die Vergangenheit und Gegenwart versuche einzufangen.

Da streben wir dem View Point Trail zu, fahren entlang seiner Kante, bis wir schließlich im Canyonlands National Park sind. Für den Verstand eines Menschen nicht gedacht, dieses rötlich zerklüftete Gebirge. Wie ein bläulicher Wollfaden schlängelt sich der Colorado River durchs Gestein, frisst sich seit Jahrhunderten in es hinein. Und nichts an diesem Fluss sieht aus der Höhe mächtig und reißend aus.

He Ma'am, sagt eine Parkwächterin zu Lucretia,

weist auf deren kleinen Bauch und lacht so herzlich erfrischend mit breitem Mund, dass Lucretia die Frau in Rangeruniform mitsamt ihrem großen Hut umarmt. Beide singen sie: Is not done for me, my baby in the belly wants it that way. Und singend steigen wir ins Tal hinab.

Doch die Freude hält nicht lange an. Ich kann nichts dagegen tun. Ein Satz von Lucretia bringt mich zum Stehen. Schau mal, sagt sie, hier geht es aber noch viel, viel tiefer hinunter. Mein Fehler ist, dass ich sofort hinsehe. Schon werde ich blass, spüre den kalten Schweiß. Ich klebe am Felsen fest. Ich kann einfach nichts dagegen machen. Ich bin außer Kraft gesetzt und kann gerade noch das Wort Höhenangst in Richtung Lucretia krächzen.

Lass den Blödsinn, schimpft sie und läuft an mir vorbei. Soll das jetzt heißen, wir können nicht weiter hinunter ins Tal gehen? Ich möchte ihr antworten, aktiv werden, mich loslösen, über die Sache hinwegkommen, doch es ist mir nicht möglich. Irgendwann bekommt sie den Ernst der Lage mit. Sie spricht zwei Wanderer an. Die nehmen mich bei meinen Händen und führen mich Schritt für Schritt aus der prekären Situation heraus und zum Ausgangspunkt zurück. Die Parkrangerin guckt verdutzt. Schon wieder da? Lucretia deutet auf mich und verdreht ihre Augen. Man sieht mir die Folgen meiner Angst noch deutlich an. Ich tue der Rangerin leid. Wir gehen zum Wagen hin. Ich setze mich auf den Fahrersitz. Lucretia sitzt auf einer Steinmauer, schaut mich an und wartet darauf, dass ich wieder einigermaßen hergestellt und fahrtauglich bin. Ich starte den Motor, sie steigt ein. Und wieder schweigen wir. Wir gleiten durch die blaue Stunde, die allmählich in amerikanische Dunkelheit überwechselt. Wir kommen am Zielort an und verschwinden jeder für sich im Motel. Lucretia will für sich und allein sein. Sie sagt, sie muss das erlebte Lichtschauspiel nachbeben lassen. Aber es ist gelogen. Ich spüre es. Sie will nicht mit mir in einem Raum sein. Das unangenehme Bild ihres plötzlichen Aufbruchs auf Mallorca taucht auf. Die Tasche nur kurz aufs Bett abgeworfen und mich ein wenig frisch gemacht, finde ich keine Ruhe und flüchte gleich wieder aus dem Motel, um in die nahe gelegene Bar abzutauchen. Drinnen hocken drei dicke Frauen im hinteren Winkel, aus dem hervor sie laut, künstlich grell und lachend zu vernehmen sind. Manchmal erhebt sich eine der aufgedonnerten Transen an der Bar für den Gang zum Klo. Neben mir sitzt ein stämmiger Mexikaner mit großen Pranken. Er steckt in einem Blaumann, den Oberkörper frei, und riecht so wunderbar nach Maschinenöl. Ihn amüsieren die Ladys, ohne dass er zu ihnen hinsehen muss. Er zwinkert mir mehrmals zu und schiebt mir einen Rum hin. Zum Wohl, sagt er auf Deutsch. Hallo, sage ich. Man sieht mir also an, dass ich ein Deutscher bin. Er sagt, er habe einen Blick dafür. Das Zeug ist klebrig und zuckersüß, ich kriege meine Lippen nach einem Schluck kaum noch auseinander. Er signalisiert mir mit einem Fingerzeichen, dass ich die nächste Runde ausgeben solle. Gesagt, bestellt, schon ist der Mexikaner dran, danach wieder ich. So geht das knapp zwei Stunden, am Ende bin ich überzuckert und reichlich angetrunken. Der Mexikaner verspricht mir, am nächsten Tag mit seinem Oldtimer am Motel vorzufahren. Er werde mich und die Nachtigall, wie er Lucretia nennt, ein wenig herumkutschieren. Lucretia ist zu meiner Verwunderung inzwischen in mein Zimmer umgewechselt. Sie liegt quer ausgestreckt auf dem riesigen amerikanischen Motelbett, schläft tief mit der Kanicha-Puppe im Arm. Ich kuschel mich an ihrer Seite ein.

Nach dem Erwachen berichte ich ihr von der Bar, den Ladys, dem Mexikaner, der gleich mit seinem Oldtimer vorfahren müsste. Lucretia sagt entschieden: Nein! Die Puppe scheint sie dabei zu unterstützen, sie lugt aus ihrer Hand. Wie ich nur denken könne, sie würde sich in derartige Mannsdinge integrieren lassen? Was für idiotische Beschlüsse auf meinem Mist wachsen? Sie besteht darauf, sofort einzupacken, auszuchecken und abzureisen. Keine halbe Stunde und weg sind wir. Sie sagt unterwegs einlenkend: Du bist zu viel auf Menschensuche, Petkowitsch. Du lässt dich viel zu oft auf Menschen ein, die sich langweilen und ihre Langweile mit dir vertreiben wollen. Statt die Zeit mit sich langweilenden Typen zu vertrödeln, wollen wir uns doch lieber auf den Weg nach Wounded Knee begeben.

Es verschlägt mir den Atem. Wounded Knee, frage ich ungläubig, sprichst du von jenem, meinem Wounded Knee? Wovon sonst. Nichts lieber will ich als dorthin. Ich höre die Trommeln meines Indianerstammes. Ich höre die Klänge der Gruppe Redbone zu ihrem Erfolgssong über *Wounded Knee*. Das ist der Song meines Lebens! We were all wounded, ich und du, sie, er, wir und ihr, alle on the reservation. Sing out our story till the truth is heard. Die Rhythmen der stampfenden Musiker wurden für die Aufnahmen unter dem Bühnenboden verstärkt. Sie sind donnernd zu hören, als rase eine Büffelherde über die Bühne. In der Dorfdiskothek tanzten wir Jungs damals oft nach dem Song. In Indianermanier bildeten wir einen Kreis auf der Tanzfläche und wurden in Wounded Knee erschossen. Von denen, die uns wie eine Büffelherde in der Reservation festhalten, wo an Überleben nicht zu denken ist. Diese verdammte Siebente Kavallerie, die uns erledigen will, doch wir werden die vielen gemetzelten Büffel zurückholen.

Nach dem Lied spürte ich die Kraft der indianischen Vorfahren. Ich bin Inzman, der Indianer! Tollkühn und unerschrocken stoße ich Indianerschreie aus, seit Lucretia Wounded Knee als das neue Ziel angekündigt hat.

Nimm es als meine Überraschung, Petkowitsch, sagt sie. Und ich bin aufs Neue verwirrt, diesmal von ihrer plötzlichen Hinwendung zu mir. Gestern noch wollte sie mich wegstoßen, heute dieses Geschenk! Und dann sind wir da. Landschaft, Bäume, Häuser und die Kirche erkenne ich sofort. Die schwarz-weißen Bilder vom Massaker sehe ich. Die Toten, das Blut im Schnee sehe ich. Rücklings sehe ich Chief Big Foot steif gefroren im kalten Schnee vor mir liegen. Seinen Oberkörper richtet er auf, als hätten ihn die Kugeln nicht wirklich erwischt. Er sieht aus, als wäre der Große Geist noch nicht aus ihm gefahren. Die Finger seiner Hände senden mir stumme Zeichen. Es ist jetzt nicht Winter. Die Natur sieht satt und grün aus. Und doch sehe ich das schneeige Land, in ihm die Toten, die längst begraben sind. Ich sehe, wie ihre Zelte nach Waffen durchsucht werden. Ich erlebe, wie die Häscher den Indianerfrauen die Kleider vom Leib reißen, wogegen sich der Medizinmann Yellowbird erhebt. Ich stehe dabei, als sie bei Black Coyote die nagelneue Winchester unterm Wäscheberg verborgen finden, die der nicht hergibt, so neu und teuer, wie sie ist. Im Gerangel löst sich ein Schuss. Die nervösen Soldaten feuern aus allen Rohren. Sie töten Indianer, aber auch einige der eigenen Männer, was sie später den Indianern anhängen werden. Deren Auslöschung ist beschlossene Sache.

Ich kralle mich am Maschendrahtverhau fest. Die Finger um den Draht gelegt, in den hinein bunte Fetzen geknotet sind, starre ich auf die gedrungene viereckige Stele. Ein paar Namen kann ich lesen: Crazy Horse, Big Foot, Red Cloud. Die anderen sind aus der Entfernung nicht zu entziffern. Lucretia tritt neben mich und weist auf einen Stein inmitten des Drahtverhaus. Inzman, oh, sieh doch nur, dort steht dein Name im graublauen Stein verewigt. Ich entgegne nichts. Insgeheim wünsche ich, es würde so sein. Weißt du, sage ich mehr zu mir als zu ihr, dass Marlon Brando aus Solidarität mit den Indianern von Wounded Knee auf seinen Oscar verzichtet hat? Welcher Brando?, fragt sie zurück.

Wir sitzen wieder im Auto. Und plötzlich erscheinen diese Gewitterwolken am Horizont. Es baut sich eine unheilvolle Spannung auf. Ist nicht das erste Mal und wird nicht das letzte Mal sein, dass sich etwas aufstaut zwischen uns. Es kommt mir wie eine Gesetzmäßigkeit vor. Dem Ganzen geht fast immer ein tolles Erlebnis voraus. Wir schweigen viele Stunden, und Lucretia benimmt sich beim ersten Wort, das ich an sie richte, ungehalten. Sie wird laut und herrscht mich an, meinen Mund zu halten. Sie wirkt von mir genervt. Der Kuckuck auf dem Zaune saß, es regnet sehr, und er ward nass, Kuckuck. Darauf da kam der Sonnenschein, der Kuckuck, der war hübsch und fein. Es wird passieren, dass sie als Nächstes nur noch weg will, und zwar sofort, und ich kann nichts dagegen tun. Darauf da schwang er sein Gefieder und flog damit wohl übern See, Kuckuck, Kuckuck! Eben noch dran gedacht, schon geschieht es uns beiden in diesem kleinen amerikanischen Kaff. Sie befiehlt mir anzuhalten. Ich halte an. Sie springt aus dem Wagen, ist flink um ihn herum, greift ihren Rucksack aus dem Kofferraum. Sei mir nicht böse, mach es gut, sagt sie im Abgang. Du schaffst den Restweg schon allein. Und wirft mir die berühmte Kusshand zu, stürmt davon, fünf Tage zu früh. Ich stelle mich ihr nicht in den Weg. Ich bewundere ihre Konsequenz. Ich sehe sie verschwinden. Es hat keinen Sinn, auszusteigen und ihr nachzurennen. Lucretia ist Lucretia ist Lucretia. Wir waren immerhin zusammen in Wounded Knee, sage ich mir und reise ohne sie allein weiter.

VATER WERDEN

Wieder zurück in Berlin schreitet unsere künftige Elternschaft voran. Lucretia hat von Größe und Form ihres Bauches eine genaue Vorstellung. Er darf keine Spur zu üppig ausfallen und soll wohlgestaltet sein. Sie spricht vom idealen Bauch, der keinerlei Risse aufweist, weswegen sie ihn mit Ringelblumenfett einreibt, damit die Haut bis zur Geburt geschmeidig bleibt. Die Wohnung ist zu klein. Ich will die Wand zur Nachbarwohnung durchbrechen, seit die alte Frau darin gestorben und ein Raum unauffällig Lucretias Wohnung zugeschanzt werden könnte. Lucretia ist dagegen. Ich halte weiter an meinen Schreibbuden fest, mit Büchern, wenigen Möbeln und einem Hochbett. Sie geht jetzt viel öfter hinaus spazieren. Ich soll sie dabei begleiten. Sie stolziert mit viel Liebreiz wie keine zweite werdende Mutter in der Gegend umher. Ihr ach so schönes Gesicht! Sie genießt die Aufmerksamkeit. Ihre Mutterschaft ist das große Thema der vielen Begegnungen und auf den Partys, auf denen sie Wein trinkt und raucht, als wäre dies für das Kind kein Problem. Lass es sein, sagt sie zu mir, ehe ich etwas sagen kann. Unser Kind ist stark, wiegelt sie ab. Es wird keinen Schaden nehmen, Petkowitsch.

Es heißt, die Mädchen würden ihren Müttern die Schönheit rauben. Lucretia jedoch bleibt bildschön anzusehen. Der Bauch wird riesig, sie bleibt schmal und fein im Gesicht. Das Kind frisst sich Charakter an, sagt sie, legt die Hände auf die Bauchdecke. Es wird einen starken Charakter haben, sagt sie, und eines Tages wiederholt sie, was sie mir schon in Amerika zu erklären versuchte: Wir werden das Kind zusammen haben. Es wird aber mehr dein Kind als meines sein. Weil du die besseren Eigenschaften hast, Petkowitsch. Und ist dabei so sehr weich, anhänglich, sanft zu mir.

Das Kätzlein, das lieb ich, es schreit miau, fängt Mäuslein so gerne und schmeichelt der Frau. Das Schäflein, das lieb ich, es schreit mäh mäh, gibt Wolle zum Kleide, das ich mir jetzt näh. Das Bienlein, das lieb ich, es macht summ summ, holt fleißig den Honig und fliegt froh herum. Das Vöglein, das lieb ich, es singt trilla, springt fröhlich, ihr Kinder, der Frühling ist da. Das Störchlein, das lieb ich, es macht klapp klapp, steht aufrecht in dem Neste, winkt zu mir herab.

Und dann ist es so weit. Es geht los, sagt sie. Ich rufe ein Taxi herbei. Bis vor die Tore des Krankenhauses gelangen wir noch gemeinsam, dem Taxi kaum entstiegen, führt sie sich plötzlich gegen mich auf. Rede ich, soll ich schweigen. Gehe ich an ihrer Seite, fordert sie mich auf, Abstand zu ihr zu halten. Und sagt plötzlich: Du bist mir zu hibbelig, das macht mich kribblig, Petkowitsch, verzeih, ich kann mit keinem so zappligen Hektiker in den Kreißsaal gehen. Sie staucht mich zusammen, dass es über den Flur des Krankenhauses nur so hallt. Baff, wie ich bin, komme ich nicht einmal dazu zu reagieren. Krankenschwestern eilen ihr zur Hilfe und bringen sie ohne mich die restliche lange Strecke bis zur Entbindungsstation. Lucretia sagt ihnen offenbar auf dem Weg, dass man sie vor mir schützen soll. Eine Schwester hält mich daraufhin zurück, als ich ihr hinterherlaufen will. Zwei Pfleger springen ihr bei und verpflanzen mich auf die Wartebank. Wenn die Arbeit getan sei und die glückliche Mutter es wünsche, werde man sich melden. Die Lage ist schwer einzuschätzen. Ist das Ganze von ihr so geplant oder alles nur dem verhängnisvollen Umstand zu verdanken, dass die Hormone durchdrehen? Ich ringe um Haltung und sehe mich in voller Absicht beiseitegedrängt. Doch von nun an, das weiß ich sofort, wird es einen Teil von Lucretia geben, der nicht mehr verschwinden kann – unser kleines Mädchen. Das Neigen von Herzen zu Herzen, ach, wie so eigen schaffet das Schmerzen. Alles vergebens. Krone des Lebens, Glück ohne Ruh, Liebe bist du.

Das Meer kann sehr tief sein, nicht aber in die Höhe wachsen. Gebirge können den Himmel berühren, in Wolken gehüllt sein und werden nie mit einem glatten Horizont mithalten.

Dass ihre Ablehnung tatsächlich eine gespielte war, erfahre ich Jahre später von einer Freundin. Lucretia habe damals die Idee geritten, sich von der zuständigen Behörde als alleinerziehende Mutter eintragen zu lassen, um die sich daraus ergebenden finanziellen Zuwendungen und Beihilfen einstecken zu können. Es stellen sich mir die Haare auf. Lucretia ist Lucretia ist Lucretia.

Das kleine Mädchen ist anfangs pflegeleicht, macht

kaum Mühe, seine Ausscheidungen riechen nach Muttermilch, die Haut duftet wie Rosenblätter. Es lächelt den Tag über und spuckt nach dem Trinken. Spuckkinder gedeihen gut. Die Kleidungsstücke, die man der Kleinen schenkt, fallen alle bei Lucretia durch. Sie schneidert lieber selber und kleidet die Kleine in dezenten Farben – Ton in Ton. Sie geht gern mit dem schlafenden Baby im offenen Kinderwagen spazieren. Bald schon aber lässt sich das Baby nicht so einfach anziehen, es wird lebendiger. Die Nächte werden durch Geschrei zerhackt. Lucretia schiebt jetzt das Baby lieber von sich zu mir statt über den Kollwitzplatz. Sie ist nicht mehr ganz so gerne Mutter, ist schnell gestresst und umgarnt mich: Ein schön anzusehendes Gespann seien wir, auch gingen mir so viele Verrichtungen lockerer von der Hand als ihr. Bald schon sorge ich mich allein um unser Kind. Damit es sich unter meiner alleinigen Vaterregie nicht einseitig entwickelt, verordnet sie ihm immerhin regelmäßige Mutterschübe. Statt Autor bin ich nun zuerst alleinerziehender Vater. Statt zu schreiben, füttere ich unser Kind, statt mit den Kumpels in den Kneipen abzuhängen, wasche ich Windeln. Und dabei bleibt es, auch als das Kind schon lange keine Windeln mehr trägt.

DER PLÜSCHAFFE

Lucretia entwickelt sich immer mehr zur Freizeitmutter. Wenn wir uns treffen, sprechen wir über Übergabetermine und freie Tage. Das geht anders, denke ich, und eines Tages habe ich die Faxen dicke. Lucretia will gerade die Weihnachtstermine durchdeklinieren, da sage ich zu ihr: Wir machen es besser so. Ich hole das Kind aus dem Kindergarten ab, du teilst mir mit, wann du es im neuen Jahr abholen willst. Lucretia wirkt erleichtert. Das Kätzchen folgt nicht weiter der sich entrollenden Wollkugel, sondern schnurrt kurz und ist mit sich im Reinen. Ich schnappe mir das Kind und gehe mit ihm zum Reisebüro.

Por-tu-gal, sage ich. Portugal mit Pausen zwischen den einzelnen Silben, Por-tu-gal, wiederholt die Dame vom Reisebüro, schaut mich an.

Um diese Zeit?

Ich weiß, sage ich, ohne zu wissen.

Portugal ist vollkommen ausgebucht. Es sind Feiertage.

Weil du so süß bist, ich auch so eine reizende kleine Tochter wie dich daheim habe, sagt sie, habe ich eine Idee, und tätschelt dem Kind die Hand. Es habe sich etwas Großartiges ergeben, es müssten nur die persönlichen Daten auf dem Formular verändert werden; Inlandsflüge inklusive, Hotelanmeldungen für Havanna und Santiago de Cuba inbegriffen.

Wau, Kuba, staune ich. Si, Kuba, sagt sie. Sie haben vollkommen richtig gehört. Nun schauen Sie doch nicht so entgeistert, begeistern Sie sich! Und obenauf noch eine Fahrt mit dem Zug bis zum Abflugort. Und das ist der Knackpunkt bei der Geschichte: Sie müssten in drei Stunden bereits am Bahnhof sein und mit dem Zug nach München fahren, weil der Flieger pünktlich fünf Uhr in der Frühe abhebt. Wie, wann und wo steht alles hier aufgeschrieben. Wissen Sie, am liebsten würde ich den Laden hier schließen und mit Ihnen nach Kuba fliegen, sagt sie, streichelt dem Kind übers Haar.

Wie rasch zwei Reisetaschen gepackt sind. Schon sitzen wir im Zug, sind am Morgen dann auch wirklich über den Wolken nach Kuba unterwegs. Santiago de Cuba genau genommen. Wir werden am Neujahrstag sogar Fidel Castro reden hören.

Das Kind rennt nackt an schönen weiten Stränden herum, sammelt schwarze langstachlige Seeigel, baut für diese eine schicke Seeigelwohnanlage, mit allem Komfort ausgestattet. Dem Kind geht es prächtig, es fragt nicht nach der Mutter. Sein Haar bleicht von der Sonne aus, die Haut verfärbt sich in ein zartes Karamell. Wir unternehmen Ausflüge, besteigen auf eigene Gefahr die Plattformen kubanischer Lkws, stehen eingekeilt zwischen Arbeitern, sind als Passagiere die Sensation. Die Straßen sind voller Schlaglöcher. Wir hopsen mit den Leuten in die Höhe. Ein aufregender Rhythmus. Die

Tochter jubelt. Die Feldarbeiter der Zuckerrohrplanta-
gen sind lustig drauf. Sie lieben das weißhäutige blonde
Kind. Sie helfen uns von der Ladefäche herunter, singen und klatschen zur Verabschiedung in ihre Hände
und fahren lachend weiter.

Wir sind danach in einer von diesen legendären Ur-
altkarossen unterwegs. Wer von den Leuten auf dem
Lastkraftwagen das Auto organisiert hat, kann ich nicht
sagen. Ein offizielles Taxi ist der Oldtimer nicht, aber
wunderschön anzusehen. Der Fahrer hat ein altes, fal-
tiges Gesicht, er fährt uns zu den Proben für ein Tanz-
spektakel. Wir dürfen auf der Bühne frei herumlaufen, uns ungehindert unter die Akteure mischen. Die
Tochter tanzt mit allen, am liebsten mit einem Mann,
der im Korpus eines halben Pferdes steckt und sie
drunterschlüpfen lässt. Das Kind ist nun also eine Tänzerin, wird gemäß der Choreografie im Pferd steckend
umhergeführt, gedreht, geschoben, angehoben. Es ist
so konzentriert bei der Sache, was ich an seiner ausgestreckten Maulflatter erkenne, die zwischen seinen
feurig-feuchten roten Lippen zu sehen ist. Es ist unsere
erste große Reise, und es ist wirklich schön, mit dem
Kind unterwegs zu sein. Wir sind eine perfekte Einheit.
Unsere Harmonie wird nie zerstört. Überall freundliche Leute, die im Freien sitzen, im Schatten Alltägliches
besprechen. Junge Kerle mit wohlgeformten Oberkör-
pern. Klapprige Autos im chaotischen Straßenverkehr.
Gestank, Gesang, Gewimmel, Märkte, Wohlgeruch in
unmittelbarer Aufeinanderfolge. Es muss irgendwo in
der Stadt eine Feier stattfinden. Überall begegnen uns
festlich gekleidete Kinder an der Seite ihrer festlich

gekleideten Mütter, Väter, Omas und Opas, vereinzelt mit dicken Zigarren im Munde.

Die Kubaner sind ganz verrückt auf Kinder und öffnen für das blonde Mädchen an meiner Seite alle Tore. Ziss, ziss, schnalzen die Kubanerinnen, locken damit das Kind zu sich. Ehe ich mich versehe und ihr folgen kann, sitzt die Tochter im Schaukelstuhl, lässt sich von allen Seiten her bestaunen und verwöhnen. Was für ein entzückendes Kind meine Tochter ist, höre ich überall heraus, ziss, ziss, obwohl ich kein Spanisch kann. Wie gut man sich, ziss, ziss, ohne eine gemeinsame Sprache zu sprechen doch versteht. Ich fotografiere diesen schönen Moment, verspreche, die Bilder zu vergrößern und zu ihnen nach Kuba zu schicken.

Wir landen in einem Delfinarium. Die Namen der zwei Delfine weiß ich heute noch: Emine und Dragon. Mein Lieblingsfoto aus jener wunderbaren Zeit zeigt einen Ellenbogen zum Spalt eines etwas geöffneten Busfensters heraus, auf dessen Haut sich Sonnenglanz spiegelt. Auf der Kubareise kann ich zum ersten Mal mein Schicksal mit Lucretia annehmen. Wir sind zwei Herzen, eine Seele und haben dazu dieses schöne Kind, was sollte daran zu bedauern sein? Wenn wir Abstand zwischen uns halten, können wir die besten zwei Freunde bleiben, die wir sind.

Von Santiago fliegen wir nach Havanna. Wir ziehen in das größte Hotel ein. Deauville der Name, mit Meerblick. Liegt direkt an der Uferpromenade Malecón. In jedem Zimmer befindet sich ein eigenes Bad. Castro redet recht wütend an diesem Neujahrstag in Havanna. Einige Landsleute sind treulos geworden und in selbst gebauten Booten zum Klassenfeind gepaddelt. Manche von ihnen werden aus dem Teich gefischt und zum Stützpunkt Guantanamo Bay gebracht, wo man sie zuerst interniert und dann ins gelobte Land entlässt. Die Nachrichten über sie gehen unter dem Sammelbegriff Boatpeople um die Welt. Castro bekommt davon schlechte Laune. Wir werden den Flüchtlingen keine Träne nachweinen.

Auf dem Flug zurück lässt das Kind seinen Plüschaffen liegen und meint dazu nur: Dann findet meinen Affen eben ein anderes Kind und hat ihn so lieb wie ich.

Ich liefere also unsere Tochter braun gebrannt und sonnenblond, wie sie ist, im Kindergarten ab. Am nächsten Tag wird mir von den Hortnerinnen berichtet, Lucretia habe das eigene Kind unter den Kindern nicht finden können. Das Kind wäre auf die Mutter zugestürmt. Lucretia hätte ihm zack mit einer kurzen Bewegung ihres Arms einen Kick verpasst. Das Kind wäre gestrauchelt und hätte erbost aufgeschrien. An der Schimpftirade erst habe die Mutter in dem Schokokind das eigene erkannt.

MEINE LANDLIEBE

Um aufzutanken, fahre ich in meinen kinderfreien Tagen immer wieder zu meinem Opa aufs Land. Es fällt mir erstaunlich leicht, die Stadt zu verlassen. Auf dem Land gibt es sie noch, die weniger dramatischen Tagesabläufe. Und auch ein paar ganz taffe Mädels, sagt mein Opa. Ich bin mit den Frauen durch, entgegne ich genervt. Ich wohne bei meinem Opa in meiner Jugendbude. Er hat nichts an ihr verändert, und so liege ich auf meinem alten Bett unterm Schrägdach, das Fenster weit geöffnet, still und die Augen geschlossen auf dem Rücken und höre wie in der Jugend jeden Morgen und jede Nacht Maurice Ravel. Auf demselben alten Plattenspieler und derselben alten Schallplatte. *Bolero* und *La Valse*. Concertgebouw-Orchester Amsterdam. Dirigent: Eduard von Beinum. Eterna. Mono, 1962, mit diesem Knistern, bevor es losgeht, und dem Knistern, nachdem die Nadel ihre letzten Runden gedreht hat. Der Hebemechanismus, der sie ruckartig emporspringen lässt, funktioniert eines Nachts nicht mehr. Mitten in der Dunkelheit erwache ich und höre dieses wupp wupp, habe aber keine Ahnung, woher es kommt. Ich lausche zum offenen Fenster hinaus, luge unter mein Bett und bin verwirrt, bis ich es schließlich herausbekomme. Ein besonderes Musikstück, lobte mein Musiklehrer damals, als es in der Schule darum ging, welche Musik wir in der Freizeit hören. Einige Zuhörer wären bei der Uraufführung wie unter Drogeneinfluss geraten und high geworden von diesem Rhythmus, erklärte er. Du musst dich nur stark genug hineinsteigern, in der Musik förmlich aufgehen, dann passiert dir das auch. High werden, das wollte ich und versuchte es immer und immer wieder. Es gelang mir nur einmal fast, da war mir, als schwebte ich tatsächlich irgendwie und als wäre ich nicht mehr von dieser Welt. Doch als ich gerade so richtig losfliegen wollte, war die Musik zu Ende.

Bei einem meiner Landausflüge läuft mir, wie von meinem Opa geweissagt, ein Landmädchen in die Arme. Epona ihr Name. Es ist die berühmte Liebe auf dem ersten Blick. Jauchzen möcht ich, möchte weinen, ist mir's doch, als könnt's nicht sein. Alte Wunder wieder scheinen mit dem Mondesglanz herein. Mein Herz hüpft. Ich liebe ein Wesen mit Glitzersteinen als Augen.

Ihr Lächeln ist so gewinnend. Es herrscht eine sonnige, quietschfidele Stimmung auf diesem Bauernfest, bei dem wir uns kennenlernen, genauer gesagt ist es der Kirschkernweitspuck-Wettbewerb, bei dem wir uns erblicken. Epona, die Frau vom Lande, ganz ohne die schützende Maskerade. Ich bin so froh verwirrt und fühle mich wie ein Vogel, der sein Glück von allen Dächern zwitschert: dass ich Liebe empfinde, eine, mit der ich alt werden will und von der ich später sagen kann, ich liebte einst in meinem Leben eine so erdige Frau. Hey Joe.

Ich mag gleich, wie sie ihren Kopf nach hinten biegt, konzentriert und ernst beim Kirschkernspucken ausschaut und damit beides gewinnt, den Wettbewerb und mein Herz. Wir sitzen danach an einem großen Tisch, und ich schlage ihr vor, sie einen Tag lang zu begleiten. Einfach so, nur um zu sehen, was sie so treibt und tut von morgens bis abends. Nichts Besonderes, sagt sie dazu und lacht über mein seltsam anmutendes Ansinnen, lässt sich aber dann doch darauf ein.

Ich schlafe in dieser Nacht nur wenig. Ich höre Ravel und bin von Epona high. Sie fährt Auto und holt mich wie versprochen am Morgen ab. Sie redet, wie ihr der Schnabel gewachsen ist. Sie gestikuliert während der Fahrt, hält das Lenkrad kaum fest. Sie lacht sehr viel, ist so ungewohnt schwungvoll und unverstellt. Erste Station ist ein Bauernhof, das Pferd, das sie dort im Stall der Schwester untergebracht hat. Die Schwester ist genauso lebenslustig und lebhaft wie Epona. Sie lacht noch kräftiger und anhaltender. Ich werde vor dem Stall sogar auch mit der Mutter bekannt gemacht. Sie sieht mir nur flüchtig in die Augen, schaut eher weg als zu mir hin. Denkt sie, dass ich ihr die Tochter wegnehmen will? Mit den drei Frauen geht es sogleich zum Vater in die Klinik. Er ist an Demenz erkrankt, fortgeschrittenes Stadium. Nachts geistere er durchs Haus und lege sich zu anderen Frauen ins Bett, heißt es. Die drei Frauen wundern sich nicht darüber. Der Vater und die Frauen, sagen alle drei aus einem Munde und kichern. Und dann sind wir beim Schwerenöter-Vater im Zimmer. Er hält eine künstliche Blume zwischen seinen Zähnen, die er nicht hergeben will. Seit gestern, sagt die Mutter, er knirscht mit den Zähnen, sobald ich auch nur versuche, sie ihm wegzunehmen. Er beißt sich noch das Gebiss daran kaputt, doch wer bezahlt ihm ein neues? Ich lege seine Hand in die meine, kitzle kurz seine Handinnenfläche und fasse nach der Kunstblume. Siehe da, er überlässt sie mir, will noch einmal gekitzelt werden. Er grinst und bittet: Noch einmal, noch einmal!, wie ein Kind. Die Frauen staunen. Die Sinne der Dementen sind nicht dement, sage ich und dass ich es irgendwo gelesen habe. Was man so wissen kann, kommentiert die Mutter.

Es ist ein recht kühler Tag, dieser erste gemeinsame Tag, zum Abend hin regelrecht eisig. Mir dagegen ist heiß, ich bin entflammt und trage über meinem T-Shirt nur eine dünne Cordjacke. Prompt liege ich tags darauf glückselig, aber hustend mit einem kräftigen Körperfeuer bei meinem Opa auf der Matratze. Der Mond, die Sterne sagen es, und in den Träumen rauscht der Hain, und die Nachtigallen schlagen: Sie ist dein, sie ist dein. Halte ich die Augen geschlossen, steht sie an meinem Bett. Öffne ich die Augen wieder, ist sie verschwunden. Wenn es zu keiner Unterkühlung kommt, sagt mein Opa, taugt der Gefühlsausstoß nicht. Oft ist die Liebe nur eine Eruption, und der Vulkan schießt nur dunkle Aschewolken in den Himmel. Glut und Glück gehören zusammen wie zwei Gummistiefel. Woher diese Formulierung stamme, frage ich ihn. Ein halbes Duzend Geschichten könne er mir auftischen. Komm selber drauf, Junge. Erfinde sie dir notfalls. In manchen Situationen kann einem keiner helfen.

Ehe wir miteinander schlafen, vergehen sechs lange

Wochen. Sie sagt, ich müsse zuerst den Kindertest bestehen, dann stünde dem Zusammenkommen nichts mehr im Wege. Sie gibt mir den Schlüssel zu ihrer Wohnung. Ich kümmere mich um ihre Familie und mache das Frühstück, sorge dafür, dass Epona zur Arbeit geht, ihre zwei Kinder zur Schule unterwegs sind. Ich erledige die Einkäufe und führe den Haushalt im Gefühl, gebraucht zu werden. Ich gönne mir eine Auszeit von Berlin. Mein Kind wohnt derweil bei Lucretia, und ich fühle mich immer mehr in der Landfamilie zu Hause. Kochen, servieren, abwaschen, wegräumen, einkaufen, braten, spazieren, liegen, dösen, lachen, leben, feiern, ausruhen. Ich bin so gerne der Mann im Haushalt, der den Laden schmeißt. Den Kindern gefällt es, sie haben von Anfang an nichts gegen mich. Und also ist es eines Tages dann endlich so weit. Was ich mir von Herzen wünsche, tritt ein. Sie nimmt mich während des Bauernfestes bei der Hand, huscht mit mir durch den Saal zu sich nach Hause, eilt mir voran die Holztreppe empor ins Schlafzimmer. Unsere Kleidungsstücke sind über die Stufen, den Flur und die Dielen bis ans Bett im Haus verstreut. Als Letztes ziehe ich ihr den Pulli über den Kopf. Wir lieben uns im Licht der Straßenlampe, das durch das Fenster dringt. Sie hat so glatte, frisch gebräunte Haut. Ihr Schamhaar ist zu einem Zeichen geschoren. Ein japanischer Willkommensgruß, mit ihrer Freundin für mich ausgedacht. Das Lied dazu: Sakura, sakura, yayoi no sora wa, miratasu kaghiri. Kasumi ka? Kumo ka? Nioi zo izuru, izava, izava, mini vukan. Kirschbaum, Kirschbaum, deiner Blüten rosa Traum, duftet übers Land so weit, Frühlingshimmel wölbt sich breit, kleine Wolke schwebt in Blau, komm mit mir, komm mit mir, komm mit mir und schau. Sie hält meinen Kopf mit beiden Händen und drückt ihn zu sich ins Zentrum. Die Zeichen vor meinen Augen, さくら, stöhnt sie, sind japanischen Ursprungs und heißen Kamogawa. Irgendwann werden wir dort sein, mein Liebster.

Die Liebe hemmet nichts; nicht Tür noch Riegel und dringet durch alles sich. Sie ist ohn Anbeginn, schlug ewig ihre Flügel und schlägt sie ewiglich. Eine leichte, schöne Zeit beginnt. Sie nennt mich ihren Dichter, ich soll ruhig Dorfhusche zu ihr sagen. Und so soll es ja auch zugehen in der Liebe, man redet surreale Texte und benimmt sich, als wäre man seit Lebensbeginn befreundet und verwandt. Das Leben mit Epona ist deutlich unkomplizierter als das Wechselbad der Gefühle mit Lucretia. Ich soll das Kind nachholen. Eins mehr spürt man nicht. Und ich hole das Kind dann aufs Land nach. Lucretia sagt, sie werde nach Italien gehen, sich in europäischem Maßstab ausbilden lassen. Wir wohnen dann zu fünft als gemischte Kleinfamilie über einer Druckerei. Ich freunde mich mit dem Drucker an, sitze oft in seiner Werkstatt. Mit von der Partie sind mein Opa, der Ofensetzer, der Schnapsbrenner des Ortes und zwei alte Kapitäne. Wir tratschen und klatschen dann wie unter Männern üblich. Über Wochen und Monate geht es so, dann sind wir auch schon fast ein halbes Jahr zusammen. Ihr seid doch ein feines Paar, sagt mein Opa zu mir, bei allem. Wenn er bei allem sagt, ist alles Weitere bestens. Da könnt ihr doch gut auch mal an Hochzeit denken, rät er mir kumpelhaft, stößt seinen Ellenbogen nachdrücklich in meine Seite.

Und schon hat die Runde vielfach konkrete Ideen und kommt richtig in Fahrt. Zuerst einmal muss der Termin für die Hochzeit festgelegt werden. Meine Lieblingszahl ist die Neunzehn, sage ich. Der Bürgermeister muss Trauzeuge sein. Gewichtige andere Leute aus der Region sind auch einzuladen, sagt Kuddel, und der olle Knurrhahnhannes sagt: Na gut, dann spiele ich auf dem Akkordeon. Die Kapitäne a. D. zur hohen See kommen von einer verrückten Einzelheit auf die nächste. Sie legen nicht nur den Verlauf des Brautgangs durchs geschmückte Feierdorf fest, sie notieren auch die Medien, die unbedingt rechtzeitig zu unterrichten sind. Sie bestimmen die Summe, die das kosten wird, und bei wem man die Zusatzgelder eintreiben will. Preisgünstige Hochzeitsklamotten gebe es in der Ausleihe vom Theater. Die festlich hergerichtete Kutsche kommt vom Fuhrhof. Den roten Teppich stellt die Mehrzweckhalle. Mit dem großen Werftkran wird das Paar einmal rund übers Hafenbecken gehoben, dem Volksjubel zu Bekundungen ausgesetzt. Konfetti wird mit Schiffskanonen abgeschossen und zentimeterdick niederregnen. Die Feuerwehr muss einen dicken Baumstamm aus dem Wald holen, ihn vor dem Hochzeitshaus aufbocken, damit das Paar ihn mit all der Kraft der Liebe in Scheiben zersägt. Ach ja. Fußballspiel muss unbedingt sein. Die Frauenmannschaft gegen uns Alte. Die Herren amüsieren sich recht gut. Immer neue Bierflaschen werden zu Munde geführt. Doch plötzlich stöhnt der Drucker auf: Aber du weißt schon, dass die Gute noch verheiratet ist? Stille. Ich weiß, ich weiß, lüge ich. Das wird noch vorher geklärt, lüge ich weiter. Plötzlich sind alle ernüchtert, die Kapitäne auch. Sie wünschen mir Glück und Geduld beim Teetrinken und Abwarten. Mein Opa steht auf und geht.

Doch wie es so ist, die Herren aus der Schipperhütte, mein Opa und Claudio sind von meinen Hochzeitsplänen so gerührt, dass sie Geld zusammenlegen und uns eine Reise nach Budapest schenken. Um die Kinder kümmern sich ihre Schwester und ihre Mutter. In Budapest kenne ich mich von meiner Tramperei mit Lucretia gut aus. Das Rudabad, die Berge und Festungsmauern, zu manchem Springbrunnen weiß ich den Namen und wo welche Wasserfontänen oder ein Kaffeehaus zu finden sind. Selbst zu den Kolonnaden im türkischen Baustil kann ich aus dem Kopf etwas erzählen. Ich führe Epona zum Heldenplatz. Die Statuen stehen dort wie eh und je, wie damals, als ich in Parka-Kutte, Römerlatschen und in ausgewaschenen Bluejeans mit Lucretia hier war. Die Denkmäler der Revolutionäre, Dichter, Komponisten – und dazwischen wir. Ich und Lucretia. Ich und Epona. Die Bilder von Vaserely, in einer Ausstellung gesehen, kommen mir wieder in den Sinn. Magische Bilder, die einen in ihre Mitte hineinziehen wollen. Von der Musik der Gruppe Omega rede ich und erzähle Epona, wie der Roman von Tibor Dery damals zu meinem Buch aller Bücher wurde. Manche Stellen kann ich sogar auswendig aufsagen: Der Mensch malt sich sein Leben lang Zukunft aus und kämpft dafür, dass sie Wirklichkeit wird, und Mensch zu sein bedeutet, unterwegs zu sein.

Ich bin einige Male mit meinen Kumpels von der Motorrad-Gang in Budapest gewesen. Ich hatte damals eine Jawa mit zwei Auspuffen. Das war schon was. Seid ihr mit den Motorrädern auch hier gewesen? Einmal. Und wo habt ihr geschlafen? Auf der Margareteninsel unterm freien Himmel, antworte ich. Man konnte erst am Abend in den Park einfallen und wurde früh am Morgen von den Sirenen der Polizeiwagen geweckt. Wir wuschen uns, wie Katzen sich lecken. In den Plattenläden erstanden wir für das übers Jahr gesparte Geld teure Westschallplatten. Eine Platte für einhundertfünfundzwanzig Mark. Solch eine Zahl vergisst man einfach nicht mehr. Ich konnte mir zwei Scheiben kaufen. Roberta Flack, *Killing Me Softly,* und Crosby, Stills, Nash and Young, *Déjà Vu,* waren meine ersten, selbst zusammengesparten Scheiben, ich weiß nicht zu sagen, wie oft ich sie abgespielt habe. Jeden Song kann ich mitsingen. Epona hört mir zu, obwohl sie nichts von den Zeiten wissen kann, von denen ich schwärme. Denn da war sie noch nicht einmal ein Schulkind, so viel jünger als ich ist sie.

Ich zünde schon mal das Feuer an, Liebste, singe ich für sie. Du stellst die Blumen in die Vase, frisch gepflückt. Es ist so schön, ins Feuer zu starren und zuzuhören, wenn du verliebt deine Liedchen trällerst, die ganze Nacht durch. Nur für mich. Und dann bei mir bist, deinen Kopf auf meine Schulter legst, minutenlang. Weil alles erledigt und es so gemütlich im Raum ist, die Fenster im Sonnenlicht wie funkelnde Edelsteine glitzern. In unserem Haus, das so ein schönes Haus ist mit seinen zwei Katzen im Garten. Das Leben vorher war oft genug gemein zu mir. Aber nun ist alles nur einfach und schön mit dir und unserem Lalalalala.

Wir schlendern zu den zwei wichtigen Flohmärkten, überqueren nahezu alle Brücken.

Kakaomilchig ist die Donau immer noch, fließt urgemütlich, breit und träge dahin. Die vielen Türmchen und Putten am Parlament. Und erst am Abend die Scheinwerferlichter, dieses Leuchten und Flimmern. Die zwei Löwen mit den Mäuseohren. Welcher ist meiner, welcher passt eher zu dir? Und einmal bleiben wir lange vor der Statue von Anonymus, dem Schreiber, stehen, der unter Béla dem Dritten die ungarische Geschichte niedergeschrieben hat. Ich berühre seinen Stift mit meiner Hand und bin der Sage nach ab sofort vor Schreibhemmung und Wortblockade geschützt.

Vier Tage im noblen Hotel nahe der Budapester Markthalle, die sofort unser Lieblingsort ist. Jeden Tag sind wir unterm Dach der gigantischen Halle. Von Knoblauchzöpfen und Paprikagirlanden geleitet, vorbei an zu Pyramiden übereinandergestapelten ungarischen Hartwürsten und bunt angemalten Gänseeiern. Zweihundert Stände auf drei Etagen Langhaus, Querschiff, Stahlkonstruktion, Wände, Glasziegeln, die funkeln und leuchten. Wir setzen uns einfach in die Straßenbahn und fahren kreuz und quer durch die Stadt. Unser Lieblingsessen sind gesalzene Kochmaiskolben, am Straßenrand zu erwerben. Die drehen wir und beißen zeitgleich in die dampfenden Kolben, stupsen dabei mit unseren Nasen aneinander. Wie einfach es doch ist, ineinander verliebt zu sein. In jenen so sehr verliebten Momenten erwähne ich Epona gegenüber einmal auch Bukowski. Sie kennt ihn nicht, lässt mich ausführlich über ihn reden und ihn zitieren, ehe sie mich unterbricht und sagt: Sag mir einfach, welches dein Lieblingsgedicht von ihm ist. *Unter der Dusche,* antworte ich. Er hat es für Linda geschrieben. Linda hat in seinem Leben eine große Rolle gespielt. Sie haben lange zusammen ausgehalten, der alte Saufkopf und sie. Er sagt zu ihrem Liebesleben: Du hast es mir gegeben, wenn du es mir wieder wegnimmst, dann lass es uns genauso lange Zeit angehen, wie wir bis zur Trennung gebraucht haben, Babe. Er möchte die Liebe verdoppeln, der Genießer, sagt Epona, typisch Mann. Und fragt dann, wie ich mir unser Ende vorstelle. Ich zögere etwas, sie sagt es freiheraus: zusammen gut essen, einmal noch richtig vögeln, und aus soll es sein.

Wir sind eben gerade aus dem Liebesurlaub in Ungarn zurück, da taucht Lucretia plötzlich auf. Dieses Mal will ich sie fern von mir halten, dieses Mal werde ich stark sein, schwöre ich mir. Der Drucker erinnert sich gut an die schöne Frau, wie er sagt. Sie habe sich nach Stückzahl und Preisangeboten erkundigt und auch einen größeren Druckauftrag in Aussicht gestellt. Ein munteres Gespräch habe sich zwischen ihnen ergeben. Sie sagte, sie hätte ein sinnliches Verhältnis zu Papier und Druckhandwerk. Sie hätten ein wenig miteinander geplauscht und dabei auch die Romankunst angesprochen. Es wären verschiedene Namen gefallen. Überhaupt wie lange es brauche, ehe ein Buch auf dem Markt sei und von dort dann zu den Lesern finde. Große Themen für eine so kleine Druckerei. Wie wir auf dich gekommen sind, weiß ich nicht mehr zu sagen, es gibt Zufälle, sagt der Drucker, die gibt es einfach nicht. Und ich antworte darauf, dass es Zufälle gibt, die eher keine sind. Dass sie dich vom Namen her kenne, nur eben nicht genau wüsste, woher, habe sie gesagt. Geben Sie ihm doch einfach diesen Zettel von mir, steht alles drin, was man wissen muss, um mich zu erreichen. Ich nehme den mehrfach geknifften Zettel an mich, nicht wissend, ob der Drucker ihn gelesen hat. Längst schon ahne ich, was in ihm steht. Lucretia teilt mir mit, dass sie mit mir eine Ausstellung besuchen möchte, in Venedig, ich stünde doch so auf Bosch. Das ist schon wahr, denke ich. Doch ich will nicht, dass sich Lucretia in mein neues Leben mit Epona drängelt.

Etwas später rede ich mir bereits ein, Bosch im Original zu sehen, das wäre schon sehr interessant. Und also erwähne ich den Zettel gegenüber Epona, und wir reden über Lucretia. Doch ich drücke mich nicht richtig aus, druckse herum. Druck und drucksen, Druckerei und Drückeberger. Ich komme Epona merkwürdig verändert vor. Wie ich über die Sache rede, bedeutet sie dir denn noch was? Ich könnte mit: Nein, antworten. Aber das wäre gelogen, und Epona würde es sofort merken. Ich könnte das gemeinsame Kind in den Vordergrund stellen. Sie würde es als billige Ausrede ansehen. Ich suche ihr halbherzig zu erklären, dass ich mit Lucretia abgeschlossen habe. Epona merkt die Lüge, sie spricht von Vertrauensbruch, obwohl ich noch gar nicht losgefahren bin. Wir geraten erstmals in Streit, die schöne Harmonie zwischen uns ist dahin. Epona weiß bereits, was ich nicht weiß, nicht wissen will. Epona ist erzürnt. Zorn, Zürnen, Zunder, Lunte entzünden.

Du wirst sie nicht los, wirst von zweien immer nur die andere verlieren und mit Lucretia nichts hinzugewinnen, stöhnt mein Opa, als er von der Sache hört. Eure Beziehung zueinander ist wie eine ungute Urgewalt. Du meinst eine neue Musik gehört zu haben, so schön spielt die Liebe auf, und dann möchtest du nur noch diese eine, neue Musik hören, die du für dich allein entdeckt hast, und glaubst mit ihr aus den Umständen ausbrechen zu können. Und dann kommt Lucretia wie ein Wirbelsturm und macht alles kaputt. Dass ich mit Epona Ärger bekomme, wenn sie mich zu einer Reise einlädt, weiß Lucretia nur zu gut. Die Überallesfrau, für die du schwärmst, Junge, es gibt sie nicht, deine Gefühle für sie sind reines Blendwerk. Du wirst mit ihr im Schlepp keine Liebe finden, jede Frau, und seist du noch so verliebt wie in Epona, wird gegen deine Bestimmerin nicht ankommen. Wenn dich Epona nun wegstößt, fällst du nicht in Lucretias Arme. Lucretia fängt dich niemals auf. Es ist verzwickt und speziell mit uns, sage ich zu meiner Verteidigung, wir sind ein absoluter Sonderfall. Du hast dir einen tödlichen Virus eingefangen, sagt mein Opa. Hoch und runter, auf und ab wie auf einer Achterbahn geht es bei euch zu. Lucretia kommt an die Box, wirft die Münze ein und lässt ihren Tanzbären tanzen. Du hast keine Wahl, musst nach ihrem Willen zucken. Sie entscheidet über Kopf oder Zahl. Sie stößt dich ins Bodenlose. Du bist dagegen machtlos. Kein Doktor, keine Kur kann dir helfen. Du wirst dich immer wieder auf Pfiff von allen Verhältnissen lösen und dich zu ihr hinbegeben, weil du wie ein dressierter Hund reagierst. Sie zeigt dir, dass sie weiß, mit wem du zusammen bist, du aber weißt immer noch nicht, mit wem du zu tun hast. Sie ist nicht nur einen Kopf größer als du, sie steht weit über dir, weil sie die große Liebe nicht sucht, nur Absicherung im Kopf hat.

Mein Opa hat recht. Ich werde immer verlieren, weil ich damals schon verloren habe, als ich sie, auf meinem Dreirad fahrend, nicht hinter dem dicken Baum fand. Als sie ganz brav und wie gar nicht beteiligt im großen Gespensterwald an der Hand der Erzieherin stand, den Kopf schief gelegt, schon damals war sie die Gewinnerin. Ich bin ihr eine Niederlage schuldig! Doch kann ich sie nicht mit ihren Mitteln niederringen. Es muss eine andere Art zu punkten her, sonst geht sie wieder und wieder als Siegerin hervor. Sie ist mir überlegen. Über sein sollte sie mir, wettert mein Opa gegen mich. Die Chance, einen Sieg zu erringen, bist du gerade dabei zu verschenken. Selbst wenn du die Reise jetzt absagst, nichts würde mehr gut werden. Das Ende von dir und Epona ist eingeläutet, eine echte Beziehung mit Lucretia nicht in Sicht. Armer Junge!

Ohne Opas Segen bin ich dann also mit Lucretia unterwegs zu dieser schönen venezianischen Villa zum ersten von drei Triptychen. Kurz vorher noch einen Kaffee getrunken, obwohl ich Teetrinker bin, und wie all die Stunden zuvor nichts anderes getan, als Lucretia zuzuhören, die mich über Bosch aufklärt, als wäre ich nie in der Kunstschule und je mit Bosch befasst gewesen.

Doch dann sind wir endlich unweit des Platzes, an dem mein Freund Mattis wohnt, und an seiner engen

Gasse hinter der Chiesa di Santa Maria Formosa vorbei über die Brücke, linker Hand am etwas nach hinten versetzten Eingangstor zum Palazzo Grimani. Schöner Torbogen, durch den wir über helle Steinplatten schreiten. Lucretia greift nach meiner Hand, drückt sie fest, weist zur Decke. Ich sehe den Stuckkranz in ihrer Mitte, die Pferde, den zweirädrigen Wagen, die nackten Peitschenschwinger, sehe aber auch die Muschelsymbole und schwarzen Köpfe, Ranken, Reben, Blätter, Türen, Schlösser, den Kamin, die Gesichter an der Wand, das heilige Paar, das von der Kuppel herunter an einem Faden hängt; ein Mensch von einem Vogel in Schwebe gehalten, und beziehe die Figuren auf uns. Wer nur ist der Vogel von uns beiden?

Tage könnte ich hier damit verbringen, allein nur die Decken zu betrachten, ihre Balken und Verzierungen, sagt Lucretia. Was für herrliche Malereien! Wie kann man nur so viel Schönheit erschaffen? Sich vorzustellen, dass der große Verführer Casanova hier herumgegeistert ist, über die gleichen Steine huschte und in seinem Liebeswahn sich vielleicht nicht einmal die Deckenmalereien über uns angesehen hat, wenn es sie damals schon gab, hat etwas Magisches, jubelt sie. Und plötzlich redet Lucretia über das launische Braun, den Bottich mit einem sehr schönen Baum. Ich weiß nicht, was sie meint. Wenn keine Früchte dranhängen, können wir die Olive nicht von der Zitrone unterscheiden. Wäre schon schön, hätten wir mehr Kenntnis von den Bäumen in dieser Welt, bedauert Lucretia: So werde ich also sterben, ohne die geringste Übersicht über all die Arten erlangt zu haben.

Sie löst die einbrechende Melancholie schnell wieder auf: Dass wir hier sind, schwärmt sie. Dass wir nun gleich Bosch sehen werden. Kneif mich, bitte kneif mich!

Und schon treten wir ein in den ersten großen Saal, vors erste Triptychon. Visione dell'Aldilà. Wir sehen und schweigen. Ich finde auf dem Hügel links oben am Rand das schwarze Schwein, aber nicht den Raben, den ich in Erinnerung habe. Wer weiß, was du da in deinem Bosch-Buch gesehen hast? Sie zählt sieben Haarschöpfe in den Büschen unterhalb der grünen Wiese und will den Hund verscheuchen, der auf demselben Hügel wohl einen Hasen gerissen hat und ihn gerade mit seinen scharfen Zähnen ausweidet. Nein, nein. Das ist ein Reh, sage ich. Da bin ich mir ganz sicher. Hau ab!, ruft sie, lass den armen Rehhasen in Ruhe. Sei still, sage ich zu ihr. Du vertreibst mir nur meinen Raben. Dort auf dem einzelnen Ast, siehst du? Eine Birke, oder? Man braucht eine Lupe, den Raben zu sehen, sage ich und trete näher ans Bild. Wovon sprichst du nur? Na dort, sieh nur genau hin, da, da, suche ich ihn ihr zu zeigen, strecke meinen Zeigefinger aus, um auf ihn zu weisen, und löse damit einen Alarm aus. Sofort sind wir von Wachpersonal umstellt. Die Türen werden geschlossen. Die Sache klärt sich nicht so rasch auf. Wir werden erst nach einiger Zeit für unschuldig erklärt, der Vorfall als harmlos eingeschätzt. In gebührendem Abstand beschatten uns Aufseher von nun an konsequent durch die nächsten zwei Säle. Ihr verderbt einem ja ganz die Schaulaune, schimpft Lucretia auf Italienisch. Gehen, gucken und sich einfach nicht weiter darum kümmern, empfehle ich. Im zweiten Saal zeigen sie Trittico di Santa Liberata. Auf dem linken Bild ist eine Stadt, die brennt, zu sehen, und ich weise unterhalb auf die Waschweiber hin. Ein klatschnasses Wäschestück, eindeutig als Laken auszumachen, ist über die Brückenbrüstung gewuchtet worden. Es tropft regelrecht und wird gleich mit Kernseife und Bürste reingerubbelt werden. Lucretia schaut hin und ist bass erstaunt. Du hast recht. Obwohl das alles nur winzig klein zu sehen ist. Wie malt man so was nur? Mit speziellen Einzelhaarpinseln. Die Frau am Kreuze im Mittelteil, sag selber, sieht mir ähnlich, oder? Von der Figur her vielleicht, im Gesicht ist sie etwas pummeliger als du. So sah ich aber doch früher aus, entgegnet sie mir. Jetzt, wo du es sagst. Also bist du die Gekreuzigte. Vielleicht habe ich es verdient. Als Gekreuzigte kannst du aber nicht mehr weiter mit mir spazieren gehen. Rechts in der Mitte der beiden Figuren, sieh nur, dort sitzen sie beisammen, eins, zwei, drei, vier, fünf, sechs Raben, der siebente hockt auf dem Rücken von Meister Schwarzpelz, dem klapprigen Bären. Das sind die sieben Brüder aus dem Märchen, sage ich dir, falls Bosch das Märchen gekannt hat.

Unsere Bewacher wechseln mit uns auch in den nächsten Saal herüber. Trittico degli Eremiti. Verschiedene Männer und Roben. Allerlei Getier und Fantasiegebilde. Groß und winzig, schön und hässlich kreucht und fleucht es in allen drei Teilen. Mein Rabe ist rechts unten dabei zu sehen, wie er sich mit dem Schnabel über einen anderen, helleren Vogel hermacht. Über ihm verharrt ein Mönch am Pult. Das Buch ist geschlossen. Eine Papierrolle hängt vom Pultrand herab. Man möchte meinen, es wäre mit einiger Kunstfertigkeit und Mühe zu lesen, was der Mönch dort durchgestrichen hat. Unsere Bewacher mischen sich nicht ein in unsere muntere Kunstinterpretation. Sie gehen mit uns bis zum Ausgang und bleiben dort so lange stehen, bis sie uns nicht mehr auf dem Villengelände sehen können.

Am Abend gehen wir schick essen und übernachten in einem idyllisch gelegenen kleinen Hotel, dessen Fassade eine verwitterte Uhr links über der Eingangstür ziert. Das Hotel Vecellio hat seinen Namen von den nahe liegenden Wohnungen des großen Künstlers Tiziano Vecellio, der hier ein Atelier hatte, übersetzt Lucretia den Hinweis darauf und liest mit viel Spaß die Werbung weiter: Wir schenken Ihnen die Möglichkeit, im Herzen von Venedig zu übernachten, neunhundert Meter von der Rialtobrücke, zwanzig Minuten vom Bahnhof Santa Lucia entfernt. Drei Meter weiter blicken Sie auf den Anlegehafen der Fundamenta Nuove. Da sitzen wir uns in unserem Zimmer auf dem breiten Steinbrett unterm Fensterbogen in der verglasten Nische gegenüber. Ein toller Ausblick aufs Wasser, das rege Hin und Her der Boote.

Wir schlafen nicht miteinander, wir kuscheln nur, bis Lucretia eingeschlafen ist. Sie liebt es, in embryonaler Babyhaltung einzuschlafen, nuckelt dabei an ihrem Daumen, wie eh und je. Am nächsten Morgen brechen wir zum Flughafen auf. Ganz schön abgehoben, sage ich in der Maschine zu Lucretia, dreier kleiner Triptychen wegen so viel Geld auf den Kopf zu hauen. Das bleibt für immer, Petkowitsch, winkt sie ab.

Epona spricht nach meiner Rückkehr von seelischer Schieflage. Alles, was uns betrifft, erinnere sie an Bukowski und sein Gedicht. Sie richte sich aber nicht nach seinem Wunsch an Linda, es so langsam wie möglich zu Ende gehen zu lassen. Sie sei da anders, eine Dorfhusche eben. Sie beschere mir das sofortige Geschenk der Freiheit.

Das Leben verläuft nicht harmonisch, hat mein Opa gesagt. Es liegt bei dir am Elternmangel, für den es keinen Ersatz gibt, sagt Claudio. Dieser Zwiespalt zwischen dir und deiner urwüchsigen Liebe zu Lucretia ist in der Tat nicht aufzulösen. Epona, sagt er, ist die Einzige, die das kapiert hat! Das hat Größe. Sieh es als Chance für dich an. Nimm es als den rechtzeitigen Schuss vor den Bug und bekenne dich zu der Liebe, die dir bleibt: Du musst endlich den Roman schreiben, von dem du so lange schon sprichst. Du hast die Schrift, mein Freund, und mich als deinen besten Freund.

INSELN

Nach dem Aus mit Epona lebe ich ein paar Jahre lang
solo und gehe nur kurzzeitige Beziehungen ein. Dafür
allerdings geht es mit der Schreiberei so gut voran, dass
ich ein Stipendium erhalte und erneut ins sommerliche
Venedig fahre, dieses Mal aber für drei Monate. Schon
als ich ankomme, fühle ich mich, als wäre ich selbst der
Protagonist in einem geheimnisvollen Buch.

Der Schlüssel zu meinem Appartement läge in der
Bar Air Nobeli bereit, hatte man mir gesagt, der junge
Mann hinter der Bar weiß jedoch von keinem Schlüssel.
Ich kann den Sachverhalt nicht aufklären, verfüge einfach nicht über die nötigen Sprachkenntnisse. Lucretia,
denke ich, dich zur Seite und die Angelegenheit wäre
rasch aufgeklärt, so gut wie sie Italienisch spricht. Dem
Sohn kommt der Vater zur Hilfe. Mama wird kommen, sagen beide, Mama hat die Übersicht. Ich werde
mit einem Kaffee bedacht. Mama trifft ein und greift
zwischen die Gläser, reicht mir das Kuvert mit dem
Schlüssel herüber. Ihre Geste dazu: Männer eben. Sehen Sie dort, zeigt sie mit dem Finger, in den schmalen
Schlauch hinein müsse ich gehen, um zum Palazzo zu
gelangen. Eine unangenehm enge Gasse ist es, in die ich
da schlüpfe, mit ausgestreckten Armen berühren meine

Fingerspitzen locker die sich gegenüberstehenden Wände. Es befällt mich die ungute Vorstellung, durch eine unsichtbare Mechanik könnten diese Wände zusammengeschoben werden, mich wie einen Floh zerquetschen. Also eile ich durch die Spießrutengasse bis zu ihrem Ende hin, schaue mich um, ob was passiert, führe den Schlüssel ins Schloss der großen Pforte ein, stoße sie mit einem kräftigen Ruck auf und bin dann, im Gefühl, nur knapp der Gefahr entkommen zu sein, gerettet.

Drinnen steht ein schmächtiger, stoppelbärtiger Mann, in dem ich gleich den Hausmeister erkenne und den ich sofort mag, weil er mich konsequent auf Italienisch anredet. Ich verstehe alles brüderlich. Es ist Sonntagabend, bedeutet mir sein mürrischer Unterton. Sie sind mir für Montag angekündigt. Ich zucke entschuldigend die Schulter und sage zu ihm, es wäre kein Problem für mich, mir ein Hotelzimmer zu nehmen und morgen wiederzukommen. Nicht doch, nein. Bleiben Sie nur hier, wo Sie nun schon einmal da sind, winkt er ab. Geht sodann mir voran über einen roten weichen Teppich die herrschaftlichen Stufen einer breiten Treppe empor, die in einen lichtdurchfluteten Riesensaal führt. Hoch, hell, erhaben. Ein üppiger großer Raum, durch den mich der Mann, unbeirrt italienisch auf mich einredend, zur Bibliothek führt. Eine riesige Bibliothek, werden Sie schnell merken, gewöhnen Sie sich einfach an diese Dimensionen. Es folgen drei Säle, die er mit mir gemächlich durchschreitet. Dunkles, getäfeltes, wertvolles, altes Holz. Unglaublich, staune ich. Alles normal, bedeutet er mir gegenüber. Wichtiger sind für ihn da schon die übergroßen Wandgemälde, diese und jene Herrschaften in Öl gemalt, bei deren Beschreibung er aufblüht. Aus seinem Mund sprudeln Namen, Titel, Jahreszahlen. Ich bin gegen so etwas immun, höre drüber weg, sehe mich um. Durch die schmalen, hohen Fenster fällt Sommerlicht. Was ich den alten Mann auch frage, er beantwortet alles mit einem kurzen Kopfnicken, begleitet von Sì sì Signore. Dieses Licht, sage ich. Sì sì Signore. Das Fensterglas, diese schönen Butzenscheiben. Alles so unvorstellbare Harmonie. Sì sì Signore, nickt er nur, während wir im großen Musiksaal an einem echten Meisterflügel vorbeigehen und auch schon aus ihm heraus in der dritten Bücherhalle sind, wo es einen schmalen Balkon gibt, nicht größer als mein Reisekoffer. Sì sì Signore, nur zu, fordert mich der Hausmeister auf, ich solle ihn betreten, ihm vorangehen. Er zwängt sich an meine Seite. Sì sì Signore. Da stehen wir nun als siamesische Zwillinge eine Weile wie zusammengewachsen ganz eng beisammen auf diesem koffergroßen Balkon. So eine Aussicht aber auch. Sì sì Signore, sagt er, obwohl ich das nur gedacht und dieses Mal nichts gesagt habe. Von diesem Moment an fühle ich mich dem Hausmeister verwandt.

Er beendet die Balkonzeit und geht mir voran an all den eben noch ausführlich beschriebenen Bildnissen vorbei zum mittleren Bibliothekssaal zurück, eine kleine Treppe hinauf auf die große Terrasse hinaus, von der ein Freund mir schon vorgeschwärmt hat: ein Kinderfußballfeld groß, du wirst es sehen, und mittendrin der Springbrunnen scheint winzig klein dagegen zu sein. Die Fontäne plätschert lebhaft. Sì sì, die Möwe dort nimmt jeden Tag zur gleichen Zeit ihr Bad. Putzig, wie sie sich putzt. Sì sì Signore, sage ich nun zu ihm, trägt einen dezent gebogenen, schönen gelben Schnabel. Sì sì Signore, antwortet er im Wechselspiel, sieht wie ein arabisches Schriftzeichen aus, meine ich zu verstehen. Hat auch so liebe Augen. Sì sì Signore, denkt man nicht, dass Möwenaugen so klar und groß sind. Sì sì Signore, so weiß und glatt ihr Gefieder, der Kopf edel anzusehen, vor allem im Profil betrachtet. Sì sì Signore. Nun aber rasch noch das Schreibzimmer gezeigt, in dem Sie wohnen werden, bricht der Hausmeister den Rundgang ab. Öffnet erst eine, dann eine zweite Tür hinter der ersten, sagt mit angehobenen Schultern: Sì sì Signore, was soll ich weiter groß dazu sagen. Es ist, wie es ist.

Klein und düster ist der Raum, eine Dunkelkammer fast, in die hinein man eher jemanden wegschließt. Zicklein, was klagest und meckerst du so sehr? Im dunklen Stall mag ich nicht sein, suche Licht und Sonnenschein. Darum, darum meckere ich, meckeri meck, ist mir zu eng, zu klein, kann im Freien nur fröhlich sein. Der Koffer löst sich aus meiner Hand, plauzt zu Boden. Der Hausmeister tastet nach dem Lichtschalter, schaltet das Licht an. Eine mickrig aufleuchtende Birne strahlt etwas Licht ab, über das die nimmersatte Dunkelheit sofort herfällt, was den Eindruck entstehen lässt, es wäre mit dem Einschalten des Lichtes im Raum dunkler geworden. Sì sì Signore, sagt der Hausmeister aus unbestimmter Ferne.

Da sitze ich nun also auf der Bettkante, enttäuscht wie froh, hier gelandet zu sein, und tröste mich damit, zumindest Filme hier sehr gut anschauen zu können. Als Kino eignet sich die Dunkelkammer ausgezeichnet, und ein paar DVDs habe ich dabei. Ansonsten wird mir nichts weiter übrig bleiben, als jeden Tag von hier abzuhauen und in der Stadt Venedig unterwegs zu sein. Oder ich ziehe gleich zu der Möwe auf die Terrasse um, übernachte dort im Schlafsack auf meiner Matratze. Wie sich zeigen wird, ist die große Terrasse ein wirklich schöner Ort, ein regelrechtes Refugium. Viele Stunden sitze ich dort und rede mit dem Hausmeister, berichte ihm über Magdeburg, wo er einmal gewesen sein will, die einzige deutsche Stadt, die er kennt. Ich habe dort das alte Motorrad meines Opas stehen, in einer Garage am Frachtguthafen. Sì sì Signore, Lucretia will, dass ich ihr freihändig zu fahren auf dem Motorrad beibringe, rede ich unbeirrt auf Deutsch mit ihm. Sì sì Signore. Er nickt und sagt: Amore, sì sì. Und ich weiß fortan, dass er früher bestimmt ein ganz verrückter Rennfahrer war.

Die enge Gasse hinaus genommen, ist da an der Ecke links eine Tischlerei und in ihr ein Tischler tätig. Wie früh ich auch in die Stadt aufbreche, der Tischler ist bereits am Arbeiten, stellt knorrig wirkende Holzstücke, Forcola genannt, her, die wie das A und O zur Gondel gehören. Die Einbuchtungen am Holzstück ermöglichen dem Gondoliere verschiedene Manöver. Aus dem gleichen Material getischlert bietet der Handwerksmeister kastanienbraune Miniaturen als Werbegeschenk und Mitbringsel für die Touristen zum Verkauf an. Die Tür zur Werkstatt steht immer offen. Es riecht nach Walnussholz. Ich gehe in Zeitlupe an der Werkstatt vorbei, sauge jedes Mal diesen Walnussduft tief ein, der mich sodann auf meinem Weg durch die Stadt begleitet, und inhaliere ihn erneut, kehre ich zu dem engen Durchschlupf in die Gasse zurück.

Ich bin am liebsten schon vor Tagesbeginn in Venedig unterwegs. Es ist immer wieder neu und so herrlich aufregend, früh morgens, lange vor den anströmenden Touristen, mitzuerleben, wie Venedigs Tage beginnen und überall die Putztruppen wirbeln. Reinigungskräfte, wohin man schaut, in den Gassen, die Brücken hinauf und hinunter und über die Plätze verrichten sie ihre Arbeit. Jeden Morgen sind unzählige schwarze Plastiksäcke aus den Papierkörben zu holen und verknotet auf die mitgeführten Karren zu werfen. Große, von Hand gezogene Gitterboxen sind es, ganz wie man das in asiatischen Metropolen sieht. Auf den Kanälen schippern Lastkähne mit ihren Frachtladungen umher, liefern Wasserflaschen, Servietten, Wäsche, Kühlschränke. Vorm Krankenhaus startet das Trauerboot, mit Sarg und Blumengebinden bestückt, in Richtung Toteninsel, und ich habe jedes Mal die Bootsfahrten aus dem Film *Wenn die Gondeln Trauer tragen* im Kopf.

Nach dem morgendlichen Spaziergang finde ich mich auf der großen Terrasse ein und schaue, die Beine hochgelegt, auf das Treiben, den Bootsverkehr, die Wellenspiele und Spiegelungen der morbiden Fassaden an der Wasseroberfläche, die schunkelnden Gondeln. Ich frühstücke hier. Ich schreibe hinter der Brüstung, tippe meine Texte in den Laptop hinein, nippe dazu vom Kräutertee. Den Canal Grande vor Augen stören mich all die Geräusche nicht. Der Ort eignet sich unerwartet gut zum Schreiben. Ich komme mit meinem

Roman gut voran, eine Liebesgeschichte soll er erzählen, er wird mit dem Ende meines Aufenthaltes sicher fertiggestellt sein. Ich schreibe mein tägliches Pensum. Ich erlaufe mir nach dem Schreiben systematisch die verschachtelte Lagunenstadt, bis ich mich schließlich immer seltener verlaufe und vorher bereits erkennen kann, in welche Winkel hinein ich da geraten bin, mich stoppe, umdrehe, den irreführenden Weg in die Sackgasse wieder verlasse. Einige Wochen später finde ich mich spielend in Venedig zurecht, kenne mich aus.

Ich bin gut an meinem Manuskript vorangekommen und befinde mich auf der Zielgeraden, da meldet sich Lucretia über das Telefon des Hauses, lässt mich über die Sekretärin wissen, dass sie am Flughafen sei und dort auf mich in der Marco Polo Club Lounge, hintere Ecke links, warte. Ich störe mich nur kurz daran, wie ungelegen mir ihr Besuch kommt und dass er meine Ruhe stört. Natürlich eile ich wie immer so schnell es nur geht zu ihr hin. Sie liebevoll verfluchend räume ich rasch und mechanisch den Schreibtisch leer, fülle mit wenigen Handgriffen die Reisetasche. Vom Fleck weg lasse ich mich zu Lucretia hin lotsen, als ihr kleines Springhündchen, das artig durch den Reifen hüpft, wie mein Opa dazu lästern würde. Zu meinem Glück ist nur die Sekretärin im Büro, die wenig Deutsch versteht und meine Ausrede fürs Institut (Anwesenheitspflicht) widerspruchslos entgegennimmt. Ich wirke durcheinander genug auf sie und spule meinen Text über ein ernsthaftes familiäres Problem herunter, soeben telefonisch erfahren. Ich werde sogar ein wenig blass. Die Sekretärin bietet mir ein Glas Wasser an.

Ich stürze zum Busbahnhof, fahre mit der Linie fünf zum Flughafen hin, wo ich meine kleine Despotin ganz entspannt und irgendwie verjüngt wirkend in der Lounge antreffe. Gut gemacht, sagt sie, Petkowitsch, man kann sich immer noch auf dich verlassen. Ich kann ihr einfach nichts übel nehmen. Ich müsste ihr sagen, dass es so nicht geht, doch so geradezu entzückt, beglückt, verrückt und neu entflammt, wie ich von ihr bin, sage ich nichts, sondern höre ein Liedlein in mir tönen: Wann, oh wann ist mir erlaubt, dass ich zu dir mich füge und in süßer Ruh mein Haupt auf deinem Busen wiege.

Wie gut, ja nahezu strahlend du doch ausschaust. Wie bestens gelaunt ich obendrein bin, lieber Petkowitsch, sagt sie ausnehmend heiter. Aber himmle mich nicht so an, wir sind aus diesem Alter heraus, sagt sie in nicht gespieltem Ton, ohne jede Spur von Gereiztheit. Das Ziel für die nächsten zehn Tage gibt sie vor, alles bis ins Einzelne vorbereitet. Sie überreicht mir das Ticket wie eine Reiseleiterin, sagt: Ich lade dich ein, hast dir die Pause verdient, hast mich verdient.

Wir fliegen zusammen nach Sizilien. Die Maschine ist braunviolett und weiß wie ein Küchenhandtuch kariert. Die Crew steckt in waidmännisch anmutendem Outfit. Man führt uns den Gang entlang an unsre Plätze. Zwei fensterlose Sitze ganz weit hinten, von Lucretia ausdrücklich so ausgesucht und extra gebucht, wie sie betont. Wir wollen nicht zum Fenster hinaussehen, sondern uns miteinander beschäftigen, deswegen.

Es kommt nicht dazu, sie schläft kurz nach dem Abheben ein. Ich kann es ihr nicht gleichtun, schlafe weder in einem Auto noch in der Bahn ein und schon gar nicht in einem durch die Lüfte schießenden Flugzeug. Bin viel zu aufgeregt und neugierig und will, wenn etwas passiert, mit all meinen Sinnen dabei sein.

In Catania passieren wir die Kontrolle, die nötigen Papiere hält Lucretia in ihren Händen. Sie orientiert sich kurz und marschiert mir voraus forsch voran zum Bus, der uns nach Milazzo bringt, wo die Fähre auf uns wartet, mit der es zu den Liparischen Inseln geht. Salina und Stromboli, jeweils der Lieblingsfilm von einem von uns beiden ist dort gedreht worden. *Il Postino* heißt der meine, *Stromboli* der ihre. Zwei Inseln, zwei Spielstätten, zwei Seelen, du und ich. Wir werden zusammen auf jeder von beiden sein und frische Muscheln essen! Du weißt, wie sehr ich Muscheln mag. Wir werden die Kapern blühen sehen, jubelt sie. Ich liebe Kapernblüten. Es sind die allerschönsten Blüten der Welt. Und legt dann ihren Kopf auf meine Schulter, sagt die Busfahrt zur Fähre über nichts mehr. Redet erst wieder mit mir, nachdem wir mit der Fähre Santa Marina Salina erreicht haben, das erste Reiseziel.

Die Unterkunft in Santa Marina Salina hat Lucretia von zu Hause aus gebucht. Nahe dem Hafen an einem Kirchvorplatz gelegen, mit einem großen Balkon, von dem aus wir dem Treiben auf dem Platz folgen können. Balkone sind ihr wichtig, ohne würde sie nicht glücklich sein. Zu Hause hat sie keinen Balkon. Von dem unseren aus sieht man bis zu den Bergen, die sich langsam ins nächtliche Tuch der Dunkelheit hüllen. Die Kirche ist durch bunte Leuchtschläuche rundum erhellt. Ich fühle mich im Leben angekommen, sagt Lucretia, stößt darauf mit Sekt an. Die kommenden Tage werden irgendwann zu den schönsten Tagen unseres Lebens gehören, prophezeit sie. Du wirst lange von ihnen zehren, Petkowitsch, und du wirst darüber schreiben, ganz sicher. Später sagt sie noch: Was ich an dir mag, ist, mit dir kann man einfach gut verreisen und schön reden, wir sind uns dadurch viel näher, als alle anderen Leute sich sind. Sie geht auf dem Balkon herum und redet. Ich weiß nicht sicher zu sagen, warum Männer plötzlich das Thema sind, wieso sie mir so ausführlich von ihnen erzählen muss, vornehmlich Männer, die ich nicht kenne. Sie lassen einen einfach nie ausreden, sagt sie, darin sind sie sich alle gleich. Daran mangelt es ihnen zuoberst. Sie stoppen einen mitten im Satz und sagen, obwohl sie nicht wissen können, was ich sagen werde: Lucretia, bitte nicht wieder diese Reden. Sie sagen auch gern streng: Lässt du mich bitte ausreden! Aber sie reden doch ständig, alle und immer über ihre Dinge. Du dagegen hast noch nie zu mir gesagt, dass irgendetwas von dem, was mich bewegt, reine Frauensache sei. In deiner Gegenwart darf ich jeden Quatsch behaupten, du hörst mir zu. Plappere ich Unhaltbares, lächelst du mit deinen schmalen, schönen Lippen und schaust mich an, speziell auf meinen Mund. Du lässt es zu, dass ich mich um Kopf und Kragen rede. Bei den anderen Männern muss man sich konzentriert kurzfassen. Dieses ist so und so, sagen sie, jenes kommt von daher und geht dorthin. Ihnen ist alles so klar, worüber sie reden, sie wissen in dieser Welt Bescheid und sagen es dir auf den Kopf zu, nennen dich Kleines oder Spatz. Sie lassen dich nicht einmal in Ruhe Musik hören. Sie kommen daher und drücken auf die Stopptasten oder drehen den Regler herunter und sagen glattweg väterlich zu dir: Kannst du ja nicht wissen, muss man leiser hören. Es gibt für sie keine Geheimnisse, nur Sachen, die einer Klärung bedürfen. Du hast mir immer zugehört, Petkowitsch, immer, hast zugehört, bist ein paarmal dabei eingeschlafen. Ich habe dich nie aufgeweckt, sondern mich in dein Zuhören verliebt.

Den darauffolgenden Tag sind wir mit dem Bus nach Pollara unterwegs, wo *Il Postino* gedreht wurde. In Malfa heißt es umsteigen, wann es von hier aus weitergeht, weiß niemand zu sagen. Ein Bus wird kommen, und er wird blau aussehen, den sollen wir dann nehmen, heißt es. Eine Dreiviertelstunde später schlängelt sich der blaue Bus auf schmalem Pfad am Meer entlang. Wir blicken, je höher wir kommen, auf immer tiefer gelegene Buchten, wie Kerben in die Steilküste hineingefräst. Wie Tischtenniskellen sehen die hellgrünen platten Teller der Kakteen aus, mit rötlich-gelblich-grünen Früchten versehen, die wie Tischtennisbälle an ihnen kleben. Die soll man besser nicht mit bloßer Hand pflücken, der winzigen Stachelhärchen und Widerhaken wegen, die sich in die Haut fressen und ordentlich piesacken. Die Läuse auf den Feigen werden hier gesammelt, getrocknet und als Pulver für Lippenstifte verwendet, weiß Lucretia zu berichten. Dann sind wir da, und der Ort, von dem ich dachte, er sei nur ein paar Hütten um eine Telefonzelle herum groß, entpuppt sich als eine stattliche Ansammlung von mehreren schönen Häusern. Die Telefonzelle, ausrangiert und ihrer Innereien beraubt, wird von uns bestaunt. Fünfhundert Leute wohnen hier noch, und alle wissen sie von Pablo Neruda und dem Briefträger Mario, der dem berühmten Mann die Post bringt. Er soll ihm dafür beim Verfassen eines Liebesbriefes behilflich werden. Die Worte sollen wie Blüten duften, das Herz von seiner Beatrice höherschlagen lassen. Der Meister klärt den Postmann ein wenig über die Geheimnisse der Poesie auf, beim Briefschreiben hilft er ihm nicht. Also behilft der Briefträger sich mit den geklauten Zeilen des Meisters und erobert die Angebetete für sich. Sie heiraten, Neruda ist ihr Trauzeuge. Dann geht Neruda nach Chile zurück, und Mario fängt mit dessen zurückgelassenem Tonband Meeresrauschen, Windspiele, Glockengeläut ein. Das schönste Geschenk, schreibt der Dichter von zu Hause aus, das ihm je im Leben gemacht worden sei. Ich liebe Massimo Troisi, der den Briefträger so großartig spielt, und trauere um ihn und seinen plötzlichen Tod. Später, soll er gesagt haben, wolle er sich am Herzen operieren lassen, wenn der Film im Kasten sei. Am letzten Filmtag bricht er zusammen, erleidet einen Herzanfall, stirbt nur Stunden später, gerade einmal einundvierzig Jahre jung.

Es ist heiß. Das Meer glitzert blutorangerot. Die Sonne ist ein Eierkuchen am Himmel. Wir gehen herum, und überall sind Kapernblüten in ihrer filigranen Schönheit zu bewundern. Weiße Büschel aus hauchdünnen fleischlichen Röhrchen, Feuerquallen in der Ostsee ähnlich, so sehen sie aus. Alles zu heiß für mich. Ich schimpfe und zetere und setze mich hin. Lauf du für mich weiter, rufe ich einem Feldhasen nach, der vor meinen Füßen aufspringt, in Zickzacklinie davonhoppelt. Wie hitzeresistent dagegen doch Lucretia ist, kein Anzeichen von Ermattung bei ihr. Sie will unbedingt an den berühmten Strand. Ohne mich, winke ich in Schweiß gebadet ab, mach du ein paar Fotos für mich. Zwei Stunden ist sie weg. Ich nehme den Schotterweg aufs Haus zu, in dem Neruda vom Postboten aufgesucht wurde. Dort ist Schatten, und es sitzt sich gut am großen Tisch, auf der verlassenen und von Wildwuchs überwucherten Terrasse, auf der sich einst die Filmcrew um ihre Darsteller gedrängt hat. Nach Lucretias Rückkehr wechseln wir zum Imbisswagen herüber, zu den zwei Tischen und sechs unterschiedlichen Stühlen, die dort unter einem Baum mit weit ausladenden Ästen für uns stehen.

Der Imbissmann schwebt heran, ist ganz Charmeur und hauptsächlich um Lucretia bemüht. Sein Flöten und Schwirren gleicht dem Flug des Kolibris. Er flattert wie ein solcher um sie herum, zwitschert ihr die Speisekarte ins Ohr, nimmt fast auf ihrer Schulter Platz. Zwickt mit süßen Worten in ihre Ohrläppchen. Sie scherzt mit ihm italienisch, was ihn sichtlich entzückt. Bella, bella, sagt er, küsst Zeigefinger und Daumen, was er hier anbiete, sei absolut top und auch nur bei ihm in dieser außerordentlichen Qualität zu haben. Er nimmt ihre Bestellung entgegen. Der Kolibri ist für eine geraume Weile in seinem Bau verschwunden und schwirrt dann mit dem Bestellten wieder heran. Tomatensalat mit Kapern, groß wie Rosinen und platt gedrückt. Von seinem Opa gepflückt und in Meersalz gelegt, erklärt mir Lucretia. Nicht einfach, die Kapern zu ernten, sie machen, was sie wollen. Kann man nicht wie Radieschen aussäen und in Reihe und Glied bringen, sind individuell, fügt der Kolibri im Balzton hinzu und sitzt dabei fast schon auf ihrem Schoß. Die Tomaten stammen von hier aus seinem Garten, das Salz aus dem Meer, auf das wir blicken, aus Salina eben, übersetzt Lucretia an seiner Hüfte vorbei für mich. Die groblöchrigen, dicken Weißbrotscheiben nur munter in die Tunke tunken, aus Öl und Essig bestehend. Sättigt ungemein, sagt Lucretia mit vollen Wangen. Dann schwirrt der Kolibri kurz ab und kehrt mit einer ziemlich abgegriffenen Mappe zurück. Fotos vom Dreh, vom Strand, vom großen Noiret, vom Postboten, seinem Drahtesel, in verschiedenen Posen, Berg hoch, bergab, durchs Bild sausend, Fotos vom Haus, von der Veranda, auf der ich eben noch gesessen habe, da waren die Bänke und der Tisch noch kaminrot gestrichen und nicht von der Sonne ausgeblichen.

Ich fahre mit der Schneckenpost, die keinen Kreuzer kostet fahre, fahre mit der Post. Weißwein für die schöne Frau, fiept der Vogel, dass ich kurz davor bin, mich mit ihm zu duellieren. Bin ich nicht ein armer Mann? Das Weib, das hat die Hosen an. Ich muss die Stube kehren, hüt die Ziege und auch die Kuh, krieg liebliche Schläge dazu, o jerum. Schon überraschend, wie mich die Eifersucht packt. Lucretia bemerkt sie und lacht mich aus. So will ich nun geduldig sein bei allen meinen Leiden. Bin selber schuld an meiner Pein, ich hätt sie sollen meiden. So aber mach ich den Beschluss, weil ich nur singen kann, wenn ich muss, jerum, jerum. Der Bus zur Rückfahrt trifft ein. Wir wollen zahlen.

Der Kolibrimann will unser Geld nicht. Es würde ihn beleidigen, sagt er filmreif, nennt Lucretia mehrmals Bella Donna, schöne Frau, liebreizende Grazie und begleitet uns bis zur Bushaltestelle, nahe daran, mit uns einzusteigen. Einen Kuss zum Schluss erbittet er sich auf seine beiden Wangen. Lucretia tut ihm den Gefallen. Es werden sechs Wangenküsse. Er hält sie mit seinen Krakenarmen fest, gibt sie spät erst wieder frei, und wir können den Ort endlich wieder verlassen.

Von Salina aus geht es nach Vulcano, die Insel der Winde, aus Lava geformt. Die Fähre hat kein Besucherdeck, wir sitzen unten, und die ganze Überfahrt lang wird Wasser gegen die Fensterscheiben geschleudert und vom Fahrtwind in Rinnsale zerrissen. Ich fotografiere die unscharfen Konturen, verschwommenen Bilder, die Insel in der Ferne, die wie die Haut eines Steinbutts aussieht. Wir steigen aus und haben augenblicklich Schwefelgestank in der Nase, der von hinter den Absperrungen liegenden gelblichen Hügeln und dem Modderpool herrührt, in dem die Badenden wie Rosinen in einen Stollenteig gesteckt wirken. Das Schöne an Leuten wie uns ist, dass wir einander gut kennen und beide den Ort fliehen, ohne uns darüber besprechen zu müssen, die Einkaufsmeile voller Schnickschnack für Touristen hinter uns lassen und in den einzigen Bus springen, der unser Fluchtfahrzeug wird, weg, nur weg, uns in die Berge bringt, wohin der Schwefelgestank nicht mehr reicht. Wir fahren bis zur Endstation und stehen dort dann sehr verloren herum. Nichts los hier. Totentanz. Der Bus zurück taucht erst in drei Stunden wieder auf.

Dann kommt ein grasgrüner Jeep um die Ecke gefahren, stoppt neben uns. Er habe uns unten in den Bus einsteigen sehen und sei uns nachgefahren, übersetzt Lucretia den Mann hinterm Steuer. An keiner Stelle wäre der Bus zu überholen, sonst wäre er vor ihm hier angelangt und hätte zu unserem Empfang rechtzeitig dagestanden, entschuldigt sich der junge Mann, bittet uns bei ihm einzusteigen, er wird uns bringen. Wohin, sagt er nicht. Wir lassen uns auf das Abenteuer ein. Besser, als sinnlos herumzustehen.

Oben angekommen lenkt er den Jeep durch das offene Tor auf ein Gehöft, dass es staubt, stoppt und ist um den Wagen herum, heißt uns auszusteigen, an der gedeckten Tafel Platz zu nehmen, derweil er kurz im Haus verschwindet und mit seiner Frau zurückkehrt. Zur Begrüßung wird Aperol Spritz gereicht, und kleine Käsehäppchen werden für uns hingestellt. Wir sind die einzigen Gäste im freundlichen Garten und sehen uns in der Folge fürstlich bewirtet. Antipasti. Olivenpasta. Auberginenmus. Paprika eingelegt. Geröstetes Brot, mit Knoblauchcreme bestrichen. Meloneneiswasser. Hauchdünner Schinken. Bruschetta-Brote und eine üppige Fischplatte mit Thunfisch, Tintenfischstücken, Scampi. Limetten.

Essen Sie in Ruhe, es ist genügend Zeit, wir werden rechtzeitig da sein, bedeutet der jeepfahrende Kellner. Was ist hier los, mit wem werden wir hier verwechselt?, zischele ich Lucretia zu, die nur lacht und gelassen: Na und, lass doch, dazu sagt, sich auch die Nachspeisen munden lässt. Ehe sie herausbekommen, dass wir wohl die falschen Gäste hier sind, haben wir die Bäuche wenigstens gefüllt. So klar sind ihre Augen, glatt und schwarz schmiegt sich das Haar an ihren Kopf. So vertraut sind mir ihre ungeschminkten Lippen. Ihre Haut ist von einer noch vornehmeren Blässe als sonst. Irgendwie keck, der einzelne Zahn, der schon immer ein wenig aus der Zahnreihe hervorsteht.

Am Ende müssen wir nichts bezahlen. Ist alles bezahlt, heißt es, von Deutschland aus. Wir müssen dort einen Gönner haben, mehr ist dazu nicht zu sagen, sagt Lucretia zu mir und: Entspanne dich, Petkowitsch, siehst wie ein Blödmann aus. Nun gibt es noch einen Inselausflug, wenn ich recht verstanden habe. Es ist ihnen eine Ehre. Und schon sitzen wir in einem edlen, very british aussehenden Zweitwagen, einem alten Cabriolet. Wind kühlt den Schweiß auf meiner Stirn. Die Insel ist seine Heimatinsel, übersetzt Lucretia die Satzfetzen des Fahrers. Er ist hier geboren, drei Familien haben hier das Sagen, eine von ihnen werden wir gleich besuchen. Erst ist da von allem nur dieses Eingangstor mit seinen kunstvoll geschmiedeten Ranken über den Gitterstäben zu sehen, durch es hindurch fühlen wir uns wie mitten in einem Mafiafilm, die Szenerie könnte ihm entnommen sein. Der Gastgeber wäscht sich von Familienmitgliedern umgeben unter Palmen seine Füße, bekommt sie von einer dicken Dienerin abgetrocknet, schlüpft in seine Sandalen, wendet sich uns zu, begrüßt niemanden von uns direkt, sondern bittet uns an seinen kleinen privaten Sandstrand, durch seinen Privatpark zu erreichen. Der Sand ist stahlblau und wirkt wie in einer Schwarzsandfabrik angefertigt worden. Wir sollen uns eine Erfrischung beim Strandhausdiener bestellen.

Ich nehme Gin Tonic, Lucretia Sekt. Wir dürfen Fotos schießen und werden dann gemeinsam mit dem Gastgeber fürs Erinnerungsalbum mit der Plattenkamera abgelichtet, danach auch schon verabschiedet und zum Auto zurückgeleitet. Um rechtzeitig zur Abfahrt der Fähre am Kai anzulangen, erklärt der Jeepmann, setzt uns ab, wünscht uns für die Überfahrt alles Gute und verschwindet genauso überraschend, wie er an der Bushaltestelle aufgetaucht ist. Die Fähre legt ab, die Frage danach, was uns hier geschehen ist, setzt mit uns über.

Wir stehen im Fahrtwind, vor uns das Blau des Wassers und Felsen, die inmitten des Meeres steil zum Himmel aufragen. Wir schweigen beide. Erst ist vom Ankunftsort nur ein Farbton zu sehen, dann immer mehr Details, tollkühn an die Klippen gepappte Häuser, die wie Schwalbennester den Elementen der Natur ausgeliefert bestehen, Schornsteine, Brückenpfeiler, Strandkörbe, Badende, Sonnenschirmmuster.

Am nächsten Tag steht die Überfahrt nach Stromboli an, wo der Lieblingsfilm von Lucretia spielt. Eine anders aussehende Insel in einem ganz anderen Licht. Weitere schöne Wolkenwunder und Zauberansichten von Meer und Stränden, ehe wir anlangen und zur Pension aufbrechen, die weiter als gedacht von der Fähre entfernt liegt. Die Sonne brennt, ich ziehe mir einen Sonnenbrand zu, Nase, Arme, Kopf, alles gerötet. Lucretia sagt kein Wort. Wir laufen einen steilen Weg empor, ich bin zerknirscht und mit doppelter Last bestückt, meiner und ihrer Reisetasche. Eine Plackerei ist es, bis wir endlich an der Pension sind, wo auf dem

Schild geschrieben steht, dass alle Zimmer belegt sind. Ich regle das, Petkowitsch, setze dich auf die Bank dort, sagt Lucretia und ist eine geraume Weile weg, ehe sie mit dem Hinweis, sie habe die Frau an der Rezeption überreden können, zurück ist.

Ein schönes Zimmer hat sie für uns errungen. Ich muss erst einmal unter die Dusche, mich vom Schweiß befreien. Lucretia sitzt auf der Terrasse im Sonnenlicht und lässt sich den Hauswein munden. Strombolis Vulkan ist gut zu sehen. Er ruht. Kein Grollen. Nur aus der Ferne ein monotones Hundegekläffe und eine lästige Fliege um uns herum, surrend, störend. Ab neun Uhr wird es hier stockdunkel, liest Lucretia aus dem Reiseführer vor, und dass es hier keine Straßenlampen gibt, was vor allem gut für die Ladenbesitzer wäre, die eine Menge Taschenlampen verkaufen.

Unser erster Inselrundgang führt zu einer Kirche, in der gerade Gottesdienst mit heiligem Bimbam und Hallelujagesang abgehalten wird. Lass uns hineingehen, sagt Lucretia. Dafür bin ich nicht gläubig genug, maule ich. Das ist hier doch mehr als egal, lacht sie mich aus, und ich trottele mit. Der Pfarrer ist grüngolden gekleidet, das Innere der Kirche lässt sie, weiß grundiert und mit bläulichen Verzierungen, wie eine chinesische Vase oder einen Luftpostumschlag Gottes aussehen, wie der Dichter sagen würde. Nach der Kirche sind wir vor dem Haus, um das es ihr geht, genauer vor dem Schild, dessen Text Lucretia mir vorliest: In questa casa dimarà Ingrid Bergman che con Roberto Rossellini giró il film *Stromboli* nella primavera del 1949. Die Bergman und ihr Rossellini haben es also in diesem Liebesnest hier hinter der rötlichen Fassade getrieben, haucht sie bewundernd. Man kann nicht hinein. Kein Hinweis darauf, ob es einmal eine Führung oder eine Möglichkeit für uns gibt, das Haus zu betreten, nicht einmal eine mobile Telefonnummer zum Kontaktieren, nichts. Das Meer verfinstert sich. Die Tauben hören auf zu gurren. Der Himmel bezieht sich dunkelgrau bis schwarz. Wir brechen den Spaziergang ab, kehren rasch um. Der Regen bleibt aus, dafür mag Lucretia plötzlich die schön hoch gelegene Pension nicht mehr. Man könne über die Bäume hinweg nur im Stehen das Meer sehen. Sie will zu ebener Erde sitzen, von der Terrasse aus aufs Wasser bis zum Horizont blicken können. Sie will nahe bei der Fähre unten im Dorf wohnen, wo zusätzlich das Kommen und Gehen der Leute am Anleger zu beobachten wäre. Wir werden hier übernachten, dann aber den Ort hier schleunigst verlassen, bestimmt sie. Die Vermieterin versteht uns nicht. Ich schleppe wieder beide Reisetaschen, zum Glück dieses Mal immer schön bergab. Der Mann, unterwegs von Lucretia befragt, ist klein, kräftig und braun gebrannt wie einer von Ali Babas Räubern. Er wird uns zu einer Pension bringen, direkt am Anleger gelegen, wir werden begeistert sein, und er kann es einrichten, dass wir sie für den halben Preis bekommen, der Betreiber wäre sein Bruder. Wie schön, sagt Lucretia. Er hält sie für eine Italienerin, so perfekt wie sie Italienisch spricht und erst ihre schönen schwarzen glatten Haare! Vom Gepäck aber nimmt mir der Mann nicht eins ab. Die neue Unterkunft ist ein Traum, Petkowitsch, sag nichts dagegen, sie hat uns gefunden, nicht wir sie. Den Anleger vor Augen sitzen wir auf der weißen Terrasse, zu ebener Erde des pechschwarzen Lavasandstrandes, ankommende und abfahrende Schiffe vor Augen, ist das nun wohl ein paradiesischer Ort für Lucretia.

Dann wird es Zeit für den Filmabend, von der neuen Unterkunft aus deutlich weiter zu laufen. Strombolis Filmklub ist in einem schönen Garten mit Leinwand untergebracht, in ihm viele unterschiedliche Sitzgelegenheiten befindlich, von Kneipen- und Gartenstuhl, Lesesessel bis hin zum Friseurstuhl ist da alles vertreten, was man sich nur vorstellen mag. Wir müssen, um hier den Film sehen zu können, schon Mitglieder des Klubs werden, heißt es. Unsere Mitgliedskarten tragen die Nummer 435 und 436, wir werden mit unseren Namen ins Mitgliedsbuch eingetragen.

Dass wir hier sind, jubelt Lucretia, und uns den Film zusammen ansehen werden, Petkowitsch, meinen, deinen, unseren Film, wird uns niemand mehr wegnehmen, hörst du! Und sieht mich mit ihren großen Augen an, zieht mich zu sich heran, hakt sich bei mir ein, bleibt untergehakt, bis der Film beginnt, der flink beschrieben ist.

Frau verliebt sich in Mann hinterm Maschendrahtzaun in einem Flüchtlingslager. Um ihn da herauszuholen, heiratet sie ihn und zieht mit ihm, weil er aus Stromboli stammt, dorthin in seine Armut, an die sie sich nicht gewöhnen und am liebsten auf ihrem Hacken umdrehen will. Die Einheimischen sind ihr nicht geheuer. Bald heißt es, sie hätte etwas mit dem Leuchtturmwärter, weil sie mit ihm ein paar freundliche Worte gewechselt hat. Die gehässigen einheimischen Hexen stellen den Ehemann als einen gehörnten Tölpel dar, der etwas tun müsse, um die Frau von außerhalb in den Griff zu bekommen. Es kommt zum Streit zwischen den beiden. Er ohrfeigt sie, und der Vulkan bricht aus, Weltuntergang, Rauchschwaden überall. Die sich retten können, schauen von ihren Fischerbooten aus hilflos zu, wie alles auf der Insel verbrennt. Zum Schluss quält sich die Schauspielerin Bergman über den gut ausgeleuchteten Nachtlavaberg, um auf die andere Seite der Insel zu gelangen, von wo aus die großen Schiffe auslaufen. Ihr Gang ein Hinfallen, Ausrutschen, Schlittern, Schlingern, Versacken, Abgleiten, Krauchen, Schinden, Schlängeln, Kriechen. Ununterbrochen verliert sie den Halt. Wir sehen sie mit gequält-verzweifeltem Gesichtsausdruck, keuchend, hustend, taumelnd. Gehässig zerrt der Wind an ihrem nahezu unbeschmutzten Kleid, die Frisur sitzt perfekt. Die personifizierte Vergeblichkeit lässt bei Lucretia die Tränen fließen. Sie hat meinen Arm immer noch fest im Griff, presst und kneift ihn den ganzen Weg zurück zur Pension.

PICKNICK AUF DEM FRIEDHOF

Ein schmaler Weg führt zum Friedhof von Stromboli, einem verlassenen, von Touristen verschonten Ort. Hierherzuziehen und zu picknicken ist Lucretias Idee, nichts Schöneres gibt es, als Vesper zwischen Wildwuchs und Grabsteinen zu halten, findet sie. Es ist unser letzter Tag, sucht sie mich umzustimmen, da mir die Aktion nicht koscher vorkommt, und wählt eine große, flach ausliegende Grabplatte als Esstisch aus, die einem Feuerwehrmann gehört. Um sein Foto herum legt sie die mitgebrachten Esswaren, Servietten, Bestecke, Brotbretter und Tupperboxen aus, mit Gemüse, Salatblättern, verschiedenen Cremes gefüllt. Lass uns essen, lass uns trinken und bis zum Sonnenuntergang hier beisammensitzen, Petkowitsch.

Sieh nur das Licht auf dem Meer.

Sieh nur den Himmel, über allem gestellt.

So sitzen wir, den Vulkan rechter Hand, die Augen über den Friedhof hinweg aufs düsterblaue Wassertuch gerichtet, in dieser einzigartigen Kulisse wie in einem Bühnenbild. Wenn es am schönsten ist, soll man sterben, Petkowitsch, sagt Lucretia und lacht. Ein Vulkanausbruch würde gut zum Picknick passen, ein gigantisches Feuerspeien um uns, tödliche Gase, die uns betäuben, sagt sie und umtanzt mich hexenhaft. Heiße Asche fiele auf uns nieder, wir blieben der Nachwelt erhalten wie die Toten von Pompeji. Es trifft uns, wir sind ganz ohne jede Chance zu jedweder Flucht. Das Unheil kommt über uns wie eine Plexiglasmasse, schließt uns ein, wie wir uns aneinander bei den Händen halten. Wäre schade um mich, hier tot zu enden, entgegne ich ihr. Ach, Petkowitsch, Spielverderber, alle Menschen sterben, aber nur wenige auf Stromboli.

Ich sträube mich gegen den Gedanken und bin doch irgendwie von ihm angetan, Hand in Hand mit ihr zu enden. Mich erfasst das vertraute Gefühl von Wehmut und Verzweiflung. Im Heimparadies gab es ein Lied, das wir, je nachdem wie aussichtslos die Lage war und wie verloren wir uns glaubten, still und laut gesungen haben. Wohin der Blick auch schwenket, Moor und Heide ringsum. Vogelgesang uns nicht erquicket. Eichen stehen kahl und krumm. In dieser öden Heide ist das Lager aufgebaut, wo wir fern von jeder Freude hinter Stacheldraht verstaut. Morgens ziehen die Kolonnen in das Moor zur Maloche hin, graben beim Brand der Sterne, heimwärts steht uns der Sinn, heimwärts, heimwärts jeder sehnet, zu den Alten, Weib und Kind. Manche Brust ein Seufzer dehnet, weil wir hier gefangen sind. Wir sind die Moorsoldaten und ziehen mit dem Spaten ins Moor. Für uns gibt es kein Klagen. Ewig kann es nicht Winter sein. Einmal werden froh wir sagen: Heim, du bist mein.

Beim Spaziergang am nächsten Tag am Strand entlang zieht sie sich plötzlich aus, springt in die Fluten, während ich auf der schwarzen Sandfläche weitergehe, nach Treibgut Ausschau halte. Nicht lange und ich höre sie hinter mir aufschreien. Den halben Körper über dem Wasser aufgerichtet, surft sie einem Schwan gleich mit heftigen Flügelarmschlägen aufs Land zu. Eine Frau kommt angelaufen und herrscht sie an: Hinlegen. Ich helfen. Mich weist sie zurück: Nicht uns zusehen, und hebt ihren Rock an, lässt den Slip herunter und strullt auf die Stelle, wo die böse Medusa Lucretia gebissen hat. Die Erste-Hilfe-Frau entpuppt sich als unser Zimmermädchen. Bei einem Biss der hiesigen Feuerqualle, sagt sie, ist Pipi das beste Mittel. Wird Narbe bleiben am Arm. Schönheit nicht futschgehen davon. Du können ihn heiraten, Hochzeit machen, böse Medusa als Braten auf Fest essen zur Strafe. Handgroß ist der Abdruck der Qualle auf Lucretias Oberarm zu sehen. Sie tauft ihn Strombolikuss.

Zwei Tage später ist die Hauptinsel Lipari das Ziel, die höher gelegene und um einen Burgberg errichtete Stadt, zum Schutz gegen die Piraten so gebaut. Das Hotel heißt Il Negro. Die Hotelbesitzerin ist sehr dick und redet uns, die wir gar nicht mehr so jung sind, nur mit Ihrjungenleute an. Wir sollen zum Hafen hinuntergehen und uns die Boote der Reichen angucken, die dort seit Tagen vor Anker lägen. Die halbe Insel rätsele darüber, wer wohl die Eigentümer seien. Vielleicht bekommen Sie es ja heraus? Sie schreibt uns den Namen des Cafés auf, von wo aus wir alles gut im Blick hätten. Sieh doch nur die vielen Balkone, wir sind von ihnen umlagert, wie Fischbäuche kleben sie an den Fassaden und sehen allesamt gleich aus in ihrem schmiede-

eisernen Schuppenkleid. Bei den rätselhaften Luxus-
linern passiert erst lange Zeit nichts, und dann tut sich
doch etwas. Aus dem Bootsinneren des einen treten
vier schwarz gekleidete Männer je mit zwei schwarzen
Müllsäcken in ihren Fäusten hinaus, gehen hintereinander über die Seitentreppe hinab, entsorgen die schwarzen Säcke in einem großen Container. Sieht nicht nach
Müll aus, kombiniert meine Detektivin im Flüsterton,
eher wie mit menschlichen Körperteilen, abgetrennten
Gliedern, blutigen Menschenköpfen gefüllt. Sie ist erstaunlich gut gelaunt, der Medusenbiss vergessen. Wir
diskutieren lebhaft und erfinden reichlich makabere
Geschichten und wildeste Einzelheiten.

Es wird wirklich geradezu im Handumdrehen Nacht.
Der Mond steht tief und sieht wie eine halbierte Zi-
tronenscheibe aus, wir sitzen auf unserem Fischschup-
penbalkon, trinken uns bettfertig. Lucretia geht vor
mir schlafen. Ich folge ihr nach und bin dann früh am
Morgen zu den Fischern unterwegs, von denen unsere
Hotelmama gesagt hat, dass sie im Hafen knallrote Gar-
nelen feilbieten, so rot, wie man sie röter nirgendwo
sonst findet. Sehen wirklich unverschämt rot aus, zum
Aufessen viel zu schön und rot. Wie lange ich mich am
Hafen aufhalte, kann ich gar nicht sagen. Ins Hotel zurückgekehrt finde ich das Bett von Lucretia verwaist
und ihre Zimmerecke leer geräumt. Im Bad fehlt die
Kosmetik. Schon wieder, denke ich. Wann hört dieser
Blödsinn endlich auf? Zum Tor hinaus flechte ich der
Herzliebsten einen traurigen Strauß, schenke ihr fröhlich einen Kuss, dieweil ich von der Liebe scheiden
muss, hoch über Berge und tief im Tal.

Was soll ich anderes tun, als mich zusammenzunehmen und mir einzureden, es wäre nichts Besonderes passiert. Also packe ich in Ruhe meine Sachen ein und erledige, was wir für den Tag zu zweit geplant hatten, nun allein, gehe zum Hafen, setze mit der Fähre nach Filicudi über, wohin ich lieber mit Lucretia gefahren wäre. Wie vorgehabt bin ich in der Fischgaststätte, die wir uns den Tag vorher ausgesucht haben, bestelle ein Fischgericht und zwei Teller dazu. Einen Happs für die Wegläuferin, einen Happs für den von ihr Zurückgelassenen. Als solcher halte ich nach einem Fischerboot Ausschau, das mich ohne sie einmal um die Insel herumfährt. Der Bootsführer sieht wie Alexis Sorbas aus. Kräftiger Körperbau, eckiger Schädel, dunkle, faltige Haut, scharfer Blick, stachliger Stoppelbart, das Haupthaar vom Wetter gezeichnet und zerzaust, große, schwere Pranken mit ledrigen Handinnenflächen, die mit Tauen, Stricken, Seilen reichlich in Berührung gekommen und von ihnen blank gerieben worden sind. Die bunten dünnen Lederschnüre an seinem Handgelenk werden ihm vom Enkelkind umgebunden worden sein, dass ihm auf dem Wasser nichts zustößt, er nicht verunglückt oder ertrinkt. Ich trage nichts von Lucretia ums Handgelenk gebunden mit mir herum.

Dieser Sorbas hier ist still und in sich gekehrt und redet die Fahrt über nicht ein Wort, blickt stur geradeaus an mir vorbei, als hielte er nach Moby Dick Ausschau. Schöne Klippen, tolle Faltenwürfe sehe ich, herrliche tektonische Verwerfungen, die meinen alten Erdkundelehrer freuen würden, Gesteinsschichten vertikal aus dem Wasser ragend, zusammengestauchte, wulstige

Felsgebilde mit Glitzerpunkten geschmückt. Der Maler Klimt persönlich könnte hier am Werke gewesen sein. Wir fahren in eine Höhle hinein, Sorbas stellt den Motor ab, Stille herrscht, das Lichtspiel ist großartig, die Grotte so wundersam ausgeleuchtet, ich würde jetzt gern aufstehen und tanzen, gegen den Schmerz, den Lucretia mir immer wieder zufügt. Einen Tanz gegen unsere unentwickelte Liebe, einen Wuttanz. Doch ich bleibe sitzen, sehe nur vor mich hin auf meine und Sorbas' Füße, die über uns so viel aussagen. Zeigt her eure Füße, zeigt her eure Schuh und sehet den fleißigen Waschfrauen zu, sie treten die Wäsche im großen Trog den ganzen Tag, sie spülen und wringen sie barfüßig ganz ohne Schuh, hängen und bügeln sie den ganzen Tag und schwatzen mit ihren Zehen und tanzen, tanzen, ehe sie ausruhen vom langen Tag.

Einmal um die Insel herum und zum Ausgangspunkt der Bootstour zurück, mache ich noch die Bekanntschaft zweier alter Männer, vor ihrer Garage auf Stühlen sitzend, die Kapern feilbieten. Die Garage ist ein Museum, *Museo Archeologico Regionale Eoliano »Luigi Bernabo' Brea« Sezione Distaccata Di Filicudi* lese ich. Ich soll mir ihre Sammlung ansehen, bedeuten sie beide mir. Eine toll eingerichtete Gerümpelkammer, ein herrliches Durcheinander aus über Jahrzehnte wahllos zusammengetragenem Zeug ist das Museum, mittendrin ein roter alter Kinderroller, der meinen Blick magisch anzieht, gleicht er doch dem Roller, mit dem ich Lucretia im Gespensterwald nachgesetzt bin. Schon blitzt sie wieder auf, die Erinnerung an die dicken schwarzen Zöpfe. Ich kaufe den Männern eine Tüte Kapern ab und fühle mich irgendwie sehr frei. Zwei Tage später befinde ich mich mit der Fähre nach Milazza auf der Rückreise. Einige Male meine ich, Lucretia atmen zu hören oder auf dem leeren Sitz mir gegenüber sitzen zu sehen. Wir gehen uns nichts mehr an, wir schweigen. Warum willst du andre fragen, die's nicht meinen treu mit dir? Glaube nicht, als was dir sagen diese beiden Augen hier. Glaube nicht den fremden Leuten, glaube nicht dem eignen Wahn: Nicht mein Tun sollst du deuten, sondern sieh die Augen an.

DAS VERSCHWINDEN

Man lebt, man stirbt, man schreibt.

Francoise Sagan

Zurück in Venedig ist mir die Lust verdorben, an meinem Roman über die Liebe weiter zu schreiben. Sì sì Signore, ich habe die Nase voll von der Liebe. Nein, vom Schreiben bekomme ich sie nie gefüllt, nur eben gerade jetzt ist mir zum Haareraufen. Sì sì Signore, exakt so sehe ich das auch, wir beide verstehen uns eben und reden nicht aneinander vorbei. Es gibt in Venedig genügend Dinge zu sehen. Sì sì Signore, ich werde selbstverständlich wieder Fotos machen, wir schauen sie uns dann gemeinsam an.

An meinem letzten Tag stehe ich zur frühen Dämmerungszeit auf der großen Terrasse. Die gute Möwe steht auf der Brüstung und schaut, es mir gleichtuend, geradeaus. Buongiorno e buena giornata. Es heißt nun also Abschied zu nehmen von der Aussicht, dem Haus und vom Hausmeister, der unten in der Eingangshalle neben seinem Vogelkäfig sitzt, hinter dessen Gitterstäben seine zwei Wellensittiche leben. Ihnen zur Seite gedeihen Grünpflanzen, an denen sich die Vögel sattsehen können. Das alles spielt sich vor einem großen alten Fenster zum Kanal hin ab, das aus vielen quadratischen bunten Glasscheiben besteht. Auf Wiedersehen, liebe Möwe, arrivederci, du schöne Terrasse, lieber Hausmeister. Die Reisetasche ist gepackt. Ich will nur noch rasch meine Mails in der edlen Bibliothek checken. Ich meine die Möwe im Tonfall des Hausmeisters mir nachrufen zu hören: Sì sì Signore, nur zu, guter Freund, siehe nach deinen Mails, wie jeden anderen Morgen auch. Sì sì Signore, antworte ich halblaut im Weggehen und werfe drinnen den Bibliothekscomputer an. Und dann erblicke ich sie, unter den üblichen Werbungen, jene Schlimmmail von einem Freund: Lucretia sei tot in ihrer Wohnung aufgefunden worden, heißt es darin. Der Schlag trifft. Ich bewege mich wie ferngesteuert zur Terrasse zurück. Ich weiß nicht zu sagen, warum ich meine Kamera zücke, immer wieder den weißen runden Tisch mit den leeren Stühlen im äußersten Eck fotografiere. Genauso wenig kann ich sagen, wie lange ich an der Terrassenbrüstung stehe und ins Auge der Möwe, die auf mich gewartet hat, sehe. Der Kanal ist leblos. Suizid ist das letzte Wort, was ich mir bei Lucretia vorstellen kann, das mir aber zuerst einfällt. Irgendwie weiß ich, dass sie sich das Leben genommen hat, und dass der Tag ihres Todes nicht zufällig gewählt worden ist. Der Schlag trifft mich mitten ins Herz. Wenn traurig ich bin, so helf ich mir bald, da schlag ich die Pauken, dass es schallt, bidibum, bumbum. Kommt alle herbei und hört euch an, wie fest ich die Pauke schlagen kann, bidibum, juchheissassa. Wenn früh noch die Leute im Bette sind, geh ich mit meiner Pauke geschwind und schlage drauf, bald stark, bald sacht, bidibum. Ihr Schläfer erwacht, wenn's draußen brauset, sauset, eisig schneit, so ist es bei mir die rechte Paukenzeit. Es gibt kein Zurück ins Leben für einen Menschen, der gestorben ist. Der Tod, den ich bis dahin nur bei mir weniger nahen Freunden erlebte, nun schneidet er wie ein Sägeblatt unseren gemeinsamen Lebensbaum mitten durch.

Tiefer neigt sich das Korn, der rote Mohn. Schwarzes Gewitter droht über dem Hügel. Das alte Lied der Grille erstirbt im Feld. Nimmer regt sich das Laub der Kastanie. Auf der Wendeltreppe rauscht ein Kleid. Stille leuchtet die Kerze im dunklen Zimmer, eine silberne Hand löscht sie aus; Windstille, sternlose Nacht.

Die Nachricht über Lucretias Tod versuche ich unter der Dusche stehend mit eiskaltem Wasserstrahl abzuspülen. Mein Atem setzt kurz aus, das Herz stockt, die Erde ist enger geworden. Die Welt ist arm dran. Der Himmel ist ausgelaufen, eingefallen, vertrocknet. Das Vöglein hat sich verschwungen, durchwirbelt die Luft mit zwirbelndem Ton. Lebenslang nun also ein einsames Flatterleben. Oh, Vöglein, dass dich wer behüt, sehe ich, wo ich sitz, von diesem Ufer aus nicht und kann nicht mit dir stürzen. Es gibt Dinge, an die wir uns nicht gewöhnen können. Räder und Reifen zum Beispiel, die wir in Filmen sich rückwärtsdrehen sehen, während das Auto aber doch vorwärtsfährt. Leicht zu erklären dieses Phänomen. Alles nur die Abfolge von Bilderanzahl pro Filmsekunde ins Verhältnis gesetzt zur Geschwindigkeit des gefilmten Gefährts. Und doch gewöhnt man sich nicht daran, kommt es einem befremdlich vor, dass die Räder sich gegen die Fahrtrichtung drehen. Ich bin jedes Mal verwirrt, wenn ich es sehe. Gib zu, Petkowitsch, das hast du mir nicht zugetraut, nimmer von mir gedacht?, höre ich Lucretia zu mir reden. Sich trauen und um sie trauern. Nein, niemals, nie, antworte ich ihr. Und doch habe ich es getan, Guter du. Wie ich dich kenne, wirst du darüber nachdenken all die nächsten Jahre und meinen Tod nicht loswerden. Es sei denn, du verliebst dich noch einmal in einen Menschen wie mich. Glück sei dir dafür gewünscht. Wenn es geschieht, so werde ich es zuerst wissen.

Mir kommt der Traum in den Sinn, die Nacht zuvor geträumt; kaum nennenswert, nahezu ereignislos schien er, und doch hat er mich aus meinem Schlaf gerissen. Welche Zeit in diesem Traum geschrieben wird, kann ich nicht sagen. Lucretia wirkt mit, wir sind ohne jedes genauere Alter, jungalt, altjung. Sie steht am Küchenschrank. Sie zieht die Schublade mit den Gewürzen auf, hält eine Tüte getrocknete Salbeiblätter in ihrer Hand, sagt: Salbei. Sie hält mir dann einen Rosmarinzweig hin, der die Treue symbolisiert. Dann bricht der Traum ab. Ohne einen Schritt im Gehen mitbekommen zu haben, steige ich am Busbahnhof in den Bus Nummer fünf, der mich zum Flughafen bringt. Ich bin da noch ganz ohne jede Träne in meinen Augen. Wegfahren, auffahren, fahren lassen müssen, Bus und Buße. Ich will und werde über die Sache hinwegkommen, beschwöre ich mich, wie lange es auch braucht. Ihr Tod soll mein Leben nicht lebenslang überschatten. Raben und Hasen, die über den Rasen hinter Hasenraben herrasen, denke ich. Rasenraben, Rabenhasen, Rasenblumen in Rasenvasen. Die wilde Rabenhatz Rasenhasentod bringt. Blut im Rabenschuh, eene meene muh, der Hasenrasenrabe bist du, reihe ich Worte aneinander und verfange mich in ihnen.

Es ist eine alte Geschichte, doch bleibt sie neu, und wem sie just passieret, dem bricht das Herz entzwei, und dass der Mensch auf Erden soll glücklich werden, ist im Plan der Schöpfung nicht für jedermann enthalten, heißt es bei Sigmund Freud. Die Zeit heilt keine einzige Erinnerung, sagt mein Opa. Man gewöhnt sich an keinen Schmerz. Lucretia, liebe Lucretia mein, wann werden wir wieder beisammensein? Am Sonntag wollte ich, dass alle Tage Sonntage wären und ich sonntags bei meiner Lucretia bin. Am Montag dacht ich, ach, wenn es doch Dienstag, Mittwoch, Donnerstag wäre, und ich könnte bei meiner Lucretia sein. Mein rechter und auch mein linker Platz sind leer, aber nicht wirklich leer, ich wünsche mir Lucretia her. Bruder Jakob, schläfst du noch? Hörst du nicht die Glocken? Ding ding dong. Sagt, wer mag das Männlein sein, das da steht im Wald mit dem purpurroten Mäntelein auf einem Bein und auf seinem Haupt ein Totenkopfkäpplein?

Du kannst vor allem davonlaufen, was in dir lodert und brennt, rennt mit dir mit, hat mein Opa gesagt. Justament, wenn du meinst, das Unheil sei überstanden, packt es dich am Hals, würgt dich, ringt dich nieder, drückt dich tiefer als je zuvor in den Dreck. Du wirst es überleben.

Im Bus zum Flughafen sitzend, so am Ende der schmalen Überfahrt von Venedig weg auf dem Festland angekommen, wird mir schlagartig klar, dass die Reise nach

Stromboli Lucretias Abschied von mir war. Auf jenen Liparischen Inseln hat sie mir, ohne dass ich es bemerkt habe, für immer Lebewohl gesagt. Niemand als sie selber steckte hinter der unbekannten Person aus Deutschland, die das üppige Mahl auf der Vulkaninsel für uns bezahlt hat. Sie steckte hinter all den anderen mysteriösen Dingen, die uns passierten, wie diese merkwürdige Fahrt im offenen Wagen zu einem der heiligen Mafiafamilienchefs. Sie führte Regie in ihrem letzten Film. An jenem Morgen, an dem sie plötzlich spurlos verschwunden war – wie immer –, war sie sich darüber voll bewusst, dass es der Abschied für immer sein wird. Der Besuch der Spielstätten unserer Lieblingsfilme, Salina und Stromboli, das war ihr Abschiedsgeschenk. Hört nur, hört. Mein Horn hat einen süßen Ton. Voll Sehnsucht lauscht ihr seinem Klang. Die Liebe ist weit, die Zeit ist lang. Ich bin der kleine Postillion, trara, kenne alle Wege und Stege, trara. Trage Briefe und Karten hin und her, von Seufzern und Liebesschwüren schwer. Noch eh die Lerchen singen, lass ich mein Hörnchen klingen: Euer Postillion ist nah, trara, trara. Wie's dem fernen Liebchen geht, ich sage nicht, was in den Briefen steht. Sollen doch die Lerchen davon singen, trara, tara.

Und sicher ist nunmehr auch, dass ihre Wahl nicht zufällig auf die Liparischen Inseln fiel, sondern einzig mit Strombolis Friedhof zu tun hatte. So abseits und am Fuße des Vulkans gelegen, wird sie sich gedacht haben, sitzt man auf ihm garantiert sehr lange ungestört und wären wir also mit uns genügend allein. Und dazu dieser herrliche Ausblick aufs dunkle Meer. Das alles hat sie sehr wohl in ihre Reisepläne einberechnet. Der

Friedhof ging nicht passender auszuwählen. Dort und nirgendwo anders wollte sie Abschied von mir nehmen. Das Ganze schön als Picknick getarnt und bis ins Kleinste vorher geplant. Bis zum Schluss keine Chance, Verdacht zu schöpfen, sie und ihr Vorhaben zu durchschauen. Oder hat sie vielleicht doch Zeichen eingebaut, ihr auf die Schliche zu kommen, und ich habe sie nicht gesehen? Hat sie gesendet, und ich war nicht auf Empfang und habe nichts begriffen? Alles Drängen, alles Wogen, alles Sehnen ohne Ruh, alles, alles war gelogen, bin enttäuscht als wie du.

Der Nachricht von Lucretias Tod folgt eine Pechsträhne. Der Rückflug aus Venedig verzögert sich. Meine Maschine fällt aus. Ich komme etliche Stunden später daheim an. Ich flüchte durch die Flughallen. Ich kann mit keinen weiteren Menschen in Bahn oder Bus sitzen. Ich halte Menschen nicht mehr aus. Ich muss allein sein. Ich nehme mir ein Taxi. Ich bin dann zu Hause. Und mit dem Eintritt ins normale Leben bin ich sofort krank, bekomme eine Riesenerkältung, habe plötzlich hohes Fieber. Mein Hausarzt sagt, die Krankheit habe ich meiner inneren Seelenverfassung zu verdanken, mein Gesamtzustand sei denkbar schlecht, das Immunsystem sei vollkommen zusammengebrochen. Er verschreibt mir Tabletten. Ich sehe schlimm aus, erkenne mich im Spiegel nicht wieder. Ich mache selbst auf mich einen übel abgerissenen Eindruck. Als der Mond schien helle, kam ein Häslein schnelle, suchte sich sein Abendbrot, hu, ein Jäger schoss mit Schrot, traf nicht flinkes Häslein, weh, sucht im Täschlein, ladet Blei und Pulver ein, Häslein soll des Todes sein. Häslein läuft voll Schrecken hinter grüne Hecken, spricht zum Mond: Lösch aus dein Licht, dass mich sieht der Jäger nicht. Und der Mond, der helle, zog die Wolken schnelle, groß und klein, vor sein Gesicht, ward zur Finsternis das Licht. Häslein ging zur Ruhe, zog aus Rock und Schuhe, legte sich aufs weiche Moos, schlief wie auf der Erde Schoß.

Unsere Tochter, inzwischen eine junge Frau, besucht mich. Sie trägt einen Tulpenstrauß in ihrem Arm, so viele an der Zahl, wie Lucretia an Jahren alt geworden ist. Sieben stille Plätze weiß sie, an denen sich die Mutter gerne aufgehalten hat. Siebenmal sieben Tulpen legen wir an jedem einzelnen ab, stellen ein Lichtlein zum Gedenken dazu, verweilen schweigend an jedem der heimlichen Orte. Und wir erinnern uns. Wir wollen uns erinnern. *Ich* will mich erinnern. Und alles aufschreiben. Die Kette mit dem Schlüssel zur Schatztruhe aus Kindertagen, die wir verschollen glaubten, trage ich um meinen Hals. Ich will sie entdecken, unterm Schnee vergangener Tage. Ich will sie wieder öffnen, freilegen unterm Schnee vergangener Tage. Ich werde sie mit meinem heißen Atem eisfrei blasen. Ich werde den Schlüssel ins Schloss passen, dass die Truhe aufspringt. Ausgetrocknete Kanäle beleben sich. In alten, toten Röhren beginnt das Meer wieder zu grummeln. Das Wasser schenkt der Wüste ihre Würde zurück.

Schmetterling sprich, was fliehest du mich, warum so eilig, von jetzt fern und eben noch ganz nah? Ich will dich nicht haschen, ich tue dir kein Leid an. Oh, bleib bei mir alle Zeit, als wäre ich ein Blümchen, komm zu mir geflogen, setze dich nieder, sei gut zu mir.

INHALT

Zöpfe	9
Trottellummen	39
Boxerinnenherz	58
Ohne Orangenblüten	69
Im Haus der aufgehenden Himmelsleuchte	79
Trampen	97
Lehrjahre	108
Künstlerische Freiheiten	113
Die widerspenstige Zähmung	128
Der Mexikaner	139
An der langen Leine	143
Rampenwart	148
Der Ausreiseantrag	157
Zusammenbrüche	162
Meine Französin	186
Heimatlos	199
Elf Tage	207
Gemeinsam verreisen	213
Unter Indianern	223
Vater werden	235
Der Plüschaffe	239
Meine Landliebe	244
Inseln	263
Picknick auf dem Friedhof	285
Das Verschwinden	292

Besonderer Dank gilt dem Literaturfonds Darmstadt, der die Arbeit an diesem Roman mit einem einjährigen Stipendium unterstützt hat.

Verlag Kiepenheuer & Witsch, FSC® N001512

1. Auflage 2019

Verlag Galiani Berlin
© 2019, Verlag Kiepenheuer & Witsch, Köln

Umschlaggestaltung Manja Hellpap und Lisa Neuhalfen, Berlin
Umschlagmotiv © mauritius images/Mike Iane/Alamy
Autorenfoto © Susanne Schleyer/autorenarchiv
Lektorat Esther Kormann
Gesetzt aus der Stempel Garamond
Satz Buch-Werkstatt GmbH, Bad Aibling
Druck und Bindung GGP Media GmbH, Pößneck
ISBN 978-3-86971-152-2

Weitere Informationen zu unserem Programm finden Sie unter
www.galiani.de